Le cordon d'argent

Tome II – La dague de cristal

DU MÊME AUTEUR :

Le Cordon d'argent
Tome 1 – Les initiés

MICHEL FRÉCHETTE

Le Cordon d'argent

Tome II – La dague de cristal

Les publications
L'Avantage

Catalogage avant publication de Bibliothèque et Archives nationales du Québec et
Bibliothèque et Archives Canada

Fréchette, Michel, 1950-

Le Cordon d'argent
Sommaire : t. 1. Les initiés -- t. 2. La dague de cristal.
Pour les jeunes de 14 ans et plus.

ISBN 978-2-9810600-4-4 (v. 1)
ISBN 978-2-9810600-7-5 (v. 2)

I. Titre. II. Titre : Les initiés. III. Titre : La dague de cristal.

PS8611.R42C67 2009   jC843'.6 C2009-941883-5
PS9611.R42C67 2009

DÉPÔTS LÉGAUX
1er trimestre 2010
Bibliothèque nationale du Canada
Bibliothèque nationale du Québec

© Les publications L'Avantage, 2010
183, Saint-Germain Ouest, Rimouski (Québec) G5L 4B8 CANADA
Téléphone : 418 722-0205 – 1 877 722-0205 – Télécopieur : 418 723-4237
Site Internet : www.publicationslavantage.com
Courriel : edition@publicationslavantage.com

Reconnaissance d'aide
Les publications L'Avantage est inscrite au Programme d'aide aux entreprises du livre
et de l'édition spécialisée de la Société de développement des entreprises culturelles
(SODEC) pour ses activités d'édition et bénéficie du Programme de crédit d'impôt
pour l'édition de livres – Gestion SODEC – du Gouvernement du Québec.

*Je dédie ce deuxième volume
à mes guides spirituels.*

REMERCIEMENTS

Encore une fois, un grand merci à Sylvie Bugeaud pour son travail exceptionnel. Elle est un peu à ce roman ce que dame Haziella est au continent creux. Elle remarque tout et n'hésite pas à mettre son grain de sel dans tous mes écrits.

Merci également à Nancy Savard et à ses compagnons et compagnes de travail des Productions 10e Ave. Il y a quelques années, grâce à leurs commentaires pertinents, ils ont donné un deuxième souffle à ce projet.

UN MOT DE L'AUTEUR

Lorsque je prends le temps de relire mes manuscrits, je suis toujours épaté par tout ce que j'ai écrit, et mon premier réflexe est de me demander : où est-ce que j'ai bien pu trouver toutes ces idées ?

Rassurez-vous. Cela n'affecte en rien mon ego, car je dois vous avouer humblement que j'ai reçu une aide précieuse.

Dès le début de la rédaction du premier tome, j'ai fait appel à mes guides. Avant de m'installer au clavier, j'avais pris l'habitude de communiquer avec ceux-ci. Je prenais le temps de m'asseoir cinq minutes et je leur disais poliment : « J'attaque un nouveau chapitre. Si vous ne voulez pas que j'écrive des bêtises, donnez-moi des idées qui auront du sens. »

Certains prétendent que nous avons cinq à sept guides, toujours prêts à nous aider en toutes circonstances. Il faut croire qu'au moins un de mes guides a un penchant pour la littérature.

À la fin de mes séances d'écriture, je consacrais toujours une minute ou deux à les remercier de leur collaboration.

Nos guides sont toujours là pour nous aider. C'est leur façon à eux de poursuivre leur évolution sur un plan vibratoire plus élevé. Tout ce qu'ils demandent en retour est une forme de reconnaissance. C'est donc la moindre des choses que de les remercier sincèrement. C'est pourquoi, je leur dédie ce tome II : La dague de cristal.

Pour en connaître d'avantage sur *Le Cordon d'argent,*
nous vous invitons à consulter les sites suivants :

www.cordondargent.com
et **www.trogol.net**
et **www.poly3d.com/auteur**

CHAPITRE I

Par le petit hublot carré aux coins arrondis, loin au-dessus des nuages, Steven et Caroline laissaient gambader leur imagination. Sous leurs yeux s'étendait, à perte de vue, un large tapis ouaté.

— Et celui-là ressemble à un cheval, suggéra Caroline en pointant du doigt une impressionnante masse nuageuse qui se déformait lentement.

— Un cheval qui a le cou de plus en plus long, renchérit Steven.

— Alors, c'est soit une girafe ou un cheval à long cou, concéda Caroline sans se démonter.

Le gros transporteur filant à vive allure proposa rapidement de nouvelles sculptures vaporeuses aux enfants. L'avion étant loin d'être complet, les passagers n'occupaient qu'une faible portion des sièges disponibles. Guidor en avait donc profité pour réserver une série de places à l'écart des yeux et des oreilles indiscrètes.

Dans l'allée voisine, Nadia observait les enfants et se rassurait en entendant leurs éclats de rire cristallins. Sans les quitter des yeux, elle déclara à Guidor, assis à sa gauche :

— Les enfants ont bien du mérite de demeurer si patients. Sept heures de vol plus une escale à Panama, c'est long pour des jeunes si actifs.

Attendant de Guidor une réponse qui ne venait pas, elle se retourna vers lui. Il semblait n'avoir rien entendu. Les yeux fermés, les mains sur les cuisses, Guidor donnait l'impression de dormir paisiblement. Nadia observa le guide de lumière quelques secondes, haussa les épaules et n'insista pas. Elle plongea la main dans la pochette du siège avant et en retira un magazine. Elle n'avait feuilleté que quelques pages lorsque Guidor daigna se manifester. Il toucha le bras de la jeune femme et d'un geste de la main, lui demanda d'attirer l'attention des enfants. Nadia se pencha dans l'allée et murmura :

— Caroline, Steven…

Les deux jeunes remarquèrent l'attitude sérieuse de Guidor. Ils devinèrent immédiatement l'importance de l'appel. Ils cessèrent leur jeu sur-le-champ. Steven détacha sa ceinture, quitta son siège situé près du hublot et se rapprocha de l'allée. À voix basse, Guidor expliqua :

— Je dois vous quitter pour quelque temps.

— Tout de suite ? demanda Steven.

Guidor confirma d'un signe de la tête.

— Mais on est à douze mille mètres d'altitude ! s'exclama Steven.

Après une courte réflexion, un peu gêné, il se frappa le front avec son poing.

— Bon, c'est vrai, j'oubliais. Pour toi, ça n'a pas beaucoup d'importance.

Le jeune garçon ne prêta pas attention aux ricanements de Caroline, d'autant plus qu'il remarqua le sourire contenu des deux adultes. Guidor retrouva rapidement son sérieux et précisa :

— Je viens de communiquer avec les Maîtres de Shangrila et la réaction des *trogs* est plus violente que prévue.

— Mais nous sommes tous sains et saufs. Que peuvent-ils faire contre nous ? demanda Caroline.

— Votre mission est d'une importance capitale, j'en conviens, mais elle n'est toutefois pas unique. Je dois rejoindre d'autres guides et aider d'autres groupes qui ont également des missions à remplir sur la planète.

— Et nous, qu'est-ce qu'on fait ? s'enquit Steven.

— Vous suivez le plan établi. Durant les prochains jours, vous pourrez faire une bonne partie du chemin sans moi. Je vous rejoindrai le moment venu.

S'adressant à Nadia, il demanda :

— Tu as toujours le petit cahier bleu que je t'ai remis ?

— Bien sûr. Il ne me quitte jamais. Je connais déjà plus de la moitié du contenu.

— Alors, bonne chance à tous.

Sans attendre, Guidor regarda discrètement à gauche et à droite, s'assurant ainsi qu'aucun autre passager ne s'intéressait à lui. Il fit au trio un signe de la main, une faible lueur éclaira son siège et rapidement, il s'évapora dans l'air.

***

Les ulcères d'estomac du lieutenant Satoba lui laissaient peu de répit. Il dévissa machinalement le petit tube d'aluminium et laissa tomber une pastille... qui rata le verre d'eau d'un centimètre, roula sur le bureau avant de rebondir sur le sol et de se cacher quelque part entre les souliers du policier. L'homme maugréa, tira sa chaise et se retrouva à quatre pattes sous le meuble. C'est cet instant précis que choisit l'inspecteur McGraw pour entrer dans la pièce.

— Lieutenant...

Un « boum » résonna sous le tiroir central, suivi d'un « aïe ! » sonore. Frottant son crâne dégarni, le lieutenant se releva, reprit une position plus digne de son titre et se limita à un « ouais, quoi encore ? ».

— Désolé, lieutenant... déclara McGraw avec un sourire à peine voilé. J'ai Duval sur la « deux », il est à l'aéroport, sur les traces de Nadia.

Se frictionnant toujours la tête, le lieutenant décrocha son téléphone :

— Duval ?

— …

À la mimique du lieutenant, McGraw devina que les nouvelles n'étaient pas très bonnes.

— C'est pas vrai ! s'exclama le lieutenant.

— …

— Mais cet aéroport est une vraie passoire !

— …

Le lieutenant coupa court aux explications.

— Et leur destination, vous la connaissez ? Où sont-ils partis ?

— Ils détenaient des billets pour le Pérou, répondit Duval à l'autre bout de la ligne.

— Le Pérou, mais c'est à l'autre bout du monde ! Tous les trois se rendaient au Pérou ?

— Tous les quatre, patron. Un homme dans la trentaine les accompagnait.

— Quatre, ils sont quatre maintenant. Toute cette affaire est de plus en plus incroyable. Alertez l'aéroport de... Où vont-ils atterrir ?

— À Lima, sauf que...

— Alors, nous les tenons. Communiquez avec les autorités de Lima, il faut les cueillir avant qu'ils puissent se perdre dans la nature.

— C'est là le hic, patron. Leur avion a atterri il y a plus de deux heures.

Sans prendre le temps de raccrocher, le lieutenant laissa tomber trois nouvelles pastilles dans son verre.

∗∗∗

En cette fin d'avant-midi, la place du marché de Pequos bourdonnait d'activités. Klaxonnant bruyamment, un camion de livraison tout blanc aux couleurs de l'Inca-Kola tentait de se frayer un chemin dans la cohue. Sans vraiment prétendre au titre de ville, Pequos s'identifiait comme un important village prospère, selon les critères péruviens. Plaque tournante des échanges entre marchands de la côte et agriculteurs vivant sur les hauts plateaux, Pequos offrait ses multiples étalages de fruits et de légumes, ses montagnes de vestes en laine aux couleurs vives, quelques ateliers de poterie et de quincaillerie et, depuis l'électrification récente de la région et des principales artères du village, un kiosque d'appareils électriques neufs et usagés.

On venait de très loin à Pequos. De très loin et même de partout, si on en jugeait par l'allure de l'étranger aux habits neufs de citadin, chaussant de magnifiques bottes en peau de crocodile. Un peu à l'écart des étals des marchands, l'individu discutait fébrilement avec une demi-douzaine de paysans.

Sous son nouveau déguisement, Sygrill avait jeté son dévolu sur un petit homme au chapeau rond. Celui-ci semblait être le meneur du groupe ou du moins, celui qui parlait le plus. Après une vive discussion ponctuée de gestes théâtraux, Sygrill observa l'arrivée de nouveaux curieux et laissa le petit homme au chapeau rond résumer la situation aux nouveaux venus.

Le rassemblement, maintenant très agité, quitta la place du marché, le petit homme au chapeau rond à sa tête. D'autres villageois s'ajoutèrent au défilé et dépassèrent, sans le remarquer, l'agent embusqué derrière une charrette de ballots de laine. La rumeur teintée d'agressivité s'amplifia lorsqu'ils empruntèrent une rue transversale. L'agent demeura seul. À son sourire méchant, on pouvait deviner sa satisfaction du travail bien fait.

***

À l'autre bout du village, Victor Avalos habitait une modeste maison, une demeure ancestrale témoignant de près de deux siècles d'histoire. Tout l'intérieur du foyer familial s'inspirait de la tradition, si ce n'était d'un petit téléviseur en noir et blanc trônant fièrement sur une commode artisanale. Deux minuscules fils fuyaient de l'appareil, longeaient le mur avant de disparaître dans le joint défait d'une fenêtre. À l'extérieur, les fils se tortillaient autour d'un vieux clou rouillé avant de se faufiler sous le capot d'une vieille camionnette, pour finir leur course sur les bornes de la batterie du véhicule.

Là s'arrêtaient toutes traces de la technologie moderne, à l'exception du petit réchaud à l'alcool sur lequel Naglia, l'épouse de Victor, préparait le repas du midi. Machinalement, elle jeta un coup d'œil à son mari, occupé à jouer avec leur fils unique âgé de cinq ans.

— Cette fois-ci, je vais t'attraper, menaça joyeusement le père.

Ce dernier, courtier en laine de lama, jouissait de toute la considération due à un notable de village. Avec sa petite moustache accentuant son honorabilité et ses larges épaules rehaussant sa respectabilité, Victor demeurait toutefois un être affable et apprécié de ses voisins. Mais pour le moment, l'heure n'était pas aux affaires. Victor se préoccupait davantage des réactions imprévisibles de son fils.

Le jeune Gregorio s'élança à travers la pièce et passa tout près de son père tout en restant hors de portée de ses bras massifs. Celui-ci simula une maladresse et tomba bruyamment de son tabouret, demeurant immobile sur le sol. À petits pas, l'enfant s'en approcha, assez près pour être pris au piège lorsque l'homme referma ses bras puissants sur l'enfant. Gregorio lança de grands cris joyeux pendant que l'homme le serrait tendrement dans ses bras. Un sourire se dessina sur le visage buriné de la femme tandis qu'elle retournait à ses préoccupations domestiques.

Une clameur grandissante attira l'attention de l'homme. Fronçant ses épais sourcils, il délaissa l'enfant et ses jeux et marcha vers la fenêtre. Il n'eut pas le temps de l'atteindre. On frappait nerveusement à la porte. Naglia quitta ses chaudrons, ramassa un linge et s'essuya les mains en marchant vers la porte, mais Victor intervint et, d'un geste de la main, invita la femme à retourner à sa cuisine. Naglia n'insista pas et s'intéressa davantage à son repas du midi. On venait tout juste de frapper de nouveau avec impatience lorsque Victor ouvrit, laissant pénétrer une violente bourrasque sonore.

Ils étaient maintenant plus d'une trentaine à envahir la petite rue du village et ils formaient un véritable bouchon devant la demeure de Victor. À leur tête, on retrouvait l'homme au petit chapeau rond. Victor apparut sur le seuil de la porte et la clameur augmenta d'un cran. L'homme n'était pas du genre à se laisser impressionner et c'est avec assurance et un certain sens de l'humour qu'il interpella son vieil ami, le porteur du chapeau rond.

— Dalmino, tu sais que tu es toujours le bienvenu pour partager notre repas, mais tu n'étais pas obligé d'amener tous tes amis.

Dalmino n'avait pas le cœur à rire, surtout avec tous ces gens qu'il avait attirés à sa suite et qui avaient fait de lui, implicitement, leur porte-parole. C'est donc sans familiarité qu'il déclara :

— Victor, aujourd'hui, je ne viens pas seulement voir un ami, je viens parler au maire du village de Pequos.

— Oh, oh. Alors c'est très sérieux, répliqua Victor sans toutefois perdre son sourire.

— Très sérieux, en effet. Un événement très grave se prépare et la population de ce village doit réagir.

Victor laissa tomber son sourire, attrapa la poignée de la porte et la referma derrière lui. Il avança d'un pas et buta sur son fils qui s'était discrètement glissé entre les deux hommes.

— Papa, tu viens jouer ?

L'homme avait remarqué l'agitation et la tension qui flottaient dans la foule. Il n'avait vraiment plus le goût de jouer. Il ramassa un seau de fer-blanc traînant près de la porte et le plaça dans les mains de l'enfant.

— Nous pourrons jouer plus tard, quand tu auras rapporté de l'eau à ta mère.

L'enfant n'insista pas. Longeant le mur, le jeune Gregorio évita la foule et disparut à l'intersection d'une ruelle. Pendant ce temps, son père fit de nouveau quelques pas. Agitant les bras, il invita l'attroupement à faire silence. Lorsque le calme fut enfin revenu, il s'adressa à son vieil ami.

— Dalmino, donne-moi des détails sur cet événement qui vous inquiète tant.

***

Sygrill s'était discrètement retiré du cœur du village. Après avoir repéré une légère élévation lui offrant un excellent poste d'observation sur la place du marché, l'agent du continent creux concentrait maintenant son attention sur la petite route qui serpentait dans la montagne. À l'aide de ses puissantes jumelles électroniques, il n'eut aucune difficulté à repérer son nouvel objectif. Avec contentement, il surveilla la lente progression du vieil autobus, petite tache colorée grimpant péniblement vers le village.

— Mes chers amis, je vous souhaite la bienvenue, beaucoup de plaisir et bien des surprises à Pequos.

***

Dans un crissement de freins usés, le vieux car, qui ne demandait qu'à rendre l'âme, s'arrêta à l'entrée sud de la place du marché. À travers un nuage de vapeur fuyant du radiateur, une douzaine de villageois, bardés de sacs et de filets à provisions, quittèrent le véhicule. Ce fut ensuite au tour de Caroline et Nadia de descendre du car. Avant toute autre chose, elles prirent le temps de s'étirer et de respirer une grande bouffée d'air frais, trop heureuses de quitter l'environnement étouffant de l'autobus. Steven, durant ce temps, avait déjà emprunté l'échelle de métal accrochée derrière le bus et explorait le porte-bagages improvisé, vissé à même le toit du véhicule.

D'un coup d'œil rapide et trompeur, on aurait pu croire à un garçon de la région cherchant à rendre de menus services en échange de quelques pièces. De par ses origines amérindiennes, ses pommettes saillantes, ses yeux légèrement bridés, sa peau cuivrée et son nouveau poncho aux couleurs chamarrées acheté dans la capitale, Steven aurait pu donner le change, n'eussent été ses nouveaux souliers de course barrés de lignes fluorescentes. Il lança un sac à dos sur le sol.

— *¡Hola, señorita!* C'est pour toi, Caroline. Attention, en bas!

Le sac atterrit dans un bruit sourd en soulevant un nuage de poussière.

— J'espère que tu seras plus délicat avec le mien, prévint Nadia. Mon sac n'est pas une poche de linge sale.

Steven explora le support à bagages, sautant par-dessus des boîtes et divers colis plus ou moins bien ficelés, et découvrit sans peine le sac tout neuf en question. Il longea le bord du toit et, d'un signe de la main, annonça sa position.

— Il est ici.

Nadia se déplaça en direction du garçon et tendit les bras. Steven prit la peine de se pencher sur le côté du véhicule et laissa glisser le sac le long de la paroi vers les bras de Nadia. Cette dernière se préparait à recevoir le précieux sac lorsque le chauffeur du bus se permit de l'attraper au vol. Avec galanterie, il offrit même de l'ajuster sur le dos de la jeune femme.

— *Muchas gracias,* déclara la jeune femme à l'adresse du chauffeur, qui s'éloigna avec le sourire.

Tout attentive à vérifier les attaches de son sac, Nadia ne remarqua pas le jeu étrange se déroulant dans son dos. La main de Dalmino, l'homme au chapeau rond, accrocha l'épaule du chauffeur et l'invita discrètement à s'éloigner du bus.

Steven sauta les trois derniers barreaux de l'échelle et se retrouva près de Caroline. Nadia, soucieuse, rejoignit les deux jeunes. Caroline remarqua la première l'état d'esprit de son amie.

— Qu'est-ce qu'il y a, Nadia? Quelque chose ne va pas?

— On t'a pas brisé tes affaires, au moins? s'informa Steven.

— Non. Ce n'est pas ça. Il y a comme une tension dans l'air. Je ne suis pas à l'aise. Tu ne ressens rien, Caroline?

La jeune fille prit le temps de se concentrer et ferma les yeux quelques secondes.

— C'est vrai. C'est comme une oppression.

Caroline ferma de nouveau les yeux:

Je respire difficilement et mes muscles sont tendus.

— C'est la chaleur et l'altitude, c'est sûr, énonça le garçon. Dans dix minutes, on sentira plus rien.

— Tu as peut-être raison, concéda Nadia sans trop de conviction. En attendant, tâchons de trouver un guide qui acceptera de nous conduire dans l'arrière-pays.

Le trio plongea dans la foule chamarrée de la petite place du marché. À l'aide de leur dictionnaire français-espagnol, Caroline et Steven tentaient vainement de se faire comprendre des habitants du village. Au début, les deux enfants crurent ne pas avoir bien compris le guide d'utilisation de leur dictionnaire. À chacune de leurs tentatives, ils ne recevaient comme réponse qu'un «*No lo sé*» plus ou moins poli. Nadia, malgré le cours intensif prodigué par Guidor, n'avait pas plus de succès. À leur grande stupéfaction, ils durent se rendre à l'évidence: les villageois refusaient catégoriquement toute communication. Certains n'attendaient même pas la fin de la question pour se tourner dans une autre direction.

— On a la peste ou quoi? s'écria Steven, découragé.

— Ça commence bien mal une mission, ajouta Caroline.

Comme à l'accoutumée dans ce genre de situation, Nadia se passa la main dans les cheveux en signe de nervosité.

— Je ne comprends vraiment rien à tout cela.

— Si Guidor était là, il aurait sûrement une explication, déclara Caroline.

Nadia déplorait également l'absence de leur guide de lumière. Machinalement, elle regarda autour d'elle comme si elle avait espéré le voir apparaître, par miracle, dans un nuage. Elle ne découvrit pas celui tant attendu mais remarqua, près du bus, le chauffeur qui avait été si gentil. Nadia espérait qu'il les éclairerait, étant du pays, sur cette étrange réaction de la population. Pointant la direction du chauffeur, elle proposa aux enfants :

— Peut-être pourra-t-il nous expliquer ce qui se passe ici.

Tout occupé à charger des bagages sur la plate-forme de son bus, le chauffeur ne remarqua pas l'arrivée du trio. Nadia l'interrompit dans son travail.

— *Por favor, señor.*

L'homme, d'une nature joviale, se retourna tout souriant, mais perdit soudainement sa bonne humeur en reconnaissant les étrangers.

— Nous vivons une drôle de situation, commença Nadia, il nous faut un guide et...

Nadia n'eut pas le temps de donner plus de détails. Le conducteur lança sans regarder son dernier colis sur le toit du bus et chercha nerveusement une échappatoire.

— *No lo sé, señora.* Moi rien savoir, répondit-il nerveusement.

Il monta dans son bus et, sans prendre le temps de refermer la porte, démarra en trombe, laissant dans un nuage de poussière les trois étrangers pestiférés. Les mains sur les hanches, la jeune femme révisa son opinion sur le chauffeur, si galant quelques minutes plus tôt.

— La politesse se perd rapidement.

— Mais y était si cool tout à l'heure, s'étonna Steven.

— Alors, qu'est-ce qu'on fait maintenant ? demanda Caroline.

— On retourne à Lima ? proposa le garçon.

— Il n'en est pas question, s'offusqua Nadia. Guidor nous a amenés jusqu'ici et nous allons continuer. N'oubliez pas ce que nous a révélé notre ami l'Ermite : nous avons une mission, une mission très importante.

— T'as raison, concéda Steven. On n'a pas le droit de décevoir Guidor et l'Ermite.

— Alors, nous reprenons tout à zéro et cette fois-ci, nous allons nous séparer. Vous deux, demeurez dans le centre du village, moi, je vais explorer les petites rues autour de la place du marché. On se retrouve ici dans deux heures.

***

De son poste d'observation, l'agent trogolien savourait de plus en plus la tournure des événements. Une vibration sourde attira son attention.

— Oui, je suis à l'écoute, Globulus.

— Comment se présente notre opération ?

— J'ai localisé la femme et les deux enfants, mais aucune trace de votre fameux Guidor.

— Ce n'est pas étonnant, il n'a pas atteint le Pérou.

— Il n'a tout de même pas quitté l'avion en plein vol ?

— Si, justement.

— Vous croyez qu'il s'est senti découvert ?

— Je ne crois pas.

— Si vous n'aviez pas identifié sa signature vibratoire dans cet avion volant vers le Pérou, nous n'aurions jamais retrouvé ces trois Terriens. C'est vraiment un coup de chance…

— Ce n'est pas une question de chance, agent Sygrill. Je suis verrouillé sur la vibration de Guidor. S'il se manifeste, je le sais. C'est tout.

— Alors nous ne modifions en rien notre plan ?

— Absolument. Ne perdez pas de vue les trois Terriens. Guidor… il est à moi.

Avec précaution, l'agent se laissa glisser sur le dos et quitta la place sans se faire remarquer.

***

Les petites rues périphériques de Pequos n'étaient en fait que des allées de terre battue piétinées depuis des siècles par des générations de villageois. Certaines demeures que l'on devinait récentes côtoyaient des habitations de pierres centenaires sur lesquelles le temps avait eu peu de prise.

Bien que le ciel fût dégagé et le soleil ardent, la haute altitude apportait une brise fraîche sur le village. Nadia en appréciait toute la douceur. C'est donc avec entrain qu'elle explorait les différentes avenues du village. La végétation, les constructions, le décor en général, tout était source d'émerveillement et lui apportait un véritable plaisir, jusqu'au moment fatidique de prendre contact avec les habitants.

Au détour d'une ruelle, Nadia aperçut, à quelques dizaines de mètres sur sa droite, trois hommes discutant activement entre eux. Bien que devinant d'avance leur réaction, Nadia prit son courage à deux mains et marcha vaillamment dans leur direction. Sa détermination vacilla légèrement lorsque l'un des trois hommes la reconnut et perdit son sourire. Il joua du coude vers son plus proche compagnon et la pointa du menton. Les deux autres se tournèrent dans la direction de la jeune femme. Tous adoptèrent soudain une attitude rébarbative. Le plus jeune des trois, un pied appuyé au mur, sortit nonchalamment un long couteau et se mit à le lancer dans les airs, le rattrapant habilement à chaque coup par son manche de bois sculpté. Peu encline à la confrontation, Nadia jugea préférable d'écourter la rencontre et se faufila entre deux habitations tout en jetant discrètement un coup d'œil derrière elle. Les hommes n'avaient pas bougé. Soulagée, elle progressa sur une dizaine de mètres dans les hautes herbes et déboucha sur un vaste espace rocailleux, tout juste à la limite du village.

Suivant la configuration du terrain, quelques maisonnettes avaient poussé çà et là. Près de l'une d'elles, un bambin assis à même le sol semblait simplement profiter du soleil. Pour se distraire, Nadia se pencha vers celui-lui et lui adressa un large sourire.

— Toi, au moins, tu ne me feras pas la tête. Bonjour... *Buenos días.*

Nadia n'eut pas le temps d'entamer plus longuement la conversation. Dans la seconde qui suivit, une porte s'ouvrit, une femme accourut vers l'enfant. Elle le ramassa en vitesse sans prendre la peine de jeter un coup d'œil à Nadia. Elle retourna à sa demeure et referma la porte violemment.

— Mais où est donc passée l'hospitalité légendaire du peuple péruvien? pensa la jeune femme.

***

Le découragement de Nadia s'affichait visiblement dans la mire des jumelles de l'agent *trog*. Couché sur un toit de tôle ondulée, à l'abri des regards indiscrets, Sygrill ne cachait pas son plaisir devant les déboires de la jeune femme.

— Tout est parfait, voyons les autres, maintenant.

Pivotant sur un coude, il balaya le centre du village. Après un ajustement de ses jumelles, l'agent se mit à la recherche des enfants.

***

— ¡No lo sé!

Assis sur un petit tabouret artisanal appuyé à un mur de torchis, le vieil homme ne dit rien de plus. Agitant sa canne comme un moulinet, il obligea Steven à demeurer à bonne distance de sa personne.

— ¡No lo sé, no lo sé! Vous savez rien dire d'autre? Tu devrais regarder un peu plus la télévision, grand-père, ça donne du vocabulaire! cria Steven sur un ton provocateur.

Ne pouvant rien ajouter de plus, le garçon tourna les talons et reprit sa quête sans grand enthousiasme. Les yeux fixés sur ses souliers, il ne remarqua pas le muret de ciment entourant le bassin de la fontaine. Son pied buta sur l'obstacle et il perdit l'équilibre. Steven sentit son corps basculer vers le bassin. Par réflexe, il tendit les mains pour se protéger et se retrouva les deux bras dans l'eau jusqu'aux coudes, le visage à trois centimètres de la surface liquide. Après un grand soupir, il releva légèrement la tête et découvrit devant lui le reflet rieur d'un jeune garçon. Steven lui rendit son sourire et observa l'enfant qui tentait de manipuler, sans grand succès, la grosse pompe à eau du village. Devant de tels efforts et autant d'énergie dépensée, Steven ne put s'empêcher de prendre le garçonnet en pitié.

— Les pompes à eau, c'est ma spécialité, déclara-t-il au bambin avec assurance.

Invitant le jeune garçon à lui céder la place, il demanda :

— Tu me laisses essayer ?

L'enfant recula de quelques pas sans dire un mot. Steven s'installa devant la grosse poignée de fer et se mit à la tâche. En quelques coups vigoureux, le seau du gamin fut rempli et ce dernier gratifia Steven d'un large sourire reconnaissant. Steven était plus qu'heureux de sa bonne action. Au moins une personne lui avait offert un sourire dans ce triste village. Mais ce bonheur fut de courte durée.

— Gregorio ! tonna une voix en colère.

Accompagné d'une longue tirade intraduisible, le pied de l'homme renversa le seau avec violence. C'était Victor, le père du garçon. Fulminant contre son fils qui avait osé parler à l'étranger, l'homme attrapa le bras du garçon et quitta la place en le traînant sans ménagement. Le garçon n'eut pas le choix de suivre son père, mais lança tout de même, discrètement, un nouveau sourire à Steven.

***

Le trio, de nouveau réuni, poursuivait sa quête dans les rues du village sans se douter de la filature dont il faisait l'objet. Longeant les murs et se glissant derrière les arbustes, le jeune Gregorio suivait son nouvel ami, pour qui il avait développé une réelle sympathie.

Tout en marchant, celui-ci exprima sa plus grande préoccupation existentielle :

— J'ai faim !

— … Et si tu tentais d'identifier l'origine de ce sentiment de haine, proposa Caroline. Tu pourrais peut-être influencer l'esprit des gens et les rendre plus sympathiques face à nous.

— Je n'ai pas attendu ta suggestion, tu sais. Bien que cela ne soit pas très honnête d'altérer le psychique des gens, je dois t'avouer que j'ai essayé à plusieurs reprises, mais sans succès. Le sentiment de rejet est trop fort et la population, trop importante.

Comme pour démentir Nadia, le groupe déboucha sur la place du marché où, il y a une heure à peine, abondaient clients et marchands. À présent, tous les étalages étaient vides et les boutiques, fermées.

— T'as raison, il y a beaucoup trop de monde, souligna Steven sur un ton narquois.

— Steven..., siffla Caroline.

— Nadia se contenta de sourire.

— Allons, Caroline. Où est passé ton sens de l'humour ?

— C'est bien tout ce qu'il nous reste, soupira la jeune fille.

— Pas tout à fait, nous avons beaucoup plus...

— Nos billets de retour ? proposa Steven.

— Plus que ça. La confiance...

Les deux enfants regardèrent Nadia, lui offrant des visages en point d'interrogation. La jeune femme s'arrêta et devint très sérieuse.

— Vous vous souvenez de la promesse des Maîtres de lumière de Shangrila ? De nous protéger et de nous aider dans notre mission.

Les enfants répondirent par un même signe de tête.

— Il existe une aide cosmique qui est toujours disponible pour tous les humains et que nous avons, jusqu'à présent, trop négligée. À compter de maintenant, nous nous confions à eux.

***

Malgré ses courtes jambes, Gregorio parvenait à suivre Steven et ses amies sans trop de peine. Connaissant bien le village, le bambin compensait sa lenteur par un choix judicieux de ruelles. Il se glissa sous une palissade et arriva juste à temps au coin de la rue pour voir les trois étrangers passer devant lui.

***

Le trio traversa la place du marché sans rencontrer âme qui vive. Ils s'arrêtèrent près d'une enfilade de petits étals séparés les uns des autres par de grandes toiles de confection locale.

Steven, dont la patience n'était pas la principale qualité, commençait à s'agiter. S'aidant de ses bras, il se donna un élan et s'assit sur un présentoir fait de quelques bouts de planches.

— Tout est fermé et j'ai toujours faim. Si les Maîtres de lumière veulent vraiment nous aider, y vont devoir nous trouver des habitants… pis de la bouffe.

Une exclamation sourde arrêta le garçon dans ses récriminations. Caroline fut la première à repérer la source de la voix. De la main, elle indiqua la terrasse du petit café, cachée à l'ombre d'une modeste auberge.

— Je crois que les Maîtres de lumière t'ont entendu, souligna Caroline.

Steven évalua rapidement les trois hommes assis à une petite table ronde. C'est sans enthousiasme qu'il déclara :

— Avec des têtes pareilles, les Maîtres de lumière devront travailler fort pour amener ces hommes à nous aider.

— Ne jugeons pas ces gens trop rapidement.

Et sur un ton fataliste, la jeune femme ajouta :

— De toute façon, ils sont peut-être notre dernière chance.

Sans attendre une réponse des enfants, Nadia se dirigea vers la terrasse. Caroline et Steven échangèrent un regard pessimiste avant de repartir sur les traces de la jeune femme.

***

Devinant la destination des étrangers, Gregorio se faufila entre deux boutiques, contourna l'auberge et se retrouva dans la cour arrière du café. Se frayant un chemin à travers un amas de caisses éventrées, il atteignit la petite porte de service protégée par une simple toile de coton.

La pièce faisait office de cuisine d'un côté et de remise de l'autre. Côté cuisine, Gregorio reconnut Carmela, la femme de l'aubergiste, tout occupée à pétrir ses pains de maïs. Traversant à petits pas la cuisine attenante au café, le garçonnet s'arrêta sur le seuil de la porte et jeta un coup d'œil dans la salle commune.

— Voilà encore ces maudits étrangers, lança une voix dans le café.

— Cette fois-ci, je m'en occupe personnellement, déclara le maire.

— Papa! s'exclama timidement le garçon, tout heureux de sa découverte.

— Gregorio! Qu'est-ce que tu fais ici? demanda une voix féminine.

Le garçon se retourna et découvrit Carmela derrière lui. Les poings sur les hanches, elle tentait de se donner un air autoritaire.

— C'est papa..., s'écria Gregorio en pointant du doigt son père assis à l'autre extrémité de la pièce.

Candidement, il afficha un grand sourire.

La femme leva les yeux et reconnut le père du garçon. Il était assis à une modeste table de bois en compagnie d'un petit homme au chapeau rond et d'un autre villageois qu'elle reconnut à sa canne. Un peu plus loin, derrière le comptoir, son mari finissait d'essuyer un verre. Elle reconnut également les nouveaux arrivants, ces étrangers que l'on devait éviter comme la peste.

— Oui, c'est ton papa, mais je crois que ce n'est pas le moment de le déranger. Retourne à la maison.

Gregorio hésita à bouger.

— Allez, va, insista la femme en brassant l'air devant le garçon.

Elle frappa violemment dans ses mains. Un léger nuage de farine enveloppa le visage du garçon. À contrecœur, l'enfant retourna lentement sur ses pas. La femme de l'aubergiste surveillait toujours le garçon quand une odeur âcre attira son attention. Levant le nez, elle s'exclama :

— Mes galettes !

Se précipitant vers son four, Carmela se désintéressa du bambin. Gregorio profita de cette diversion et pénétra silencieusement dans le café. L'aubergiste avait maintenant déserté son comptoir et rejoint ses trois clients. Le garçon saisit l'occasion pour se faufiler derrière le comptoir laissé sans surveillance. Progressant sans être vu, il remonta lentement vers la devanture du café. Discrètement, il fit glisser une cassette de plastique vide d'Inca-Kola et s'offrit ainsi un magnifique piédestal et une vue directe sur l'action.

***

Nadia s'arrêta à la première table du café et étudia la physionomie des trois clients regroupés en retrait sur la terrasse. Ces hommes n'avaient rien de foncièrement mauvais, Nadia en était certaine. De plus, elle demeurait convaincue qu'un simple sourire de leur part les aurait rendus fort sympathiques. Pourtant en ce moment, l'atmosphère était tendue. Les trois hommes ainsi que l'aubergiste toisaient la jeune femme avec un air de mépris.

Pointant Victor du doigt, Steven souffla à l'oreille de Caroline :

— Celui de droite, je le reconnais. Il n'est pas très aimable. Et le p'tit vieux, il faut surveiller sa canne.

Les yeux mi-clos, les mains sur les tempes, Caroline secoua la tête.

— Ils ne sont pas vraiment méchants. Il y a même un sentiment de peur chez ces hommes.

En toute autre circonstance et dans un autre lieu, le simple bon sens et un minimum de prudence auraient incité Nadia à tourner les talons afin d'éviter toute altercation. Mais en ce moment précis, la situation était exceptionnelle et lorsque Victor, le maire du village, sortit un long couteau de sa ceinture et le déposa sur la table, la jeune femme ne bougea pas d'un centimètre. Elle se contenta de fixer l'homme, droit dans les yeux. Tout ce qu'elle avait raconté aux enfants, au sujet de l'aide et de la protection des Maîtres de lumière, elle y croyait fermement. Elle était bien décidée à les attendre le temps qu'il faudrait.

Encouragés par l'attitude déterminée de Nadia, les deux enfants la rejoignirent et se placèrent à la droite de la jeune femme. Tous les trois demeurèrent immobiles et silencieux. Le client voisin du maire marmonna quelques mots en regardant le fond de son verre vide, mais celui-ci ne répondit pas. Se sentant observé par la jeune femme, Victor jeta un coup d'œil vers le trio, toujours impassible à l'entrée du café.

Le premier citoyen du village commençait à trouver la situation très inconfortable. En présence de ses amis, il ne pouvait se permettre de perdre la face devant une femme et deux enfants, des étrangers qui plus est. Puisque, jusqu'à présent, les paroles n'avaient pas découragé les nouveaux venus, Victor décida de tenter un coup d'éclat, un geste qui ferait fuir ou du moins intimiderait, espérait-il, les trois touristes à la peau claire.

D'un geste sûr et rapide, Victor ramassa son couteau et visa une poutre du café. Le long couteau d'acier siffla aux oreilles des étrangers. Caroline sentit même le déplacement d'air sur son visage lorsque la lame scintilla à deux centimètres de son nez. Un bruit métallique se fit entendre. Au lieu d'entrer dans le bois tendre de la poutre, la lame frappa la tête d'un clou et ricocha dans une nouvelle direction. Le couteau ne fit aucun bruit en atteignant sa nouvelle destination et seul un gémissement attira l'attention de l'assemblée. Ils tournèrent la tête vers le long meuble de service et c'est avec horreur qu'ils découvrirent, gisant sur le comptoir, le petit corps de Gregorio.

***

— Gregorio ! lança Victor d'une voix éteinte.

L'homme se précipita vers son fils, balayant chaises et tables sans ménagement. Dans la foulée, ses deux amis et l'aubergiste le suivirent. Tout ce remue-ménage fit sortir Carmela de sa cuisine, et elle remarqua immédiatement l'attitude éplorée des quatre hommes. À la vue du petit Gregorio étendu sur la table, elle eut un pincement au cœur, mais sa respiration s'arrêta net quand elle aperçut la longue lame d'acier enfoncée dans le thorax du garçon. Elle fit quelques pas hésitants, ne pouvant accepter ce que percevaient ses yeux. Puis, dans un long cri plaintif, elle traversa le café en courant et sortit sur la place en gesticulant et gémissant. Après quelques secondes d'affolement, elle se ressaisit et plongea dans une petite rue du village, où déjà plusieurs portes et fenêtres s'ouvraient.

Nadia et les deux enfants s'approchèrent à leur tour timidement. Sans quitter le petit garçon des yeux, Steven se colla près de Nadia et lui demanda à l'oreille :

— Il est mort ?

— Non, regarde, il respire encore, mais sa situation est critique. Son aura est terne. Je crains que cela ne soit qu'une question de minutes.

Steven se tourna alors vers Caroline.

— T'as un don de guérisseuse. Tu peux peut-être faire quelque chose ?

— Es-tu sérieux ? bredouilla la jeune fille, affolée.

Steven n'ajouta rien, mais Caroline devina dans le regard éploré du garçon qu'il ne blaguait pas. Prise au dépourvu, elle ne sut que répondre :

— Steven, un couteau dans la poitrine, c'est autre chose que de soulager quelqu'un d'un mal de tête !

— Et ma jambe que t'as soignée… Y avait du sang partout, répliqua le garçon. Tu peux peut-être au moins jeter un coup d'œil.

Caroline fit timidement un pas en avant et regarda la plaie. Machinalement, elle porta sa main à son cou et caressa le petit cristal rose porté en pendentif. Dans un signe de découragement, elle secoua la tête.

— C'est impossible, je ne peux rien faire pour lui.

— Tu vas pas le laisser mourir ? gémit Steven.

Caroline chercha du réconfort dans le regard de Nadia, mais ce fut peine perdue.

— Il ne lui reste que quelques minutes, Caroline, annonça Nadia. Tu es sa seule chance, sa dernière chance.

Caroline sentit un début de panique l'envahir. Déjà la foule, grandissant à vue d'œil, bouchait la façade du café. Elle aurait voulu se retourner, courir et quitter ce village sur-le-champ, mais elle savait que c'était impossible. Steven était juste derrière elle et derrière Steven, il y avait peut-être une centaine de personnes. Elle demeurait là, inerte. Fixant toujours le bambin, elle lâcha dans un soupir :

— Je n'aurai jamais assez d'énergie pour une telle action.

— Aie confiance, Caroline. Steven et moi, nous allons joindre nos propres énergies à la tienne.

— Oh ! Oui, fit Steven. Caroline, je vais te donner tout ce que je peux.

La jeune fille hésitait toujours. Nadia ne quittait pas des yeux l'aura du bambin.

— C'est bientôt la fin, observa la jeune femme. Il n'y a plus une minute à perdre.

Caroline avança le corps, mais ses jambes ne semblaient pas vouloir obéir. Steven profita de ce petit geste et se glissa encore plus près de Caroline, obligeant ainsi la jeune fille à avancer afin de ne pas perdre l'équilibre. Elle se retrouvait maintenant devant la table, devant le bambin, devant le père pleurant son fils de l'autre côté du comptoir. Elle jeta un coup d'œil à Nadia, qui la gratifia d'un sourire d'encouragement.

Caroline ferma les yeux et se concentra. Lorsqu'elle les rouvrit, son regard était froid et son visage n'exprimait plus aucun sentiment. Elle avança la main vers le couteau. Le père, en pleurs, paniqua et tenta d'arrêter le geste de la jeune fille. Leurs regards se croisèrent, les clameurs de la foule se turent. Plusieurs secondes s'écoulèrent. Résigné, l'homme baissa les yeux vers son fils, recula d'un pas et laissa le champ libre à Caroline.

D'un geste sûr, Caroline retira le couteau délicatement, mais elle n'eut pas à le déposer. Ce dernier quitta la main de Caroline, s'éleva doucement et fit un tour sur lui-même avant d'atterrir lentement sur la table. La foule retint son souffle. Caroline ne cilla pas, mais Nadia pinça le bras de Steven dans un signe désapprobateur. Steven, quant à lui, un sourire taquin sur les lèvres, était plutôt fier de sa prestation.

Caroline, toute concentrée à sa tâche, ouvrit la chemise de l'enfant et déposa sa main gauche sur la blessure et la paume de sa main droite sur sa main gauche. De nouveau, elle ferma les yeux. Nadia et Steven firent de même. Peu à peu, la respiration de l'enfant se stabilisa.

— Regardez! La blessure ne saigne plus. C'est une *Pampamisaya*, une guérisseuse! cria une femme dans la foule.

Un murmure s'éleva dans la population.

Lentement, Caroline retira ses mains. Elles étaient presque propres; seul un léger filet rouge maculait sa main gauche. Sur la petite poitrine, la plaie s'était refermée et ne laissait paraître qu'une ligne rosée à peine visible. Caroline avait réussi. L'enfant ouvrit les yeux. Victor, le visage en larmes, se précipita vers son fils et le serra tendrement.

Nadia et Steven enlacèrent leur amie et l'embrassèrent chaleureusement.

— Caroline, ce fut du grand art, déclara Nadia.

— T'as été formidable! s'exclama Steven.

***

Au sein de la population, ce fut d'abord une réaction de stupeur; puis ce fut le délire. De toutes parts, on se pressait sur le trio. C'était à qui aurait la chance de toucher une mèche de cheveux, un coin de tissu ou mieux, la main qui fait des miracles. Dans la rue étroite menant au logis de Victor, c'était la fête. Tenant le petit Gregorio dans ses bras, Victor ouvrait le chemin, suivi de Caroline, Nadia et Steven portés en triomphe sur les épaules des villageois.

La femme de l'aubergiste, accompagnée de Naglia, la mère de Gregorio, arrivèrent à leur rencontre. Victor déposa son fils sur le sol. Sans aucun effort, le garçonnet courut dans les bras de sa mère. Après d'émouvantes effusions, le cortège s'ébranla de nouveau en direction de la maison du maire.

***

Sygrill n'en croyait pas ses yeux. Devant lui défilaient les trois étrangers portés à bras d'hommes dans les rues de la ville. Avançant de quelques pas, il reconnut au milieu de la foule le petit homme au chapeau rond. Passant à sa hauteur, il agrippa l'homme par le bras et l'entraîna dans l'ombre de la ruelle.

— Mais que faites-vous avec ces étrangers? Je vous ai pourtant prévenus, ils sont dangereux.

— Non, non, s'exclama le porteur de l'étrange chapeau. La petite aux cheveux d'or, elle fait des miracles.

Sur ce, l'homme tenta de se dégager afin de rejoindre ses amis, mais Sygrill, exaspéré, le retint fermement.

— Ces étrangers vous veulent du mal, vous devez les expulser du village.

C'était au tour de l'homme au chapeau rond de perdre patience. D'un geste brusque, il se dégagea.

— C'est toi qui es dangereux. Tu nous as trompés. Tu nous as menti !

Il voulut à nouveau quitter l'imposteur aux idées fourbes, mais une main ferme s'accrocha à son épaule. Perdant cette fois-ci vraiment patience, l'homme au chapeau se retourna et lança son poing à la figure de l'agent. L'instant suivant, Sygrill se retrouva étendu face contre terre, incapable de comprendre ce revirement de situation. Durant quelques secondes, il retrouva partiellement sa physionomie trogolienne. Heureusement pour lui, le petit homme n'était pas demeuré sur place et avait déjà rejoint ses compatriotes. Sygrill se concentra sur son image et reprit instantanément son apparence de Terrien. Il jeta furtivement un regard autour de lui. Son secret demeurait préservé. Seule une trace de griffe creusant le sol témoignait du passage du *trog*.

***

Accompagnée de son fils, Naglia entra dans la maison. Victor referma la porte derrière eux et demeura sur le seuil, face à ses concitoyens. D'un geste de la main, il apaisa la foule et attira vers lui les héros du jour.

— Mes amis, ces étrangers ne sont plus des étrangers. Ils font maintenant partie de ma famille et ma modeste demeure est leur foyer.

Une ovation accueillit la déclaration du maire.

— Mes nouveaux amis sont des êtres généreux et je vais les guider dans la montagne. Pour cette expédition, j'ai besoin de bras solides...

Victor ne put terminer sa phrase. Déjà, plusieurs volontaires se bousculaient et réclamaient l'honneur d'accompagner ces étrangers si extraordinaires.

CHAPITRE II

Le soleil se pointait déjà haut dans le ciel. Victor ouvrait la marche, suivi de Nadia, Caroline et Steven. Derrière le trio, Dalmino, l'homme au chapeau rond, agissait à titre de porteur en compagnie de Vidal, éleveur de lamas filiforme et silencieux. Depuis trois heures déjà, le groupe progressait d'un bon pas sur le haut plateau, un terrain rocailleux, plat et dénudé. Quelques arbustes chétifs tentaient de s'agripper au sol pauvre où tourbillonnaient occasionnellement des petits nuages de poussière soulevés par le vent.

Caroline semblait soucieuse. Elle ralentit le pas et laissa Steven monter à sa hauteur. Elle lui chuchota quelques mots à l'oreille, mais le garçon haussa les épaules, incapable de lui répondre. Afin d'en avoir le cœur net, Caroline se retourna et demanda :

— *Señor* Vidal, pourquoi traînez-vous tous ces colliers bruyants ?

L'interpellé marmonna quelques mots inintelligibles et retomba dans son mutisme. Caroline, insatisfaite, lança un regard dans la direction de Steven. Ce dernier haussa de nouveau les épaules. Dalmino, toujours prêt à s'exprimer, apporta une précision.

— Ce ne sont pas des colliers, *señorita, pero amuletos*. Des amulettes. Vidal n'a peur de rien, sauf des mauvais esprits, précisa-t-il.

Sur le ton de la confidence, il chuchota :

— Et il se méfie un peu des gens qui font de la magie.

— Ha… fit Caroline, se sentant légèrement visée.

Haussant le ton pour le bénéfice de Victor, Dalmino ajouta :

— Et je me demande bien pourquoi il nous accompagne.

— Vidal est le parrain de mon fils. Il a insisté pour nous accompagner. J'en suis très fier. De plus, c'est le meilleur tireur du village, répondit Victor sans se retourner.

À ce dernier argument, Dalmino opina de la tête.

— Justement, monsieur Victor…, reprit Caroline.

Ne quittant pas la piste des yeux, l'homme déclara :

— Dites Victor, simplement.

— Alors Victor, est-ce que je peux savoir pourquoi vous et vos amis portez des armes ?

Sans briser le rythme, le guide tourna légèrement la tête du côté de Caroline.

— Sur la piste, on peut rencontrer des brigands. C'est rare, mais on n'est jamais trop prudent. Et dans la jungle, il y a les animaux sauvages. Là, une arme, c'est très important.

Caroline commençait à regretter sa curiosité. Se tournant vers Steven, elle lui avoua :

— Je crois que j'ai posé une question de trop. Je serais beaucoup plus en sécurité à la maison.

Steven, sur un ton moqueur, mais sans méchanceté, souligna :

— Avec ton oncle et ta tante ou dans une clinique psychiatrique ?

Caroline n'eut pas à réfléchir très longuement et fit la grimace.

— Tout compte fait, je crois que je préfère ces montagnes, avoua candidement la jeune fille.

***

Le groupe avait profité des derniers rayons de soleil filtrant entre les montagnes pour compléter l'installation du camp. À l'aide d'un gros caillou, Steven, à genoux, frappa l'ultime coup sur le dernier piquet de sa tente. Lâchant sa pierre, il se laissa mollement tomber sur le sol.

— Haaaa... Un coup de plus et j'étais mort. Demain, pas nécessaire de me réveiller. Je fais la grasse matinée.

— Oui, nous l'avons tous bien mérité, déclara Victor, occupé à construire une petite pyramide de branches dans un cercle de pierre. Il ajouta :

— Nous ne partirons qu'à six heures.

Tel un ressort, Steven se releva sur les coudes et gémit :

— À six heures ! Pourquoi pas cinq heures ? lança-t-il avec ironie.

— Parce que la journée sera très longue et que nous avons besoin de repos.

Steven se laissa retomber sur le dos dans un grand soupir de découragement. Nadia, peu impressionnée par la démonstration théâtrale du garçon, termina le rangement de son sac à dos.

— Pourquoi avons-nous marché si rapidement, aujourd'hui ? demanda-t-elle. Vous sembliez terriblement pressés d'arriver à destination.

L'homme ne quitta pas son travail des yeux. Il glissa un peu de mousse entre les brindilles.

— Nous sommes surtout pressés d'en repartir, *señora*, déclara le guide.

— Avant même d'arriver ! s'exclama la jeune femme, avec une pointe d'humour.

— Dans cinq jours, nous devrons être à destination...

— Pourquoi ? coupa Nadia.

— ... et dans huit jours, il faudra avoir quitté l'endroit, précisa-t-il.

— Dans huit jours, pas une journée de plus ? demanda la jeune femme, de plus en plus intriguée.

Intéressés par le sujet, Steven et Caroline s'approchèrent. À l'aide de son briquet, Victor mit le feu aux brindilles qui, rapidement, embrasèrent l'ensemble du foyer. Ensuite, sans grand enthousiasme, l'homme poursuivit son explication.

— Nous sommes au mois d'août, *señora*. C'est le mois de la *Pachamama*. Le mois où nous faisons nos paiements, nos offrandes à la terre mère.

— *La Pachamama,* acquiesça Dalmino sur un ton religieux, tout en démêlant ses gamelles.

— Et en quoi cela touche-t-il notre expédition ?

— L'endroit où nous allons est une vallée sacrée, ceinturée par des montagnes sacrées. Aucun de nous n'acceptera d'y séjourner durant la pleine lune...

— Qui aura lieu dans neuf jours, devina Nadia.

— C'est bien ça, *señora*.

Le guide se releva et fit mine de s'éloigner. Nadia ne lui en laissa pas l'occasion :

— Lorsque nous sommes arrivés, est-ce que les refus de nous guider étaient liés à cette terre sacrée ?

— Dans un sens, *sí, señora*.

— Mais vous ne connaissiez pas encore la raison de notre visite, objecta Nadia.

Le guide consulta ses amis du regard. Dalmino, se sentant responsable de toute l'agitation créée au village, baissa les yeux. Il ramassa un chaudron et l'astiqua sur la manche de sa veste. Sur sa droite, Vidal égraina ses amulettes en marmonnant de vieilles prières des montagnes. Victor, un peu gêné, avoua :

— C'est à cause *del extranjero,* l'étranger qui est venu avant vous. Il nous a prévenus que des visiteurs venus de très loin viendraient dans notre village et demanderaient à se rendre dans la vallée sacrée. Il nous a dit qu'il fallait se méfier, car ces gens venaient dans les montagnes pour piller les tombes ancestrales.

— Piller des tombes ! s'exclama en cœur le trio, scandalisé par une telle idée.

Pour les calmer, le guide ajouta rapidement :

— Mais après avoir vu la *señorita* guérir mon fils, je me suis dit que des mains aussi extraordinaires ne pouvaient servir à souiller ou profaner nos lieux sacrés. C'est pourquoi j'ai accepté de vous guider.

— Merci, c'est bien aimable, dit Nadia.

— Aussi… À cause de mon fils, je considère que j'ai une dette envers vous.

Nadia était loin d'avoir épuisé le sujet. De plus, cet étranger qui leur avait causé tant de soucis l'intriguait au plus haut point.

— Cet étranger qui vous a parlé de nous, dit-elle, à quoi ressemblait-il?

Victor haussa les épaules. Mariant le geste à la parole, Dalmino vint à son aide.

— Il avait la peau claire, *señora.* Il était plutôt grand, avec de larges épaules et des cheveux noirs assez courts.

— Y a sûrement deux ou trois personnes qui ressemblent à ça sur cette planète, déclara Steven sur une note d'humour.

Il jeta un coup d'œil vers Caroline qui demeura silencieuse et réfractaire à la blague.

— Steven a raison, appuya Nadia. Une description aussi vague ne nous aide pas beaucoup.

— *¡Ho! ¡Señora!*

Toutes les têtes se tournèrent de nouveau vers Dalmino.

— *El extranjero llevaba botas de piel de cocodrilo.*

— Hein? demanda Steven sans autre formalité.

— Il dit que l'étranger portait des bottes en peau de crocodile. Moi, je ne l'ai pas vu, précisa Victor.

Nadia remercia le traducteur d'un signe de la tête.

— Je suis désolé, *señora,* mais vous savez, pour nous, tous les étrangers se ressemblent un peu.

— C'est bien normal, concéda Nadia qui ne tenait pas à mettre ses nouveaux amis dans l'embarras.

Sortant de son mutisme, Caroline suggéra timidement:

— Et si je tentais une visualisation?

— Une visualisation… répéta Nadia songeuse. C'est une idée. Pourquoi pas?

Se tournant vers le porteur, elle demanda délicatement:

— Dalmino, nous permettez-vous de faire une petite expérience?

L'homme, ne sachant pas trop à quoi s'en tenir, accentua l'angle de ses sourcils, jeta un coup d'œil à ses deux amis et demeura muet.

— Vous avez confiance en Caroline, n'est-ce pas? demanda-t-elle doucement.

— ¡Oh! *Sí, señora,* répondit l'homme avec un grand sourire.

— Alors, Caroline va sonder votre mémoire. Vous ne sentirez rien, s'empressa-t-elle d'ajouter, et nous pourrons peut-être ainsi en savoir un peu plus sur cet étranger.

Caroline s'approcha à un mètre de l'homme et lui fit face. Elle ferma les yeux et se concentra sur l'esprit de Dalmino. Ce dernier, ne comprenant rien à l'exercice, demeura immobile, mais chercha des yeux la présence réconfortante de ses deux compagnons. Victor, en tant que responsable du groupe, observait la scène avec intérêt. Légèrement en retrait, Vidal fit un signe de croix. Toujours aussi superstitieux et peu enclin à l'insolite, il ne jeta qu'un regard furtif en secouant la tête.

Après quelques secondes de recherche, Caroline confirma:

— Il est en effet assez grand et ses cheveux sont noirs… Ses bottes… Oui, c'est bien du crocodile. Dessin italien, il me semble.

— Y a des habitudes qui se perdent pas, soupira Steven.

— Il est aussi... Ho!

Caroline sursauta et décrocha de son contact psychique.

— Sa boucle... Il porte une boucle à son ceinturon. Une boucle comme celle que l'Ermite a donnée à Steven. J'ai reconnu... le symbole gris des *trogs!*

— Les *trogs* sont ici? lança Steven tout excité.

— Je crains qu'ils soient partout, conclut Nadia laconiquement.

Peu rassurée, elle se tourna vers le guide :

— Victor, je crois qu'il serait plus prudent d'établir des tours de garde à compter de cette nuit.

L'homme acquiesça sans poser de question.

— Tu crois qu'il est sur nos traces ? demanda Steven.

— Il n'y a pas de risque à prendre, déclara la jeune femme.

Regardant tout autour de lui, Steven ajouta :

— Tout est plat sur des kilomètres. Qui pourrait nous suivre sans se faire remarquer ?

Il y avait en effet peu d'endroits où se dissimuler. Aucune forme humaine n'était visible à l'horizon. Par contre, en étant très attentif, Steven aurait peut-être remarqué le petit reflet lumineux rasant un piton rocheux.

***

Les jumelles réfléchirent un dernier rayon de soleil et retombèrent sur la poitrine de Sygrill. Ce dernier manipula son émetteur et transmit un signal qui plongea dans les profondeurs de la croûte terrestre. Quelque part dans le continent creux, le Globulus demeurait aux aguets.

— Je laisse la transmission ouverte, déclara l'agent, afin que vous puissiez localiser ma position.

— Votre localisation est confirmée, répondit le Globulus, mais à votre retour, vous devriez faire vérifier votre transmetteur, votre voix est très nasillarde.

— Mon transmetteur n'y est pour rien, Globulus, et vous devrez vous habituer à cette voix pour quelques jours.

L'agent baissa sa concentration. L'image holographique de son visage s'estompa. Pressant délicatement le gros pansement ornant son nez trogolien, il expliqua :

— J'ai eu un petit accident, mais sans conséquence pour ma mission.

— Vous avez donc de bonnes nouvelles à m'annoncer.

— Pas tout à fait, Globulus. Je n'ai pas réussi à bloquer le groupe au village.

— Cela est très ennuyeux, laissa tomber le cerveau sous verre.

— Le trio progresse maintenant vers les montagnes en compagnie de guides du pays, mais je n'ai aucune idée de leur destination. Pourquoi suivre ces étrangers dans cette contrée sauvage? Mis à part leur lien avec Guidor, je n'en vois pas l'utilité.

— Je fouille les archives… J'espère vous donner une réponse satisfaisante très bientôt.

— Je vous fais remarquer respectueusement que toutes mes actions n'ont pas amené Guidor à se manifester. Peut-être nous sommes-nous trompés sur ce groupe? Il n'est peut-être pas aussi important qu'on le croyait?

— Je ne suis pas de cet avis. Poursuivez votre mission selon le plan établi. Créez des obstacles plus importants. Guidor finira bien par se montrer.

***

— Soyez plus précise, grogna le monarque. Je ne connais rien à ce pays.

Krash-Ka n'était pas d'humeur à jouer aux devinettes et la conseillère Haziella s'en rendit compte rapidement. Elle ramassa la télécommande qui traînait sur le bureau impérial. Sur l'écran mural, la silhouette de l'Amérique du Sud apparut. Une manipulation supplémentaire cerna les frontières du Pérou. La grande conseillère expliqua:

— Le Pérou est situé près de l'équateur, sur la côte du Pacifique.

— Et qu'y a-t-il de si important dans ce pays? demanda l'empereur nonchalamment.

— À première vue, rien, votre grandeur.

— Rien! Alors, que fait notre agent dans ce pays de roches et de jungle?

La conseillère pressa une nouvelle commande. La partie inférieure de l'image disparut et fit place à quatre photographies : l'agent Sygrill, Nadia, Caroline et Steven. Se tournant vers l'empereur, elle poursuivit :

— Notre agent adopte un comportement plutôt insolite. Il demeure toujours sur la trace de cette femme et de ces deux enfants.

Le premier dignitaire de l'empire quitta son bureau et s'avança vers l'écran panoramique. Il demeura songeur quelques secondes.

— C'est à n'y rien comprendre ! finit-il pas dire.

— Doit-on envoyer un commando afin de surveiller de plus près ses activités ?

— Un commando pour surveiller un agent ? demanda Krash-Ka en se retournant vers sa conseillère.

Puis, il ajouta :

— Quels sont les effectifs disponibles dans ce coin de la planète ?

— Le commando Zébra est disponible.

— Mais ce sont nos meilleurs éléments ! s'exclama l'empereur. Vous n'êtes pas sérieuse ?

Du revers de la main, il balaya la suggestion.

— Pas question de les mêler à cette affaire. Je les réserve pour une mission d'envergure en Amérique centrale. Un groupe de révolutionnaires a raté son coup d'état, cette semaine. Ils auront besoin très bientôt de renfort et d'armement. Ces guérilleros offriront un bon prix pour se procurer nos armes.

— Alors, en ce qui a trait à notre agent, nous ne bougeons pas ?

— Nous ne déplacerons pas un commando pour surveiller une femme et deux enfants.

Jetant un coup d'œil aux quatre photographies, il ajouta :

— Bien que tout cela soit très étrange...

***

Une large tache lunaire ornait un ciel clair piqué d'étoiles. Caroline sortit de sa tente et ne put réprimer un léger frisson. Elle prit le temps d'attacher sa veste de laine avant de rejoindre Nadia et Steven près du feu de camp. Victor s'approcha du foyer, y déposa quelques maigres brindilles et en profita pour se réchauffer les mains. S'adressant à Nadia, il confirma :

— Vidal prendra le premier tour de garde.

D'un signe de tête accompagné d'un sourire reconnaissant, Nadia manifesta son approbation. Steven, étendu sur le côté, tuait le temps en lançant de petites roches dans le brasier, faisant ainsi lever de légers nuages de cendre. S'adressant à Victor, il demanda :

— On est encore loin du temple ?

Le guide se releva, mit une main dans la poche de son manteau. De sa main libre, il pointa l'horizon :

— Demain matin, nous devrons descendre le versant nord de ce pic et contourner un marais. La vallée sacrée se trouve de l'autre côté de la montagne ceinturant le marécage.

La simple description du périple épuisa Steven. Il se laissa choir sur le dos. Étendu sur le sol, la tête appuyée sur son sac à dos, il admira la voûte étoilée. Soudain, un mouvement dans le ciel attira son attention. Montrant du doigt un coin du firmament, il annonça sa découverte :

— Regardez ! Une étoile filante !

— C'est le temps ou jamais de faire un vœu, souffla Caroline.

— Moi, je souhaite revoir Guidor le plus tôt possible, déclara le garçon.

— Steven, pour qu'un vœu se réalise, il faut le penser dans sa tête, souligna Nadia. Il ne faut pas le crier sur les toits.

— Haaa..., fit le garçon dépité.

Se tournant vers Caroline, il demanda :

— Fais-le, toi. Et surtout ne me le dis pas !

— C'est déjà fait, Steven, annonça-t-elle en souriant.

Satisfait, Steven releva la tête et fouilla de nouveau le ciel.

— Oh! Elle est déjà partie.

Admirant toujours le firmament, il ajouta :

— Ça voyage vite, une étoile filante.

***

Elle voyageait vite et semblait bien connaître sa destination. L'étoile filante passa loin derrière la lune, quitta l'orbite terrestre et accéléra, un phénomène plutôt inusité pour un corps céleste. Un corps céleste bien particulier puisqu'il n'était composé que de pure énergie. La sphère de lumière bifurqua en direction des orbites planétaires intérieures, accéléra de nouveau et atteignit la vitesse de la lumière. En moins d'une minute, elle croisa l'orbite de Vénus et plongea dans l'atmosphère ténue de la planète bleue.

***

Dès son arrivée, Guidor fut reçu par son vieux Maître de lumière.

— Sois le bienvenu, mon cher Guidor.

— Maître Shaïba! Quel bonheur de vous retrouver en ces temps perturbés!

Le Maître de lumière hocha la tête en esquissant un faible sourire. D'un geste de la main, il invita Guidor à l'accompagner dans le jardin aux allées larges et lumineuses. Mais était-ce vraiment un jardin?

On n'y trouvait ni fleur ni arbre et pourtant, l'environnement semblait vivre et croître en harmonie. Bordant les sentiers, de grands cristaux aux couleurs chatoyantes, en perpétuel changement, protégeaient des rocailles de pierres lumineuses. Dans ce décor de rêve, tout était beauté, paix et lumière. Près de Guidor marchait lentement un des êtres les plus sages de la galaxie: un Grand Maître de lumière.

— Je demeure tout de même un peu inquiet, avoua Guidor.

— Pourquoi? demanda le maître. Nadia, Caroline et Steven ont fait un long cheminement en maîtrise de soi.

— C'est vrai, admit le guide.

— Et ton travail d'éveil auprès d'eux est un succès. Ils ont retrouvé tous leurs pouvoirs oubliés et les utilisent mieux que jamais.

Guidor s'arrêta et céda le passage à une grappe de sphères lumineuses. Quand elles furent rendues à sa hauteur, il inclina la tête comme lorsque l'on salue de vieux amis. Elles glissèrent sur une centaine de mètres, puis bondirent subitement vers le firmament. Guidor les suivit du regard quelques secondes. Lorsqu'il baissa les yeux, il retrouva rapidement son air incertain. Le Maître de lumière sonda le doute de Guidor.

— Tu crains les petits-gris?

— Ils sont tellement puissants et si jaloux de leur suprématie, avoua Guidor. Face aux Trogoliens, nos amis terriens semblent bien peu préparés pour une mission aussi délicate. Ne peut-on pas les aider davantage?

— Nadia, Caroline et Steven se préparent depuis près de cinq mille ans. Leur candeur est une illusion. Le moment venu, je suis convaincu qu'ils sauront puiser au plus profond de leur être l'énergie, la sagesse et la générosité nécessaires à la réussite de leur mission.

***

Sygrill jugea la fosse d'une profondeur acceptable. Il déposa méthodiquement les dernières branches sur le sol et garnit le tout de quelques feuilles mortes. À pas comptés, il fit une dizaine de mètres à reculons. Il marqua alors un arbre en brisant partiellement deux branches. Il s'assura ensuite qu'elles demeuraient bien visibles pour un œil averti. Tout près du piège, il chercha un coin sombre et isolé où il déposa son sac à dos. Il en retira un miroir qu'il accrocha à une branche. Il se remit alors au travail.

Grâce aux informations communiquées par le Globulus, il avait maintenant une connaissance approximative du trajet emprunté par le groupe. L'agent *trog* s'était donc permis de contourner l'expédition et de la précéder de quelques kilomètres ; une distance raisonnable, lui donnant la possibilité de préparer son embuscade. Mais la première partie de son plan se révéla plus ardue que prévu. Il jeta un coup d'œil à sa montre et actionna son détecteur à infrarouge. Sur le petit écran vert, six points lumineux progressaient lentement dans sa direction. Il jugea qu'il avait tout juste le temps de se préparer.

De son sac à dos, Sygrill sortit un étui de plastique qui aurait pu facilement passer pour un agenda électronique. Il pianota quelques touches accompagnées de légers bips et une série de photographies défilèrent à toute allure. L'agent pressa une nouvelle touche et le rythme se brisa instantanément. Maintenant, à chaque pression, un nouveau visage apparaissait. Sygrill s'arrêta sur un faciès de type caucasien. Satisfait de son choix, il coinça l'étui dans le creux d'une branche. Jetant un dernier coup d'œil à l'écran, il ferma les yeux et se concentra sur cette nouvelle physionomie. L'image holographique du Sygrill « homme d'affaires » fit place à un tout nouveau personnage. L'« explorateur scientifique » était né. L'agent effleura une touche et sa propre image se superposa à l'image de référence. Sygrill se concentra de nouveau. Quelques rides se dessinèrent sous les paupières. L'individu avait maintenant une fossette au menton, de grands yeux ronds et un début de calvitie.

Satisfait de sa transformation, Sygrill enfila ensuite une veste en lainage achetée au marché de Pequos. Sur sa poitrine, il boutonna sa veste, cachant ainsi le symbole *trog* gravé sur son ceinturon. Lorsqu'il se retourna pour ramasser ses affaires, il n'eut que le temps de remarquer un long bras poilu se retirant dans le feuillage avec l'étui électronique.

— Hé ! Rends-moi ça immédiatement !

Le singe laineux, peu intéressé à restituer sa découverte, grimpa en flèche dans un arbre en tenant solidement son butin au bout de sa queue. Dans une cacophonie de cris et de froissement de feuilles, une douzaine de congénères se mirent à se disputer ce nouveau trésor. L'arme au poing, Sygrill tenta bien de les repérer dans le feuillage, mais ce fut peine perdue. Au mieux, il entendit quelques bips suivis d'une cascade de cris hystériques. L'agent se désintéressa rapidement de l'incident. Le carnet de photographies virtuelles n'était, somme toute, qu'un accessoire et après cette opération, il n'en aurait sûrement plus besoin.

✳ ✳ ✳

Depuis quelques heures déjà, le plateau rocailleux avait fait place à la savane et à une végétation plus généreuse. Elle devenait de plus en plus envahissante au fur et à mesure que le groupe progressait vers le cœur humide de la vallée. Toujours sur les traces de Victor et suivis par les deux porteurs, Nadia, Caroline et Steven découvraient à chaque pas un nouveau visage du pays : la jungle.

Steven présentait de plus en plus des signes d'agitation. À tous les vingt pas, il fronçait les sourcils et scrutait le paysage en tendant une oreille attentive. Caroline remarqua son manège et lui en fit part.

— Qu'est-ce qui te préoccupe ?

— Les moustiques, répondit Steven. Quand on connaît nos petits moustiques de la campagne qui nous bouffent tout rond, à quoi ça peut ressembler, un moustique de la jungle ?

— Il est inutile de les attirer en pensant à eux.

— Tu crois qu'ils obéissent eux aussi à un déva ?

— C'est probable, déclara la jeune fille sur un ton indifférent.

Steven demeura perplexe.

— J'me demande si y faut penser en espagnol ou en péruvien pour communiquer avec lui.

Steven n'eut pas le loisir d'approfondir la question plus en détail. Sur sa droite, un froissement de feuillage attira l'attention du groupe. Le cliquetis des armes y fit écho. Un bouquet de fougères s'ouvrit en éventail. Un homme en sueur en sortit.

— Ohé, fit l'homme en agitant les bras.

À la vue des canons pointés dans sa direction, il leva les bras nerveusement.

— Ne tirez pas, ne tirez pas! J'ai besoin de votre aide!

Le groupe demeura dans l'expectative, surpris de cette apparition subite. L'inconnu les rejoignit. À bout de souffle, il se présenta d'un seul trait.

— C'est le ciel qui vous envoie. Je me présente: Guy Besniacque. Je suis botaniste, attaché au département des sciences naturelles de l'Université de Grenoble.

— Enchanté de vous connaître, dit Nadia en lui serrant la main.

— J'ai eu un petit accident. En fait, il serait plus juste de dire que mon guide a eu un accident. Il s'est blessé à la jambe. Puis-je compter sur votre aide?

— Bien sûr, répondit la jeune femme. Où est votre guide?

— Pas très loin de ce côté. Venez vite. Il doit souffrir énormément.

— Il est de Pequos? demanda Victor.

— Eh... oui, bien sûr, c'est-à-dire dans les environs... Une ferme dans les montagnes, improvisa Sygrill qui n'avait pas prévu un interrogatoire serré.

— Et comment s'appelle-t-il? insista le maire du village.

— Eh... Manuel, répondit Sygrill.

Victor n'émit aucune réplique, mais fronça les sourcils.

Désirant couper court aux questions, Sygrill revint à la charge en agrippant le bras de Nadia.

— Je vous en prie, dépêchons-nous. Chaque seconde le fait souffrir un peu plus.

Donnant l'exemple, il lâcha le bras de la jeune femme et se mit en marche en plongeant dans les feuillages. Nadia imita son geste. Victor l'arrêta:

— Attendez, *señora*, nous allons ouvrir un chemin.

Vidal sortit sa machette et Victor en fit autant.

Tout en demeurant bien visible aux yeux du groupe, Sygrill s'assura de conserver une bonne quinzaine de mètres entre lui et les Terriens. Soudain, la petite branche cassée apparut entre les broussailles. Il se prépara mentalement à compter le nombre de pas qu'il lui restait à parcourir.

Depuis quelques minutes déjà, Caroline ressentait un malaise. Bien que parvenant difficilement à le définir, elle en fit part à Nadia.

— Nadia..., dit-elle.

— Oui, Caroline?

Tout en marchant, elle s'expliqua.

— Je ressens une vibration étrange. Cela ressemble à de l'inquiétude.

— De l'inquiétude? Nous n'avons pourtant aucune raison de nous alarmer.

— Pas dans notre groupe. Cette inquiétude provient de l'étranger et elle est générée par la peur.

— Il doit craindre pour la santé de son guide... C'est normal.

— Non, non. Cette peur ou plutôt... cette anxiété est occasionnée... par notre groupe.

Nadia sourcilla et devint songeuse. Elle chercha l'homme du regard à travers les fourrés. Lorsque celui-ci se dévoila entre deux bouquets de fougères, elle se concentra et scruta attentivement l'aura de l'individu. À son grand étonnement, elle découvrit une aura sombre, presque noire qui enveloppait ce dernier. Sa gorge se serra. Elle accéléra le pas et monta à la hauteur de Victor.

— Victor, il faut nous arrêter. Cet homme n'est pas celui qu'il prétend.

— C'est ce que je crois également, répondit le guide. Il n'y a pas de Manuel dans mon village ni aux environs ou plutôt si, il y en a un, mais avec ses quatre-vingt-deux ans, il ne quitte plus sa *casa*.

Sur ces paroles, il mit une main sur l'épaule de Vidal qui interrompit son travail. Le silence des machettes alerta l'agent. Sygrill remarqua l'arrêt du groupe et pesta intérieurement. Il n'y avait plus que quelques mètres à faire. Il avait déjà atteint son repère visuel. Flairant un revirement de situation, l'agent revint prudemment sur ses pas.

Le groupe devisait à voix basse lorsque Sygrill les rejoignit.

— Mais pourquoi vous arrêtez-vous ? Nous sommes presque rendus. Mon guide vous attend.

Steven sortit du groupe et demanda :

— Il est où exactement ?

— Dans cette direction, à quelques dizaines de mètres.

Afin de donner le change, l'agent plaça ses mains en porte-voix et lança :

— Courage, Manuel, nous arrivons.

Steven pointa du doigt, les bottes de l'étranger.

— Caroline, t'es certaine que c'est un style italien ?

— De première qualité et fait à la main, annonça la jeune fille avec assurance.

— Mes bottes ? Mais qu'est-ce qu'elles ont, mes bottes ? Il y a Manuel qui attend…

L'étranger n'eut pas l'occasion de poursuivre sa comédie. Sans vraiment quitter le sol, Sygrill sentit ses bottes glisser à reculons dans la direction qu'il venait tout juste d'indiquer. Avec horreur, l'agent trogolien effleura les deux petites branches brisées lui servant de repère. Le piège n'était plus loin. Il se laissa tomber sur les genoux et tenta de ralentir sa course. Ce fut peine perdue. Il jeta un coup d'œil vers Steven, mais ne put retrouver le petit garçon au regard espiègle. Cette fois, Steven n'avait plus le goût de rire. Toute son attention demeurait fixée sur l'homme et ses bottes. En fait, plus personne n'avait envie de rire, surtout pas Vidal qui fit rapidement un signe de croix. Il leva les yeux au ciel, embrassa ses amulettes et déplora ce nouveau tour de magie.

Maintenant à plat ventre et ballotté sur le sol inégal, Sygrill comprit, trop tard, qu'il était démasqué et que la suite des événements ne présentait rien de bon pour lui. Désemparé, l'agent avait l'impression que de puissantes mains invisibles le tiraient par les pieds. Une grosse racine lui rabota le ventre. Quand elle fut à la hauteur de ses mains, il essaya de s'y accrocher, mais la tension exercée sur ses pieds devint trop forte. Il dut lâcher prise. Pris de panique, il tenta désespérément de s'agripper à des roches, à des herbes, à des branches, mais rien n'y fit, tout lui glissait des mains.

Le groupe suivait maintenant la progression de l'homme au pas de course. Même les guides commençaient à trouver la situation amusante. En excluant certaines réserves de Vidal, ils semblaient accepter tant bien que mal les pouvoirs déconcertants de leurs nouveaux amis. Mais le plaisir fut de courte durée. Une série de craquements secs se fit entendre. Dans un grand cri de désespoir, l'étranger disparut dans le sol.

***

Vidal conservait sa carabine pointée vers la fosse tandis que le groupe en faisait prudemment le tour.

— Voilà donc ce qu'il nous avait réservé, conclut Nadia.

— Il est mort ? demanda Steven.

— Non, regardez, il a bougé une jambe, observa Victor.

Comme il était pratiquement recouvert de feuilles et de branchages, il était difficile d'évaluer l'état de l'étranger.

— Attention, devant ! lança Steven.

Le garçon fit descendre une longue perche dans la fosse et s'employa à écarter les résidus végétaux recouvrant la poitrine de l'homme. Sous la veste maintenant entrouverte, le trio fit une découverte, hélas sans surprise. Sur le ceinturon retenant la tunique de toile brillait le symbole *trog*.

— Qu'allons-nous faire de lui, maintenant ? demanda Caroline.

— Le laisser dans ce trou, c'est pas vraiment humain, souligna Steven.

— Tu as raison, répliqua Nadia. Par contre, je ne tiens pas à l'avoir trop tôt sur les talons.

C'est Victor qui trouva la solution. On lança dans la fosse une corde dont l'un des bouts fut attaché au centre d'une grosse branche morte sur le principe d'une ancre de bateau. Steven trouva l'idée super.

— Hé! Génial. En lançant le bâton dans la fourche d'un arbre, il pourra remonter à d'aide de la corde.

— Le temps qu'il réussisse cet exercice, précisa Nadia, nous aurons fait un bon bout de chemin.

***

Une griffe émergea de la couche de végétation. Sygrill se dégagea le visage en écartant quelques feuilles de bananier. Son visage, cette fois-ci, n'avait rien d'humain. L'agent s'en rendit compte en découvrant sa main trogolienne. Il laissa échapper un grognement. Il n'avait plus le cœur au déguisement. Sans ménagement, il repoussa les branchages et évalua sa situation. Il avait bien travaillé, la fosse était parfaite. Rageusement, il planta ses griffes dans la terre friable qui débola à ses pieds. Sygrill regarda vers le sol. Sous le choc, quatre courtes griffes s'étaient frayé un chemin à travers le cuir tendre de l'une de ses bottes, laissant ainsi à découvert un bout de semelle écorchée. L'agent grogna de dépit. La fille aux cheveux blonds ne s'était pas trompée. Elles étaient italiennes et faites sur mesure… pour des pieds humains.

***

— Et voilà, nous y sommes, déclara Victor sans trop d'enthousiasme.

Donnant le signal de la pause, il laissa choir son sac à dos sur le sol.

Le groupe venait tout juste de quitter la forêt dense. Devant eux s'étalait à présent un plateau boisé. La végétation y était encore importante, mais un vent doux provenant de l'est abaissait agréablement le taux d'humidité de la forêt tropicale.

— On est rendus? demanda Steven, une lueur d'espoir dans les yeux.

— Nous sommes rendus au pied de la montagne, précisa le guide. La vallée sacrée est située de l'autre côté de ce massif.

— Ça veut dire qu'il faut encore escalader cette montagne! s'exclama Steven, découragé.

— Et redescendre de l'autre côté? ajouta Caroline.

— Mais elle est encore plus haute que celle qu'on vient de grimper! renchérit le garçon.

— Et plus dangereuse, ne put s'empêcher de souligner Dalmino en déposant sa carabine près de son sac à dos.

Nadia, exténuée, aurait bien été tentée d'ajouter ses récriminations, mais à titre de chef d'expédition, elle ramassa tout son courage. Sur un ton optimiste peu convaincant, elle déclara:

— Allons, les enfants. Ce n'est pas un tas de cailloux qui va nous arrêter…

— Un tas de cailloux… marmonna Steven. De la hauteur d'un édifice de cent cinquante étages… Et y a pas d'ascenseur!

***

Cette fois-ci, la corde se tendit et demeura fermement accrochée. Sygrill tira sur le filin en y mettant tout le poids de son corps et vérifia soigneusement la solidité de l'ancrage. L'agent était devenu très prudent. À trois reprises déjà, il avait cru réussir son lancer. Les prises n'avaient été que partielles. À chaque essai, il était retombé brutalement dans la fosse.

Il allait renouveler sa tentative lorsque des jacassements attirèrent son attention. De sa position, il devina à l'oreille l'identité de ses visiteurs.

— Encore ces maudits singes !

À la recherche de nourriture ou de nouveauté, la petite famille de singes avait découvert la cachette de Sygrill. Un des sacs semblait contenir des fruits. Il suscita rapidement la convoitise des primates. Le plus agile du groupe réussit à s'approprier le précieux butin et s'élança vers la cime des arbres. Assis sur une fourche à l'abri des assauts, le singe laineux explora avidement le contenu du sac à l'aide de sa queue. Le premier fruit était rouge et semblait délicieux. L'animal le renifla et le tripota sous tous ses angles. Un petit point rouge s'activa. La bête tenta bien de planter ses crocs dans cette collation improvisée, mais sans succès. Trouvant la coquille trop dure, il laissa tomber le fruit qui dégringola de branche en branche. L'animal poursuivit son investigation.

Souillé par l'humidité et la terre grasse, le filin de nylon offrait peu de prise. Bien que laborieuse et pénible, la remontée progressait lentement. Sygrill avait déjà accompli la moitié du chemin lorsqu'une explosion ébranla la forêt. Sous le choc, l'agent perdit pied et retomba dans la fosse en maudissant sa maladresse. Revenu de sa surprise, il comprit rapidement la gravité de la situation.

— Une grenade ! Les sales bêtes ! Elles ont trouvé mes munitions.

Se découvrant des réserves d'énergie insoupçonnées, Sygrill reprit son ascension durant laquelle deux nouvelles explosions faillirent lui faire perdre l'équilibre. Cette fois-ci, un mètre à peine le séparait de la surface quand un bruit sourd lui parvint du fond de la fosse. L'agent n'eut que le temps de se retourner pour reconnaître la coquille rouge d'une grenade. Il doubla la cadence, mais la surface semblait toujours aussi lointaine. L'explosion retentit. Soulevé par le souffle de la bombe, l'agent se vit projeté dans les airs, planant sur plusieurs mètres au-dessus des fougères avant d'atterrir dans un bruit sec de branches cassées.

Malgré des recherches minutieuses, le sac de munitions demeura introuvable. Sygrill dut se rendre à l'évidence.

— Ils ont tout pris, ces maudits singes !

Confirmant sa découverte, une nouvelle explosion ébranla la forêt.

CHAPITRE III

Le massif de verdure coupait net devant eux. Une cascade tourbillonnante tranchait la forêt et apportait un petit air frais apprécié par tous. Soudain, Victor leva le bras et fit signe au groupe de se taire. D'un geste lent, l'homme les invita tous à s'accroupir.

— Qu'est-ce qu'y a encore? s'impatienta le jeune garçon.

Nadia, un doigt sur les lèvres, rappela la consigne du silence. Le guide leva le nez, mouilla son index et évalua la direction du vent. D'un geste de la main, il fit signe au groupe de l'attendre. À pas feutrés, il reprit sa progression dans les hautes herbes. Victor écarta délicatement les branches et étudia les abords de la rivière. Un sourire se dessina sur son visage ridé. Doucement, il revint sur ses pas et cette fois-ci, il les invita tous à le suivre en soulignant l'importance de se taire. À la file indienne, le groupe se mit en marche.

— Qu'est-ce qu'on cherche exactement? demanda Steven toujours aussi impatient.

Cinq doigts sur cinq bouches et cinq paires de gros yeux ronds suivis d'un «chhhut» spontané temporisèrent la curiosité du garçon.

— Mais je voulais juste savoir, insista Steven en chuchotant son commentaire.

Victor s'arrêta et tous firent de même. Un peu plus loin sur leur droite, à moins d'une vingtaine de mètres, une famille de lamas sauvages broutait paisiblement. Sous l'œil averti d'un grand mâle aux aguets, de jeunes guanacos se désaltéraient en profitant de l'eau fraîche prisonnière d'une cuvette rocheuse. Nadia et Caroline ouvrirent de grands yeux attendris devant autant de grâce et de beauté.

D'un simple regard, Victor fit un signe discret à Vidal. Ce dernier comprit le message. Il déposa délicatement son sac à dos sur le sol et se déplaça en silence de quelques pas sur la droite. Lentement, le guide épaula son arme et visa. Derrière les deux femmes claqua un coup de fusil. Devant elles tomba l'animal. Horrifiée, Caroline se cacha la tête dans ses mains. Nadia ferma les yeux et tourna la tête.

Chez les trois hommes, c'était la fête. Un cri de victoire salua la réussite de Vidal. Tandis que Dalmino courait déjà vers le trophée de chasse, Victor gratifia son compagnon d'une vigoureuse tape dans le dos avant de rejoindre, tout souriant, les deux femmes attristées. Dans son euphorie, il ne remarqua pas leur réaction et c'est avec fierté qu'il annonça :

— Ce soir, il y aura du gigot au menu.

Bien que moins perturbé que les deux jeunes femmes, Steven était tout de même demeuré sous le choc à la vue de cette scène violente. Mais lorsqu'il entendit la description du menu du soir, il ne put y résister. Il laissa échapper un long soupir et déclara pour lui-même :

— Enfin de la viande ! De la vraie bouffe !

***

Le Globulus n'eut pas à activer une grande quantité de neurones pour parvenir à une désolante conclusion.

— À cause de ces singes, vous n'avez donc plus qu'une arme de poing contre trois hommes armés de carabines, deux enfants et une femme aux dons étranges. Heureusement, ce ne sont que des humains !

— Seulement des humains... aux pouvoirs dangereux, rappela l'agent.

— Alors à vous d'éviter le contact direct, mais demeurez tout de même efficace. Vous devez absolument les empêcher d'atteindre les ruines d'un certain temple caché dans les montagnes dans un délai trop court.

— Les ruines d'un temple ? Pourquoi se rendre dans un tel endroit ?

— Les archives impériales sont imprécises, mais il question d'un cristal millénaire. J'ai besoin de temps pour trouver un sens à cet imbroglio.

— Le groupe progresse plus rapidement que prévu. À ce rythme, ils auront atteint le vieux temple d'ici quelques jours. Si vous acceptiez de m'envoyer quelques renforts, nous aurions de meilleures chances de les ralentir.

— Il n'en est pas question, trancha le Globulus. Des effectifs supplémentaires attireraient l'attention de l'empereur. Dans votre situation, il est capital que personne ne devine votre mission. Vous devrez donc vous débrouiller seul. Prenez des initiatives et faites preuve d'imagination. Par tous les moyens, vous devez les ralentir. Mais attention, il ne faut pas les tuer, du moins, pas tous à la fois. Au moins un des membres du groupe doit demeurer vivant et servir d'appât afin d'attirer Guidor. Je pourrai alors le détruire et ainsi assouvir ma vengeance. Mais pour cela, vous devez agir rapidement.

— Je peux passer à l'action dès ce soir... mais ils ont trois carabines, rappela l'agent *trog*.

— Il existe dans cette jungle des armes plus efficaces qu'une carabine.

Sur l'écran du récepteur de Sygrill défila une suite de modélisations de molécules chimiques en trois dimensions.

— Eh ! Mais arrêtez ça ! Je ne suis pas dans un laboratoire. Ici, c'est la jungle.

La cascade d'images s'arrêta sur une molécule. L'écran se fractionna et présenta un petit fruit bleu attaché à une feuille.

— Dans cette jungle, vous trouverez ceci, déclara le Globulus.

***

Un doux arôme de viande grillée flottait au-dessus du campement. Dalmino fit pivoter d'un demi-tour la broche improvisée. Il retourna ensuite s'asseoir près de Vidal qui, pour la première fois, avait quitté son air taciturne. À force de gestes éloquents, il reconstituait en détail les manœuvres de l'après-midi.

Il n'y avait pas que les porteurs à manifester leur excitation face au festin à venir. Ne quittant pas le rôti des yeux, Steven savourait d'avance chaque bouchée de sa portion. Son assiette sur les genoux, son imagination s'emballait. La tranche de viande, de l'épaisseur d'une maison, trônait au centre de son assiette, tassant vers la droite un champ de petits pois. Juste à côté, une portion de frites fumantes retenait un lac de sauce. Les frites se transformèrent en une montagne de purée de pommes de terre. Son centre se creusa en un immense cratère d'où jaillit en cascade une coulée de sauce onctueuse. La sauce atteignit les petits pois. Se frayant un chemin en éclaboussant un barrage de fèves jaunes, elle inonda la délicieuse tranche de rôti.

Tout à sa dégustation imaginaire, Steven ne fit pas de cas de l'attitude fermée des deux femmes, mais enregistra tous les gestes de Victor quand ce dernier découpa la croûte calcinée de surface. Sous la croûte apparut une chair rosée qui semblait tendre et juteuse. Prenant en considération la galanterie des Péruviens, Steven calcula qu'il serait servi le troisième. La troisième assiette serait pour lui. Steven en salivait déjà. Victor tailla un morceau de choix et l'offrit fièrement à Nadia. La jeune femme, ne voulant pas froisser son hôte, refusa poliment l'assiette et s'expliqua :

— Nous vous remercions beaucoup, mais nous ne mangeons jamais de viande.

Un voile de déconfiture passa sur le visage de Steven. Les traits figés, les yeux hagards, le garçon en échappa son assiette, déjà toute prête à accueillir ce repas de roi. Un peu surpris par ce refus, Victor insista :

— *¿No quiere carne?* Mais cette viande est très bonne.

— Nous en sommes convaincus. Elle est sûrement délicieuse, Victor, et c'est très gentil de nous l'offrir.

L'homme jeta un coup d'œil vers Caroline en glissant timidement l'assiette dans sa direction. Celle-ci expliqua :

— Un ami, un vieil ermite, nous a expliqué que les bêtes tuées de façon violente conservent dans la mémoire de leurs cellules le stress occasionné par leur mort.

Les trois hommes du pays se regardèrent sans trop bien comprendre les propos de la jeune fille. Caroline, constatant le peu de succès de ses explications, baissa les épaules, mais se permit tout de même d'insister :

— Lorsque nous mangeons cette viande, nous ajoutons dans notre organisme les vibrations cellulaires anarchiques de l'animal.

— Des vibrations qui peuvent nuire à notre métabolisme et aux énergies qui circulent dans notre corps, précisa Nadia. Dans la situation présente, nous avons besoin de toutes nos énergies et d'une harmonie parfaite pour accomplir notre mission, une mission capitale.

D'un mouvement de la tête, Nadia chercha l'assentiment de ses deux équipiers. De façon catégorique, Caroline fit un signe de tête affirmatif. Nadia jeta un regard vers Steven, demeuré immobile, les yeux fixés sur la grosse pièce de viande.

— Steven..., dit Nadia sur un ton neutre.

Obnubilé par le gigot, le garçon n'était pas certain d'avoir suivi toutes les explications données par les deux femmes, mais il savait qu'elles avaient raison. Il n'avait donc pas le choix.

Fixant toujours le rôti accroché au-dessus des braises, la gorge serrée, il exécuta machinalement un petit signe de tête.

Victor n'insista pas et conserva l'assiette sur ses genoux. À ce signal, Vidal et Dalmino sortirent leur long couteau et se mirent à couper de larges tranches de viande. Le jus de la viande ainsi libéré tomba dans les braises, créant un petit nuage de vapeur. Le fumet vint chatouiller les narines de Steven. Le garçon ferma les yeux et huma avec délice ce doux parfum culinaire.

— Voilà pour toi, Steven... et bon appétit, annonça Nadia.

La jeune femme déposa devant le garçon l'assiette de fèves noires fumantes. Steven la ramassa sans enthousiasme et tapota les deux biscuits de riz garnissant le monticule de fèves. Nadia piqua avec appétit sa cuillère dans son plat. Portant l'ustensile à sa bouche, elle arrêta son geste. Pensive, elle se mit à réfléchir à voix haute :

— Je me demande où est l'Ermite en ce moment.

Cette réflexion fit planer un nuage nostalgique chez Steven. Caroline serra très fort son joli pendentif rose.

***

— Je me demande bien où est cet agent en ce moment, déclara Krash-Ka en tournant en rond dans son bureau impérial.

Toujours aussi maîtresse de ses émotions, la grande conseillère répondit calmement :

— Nous avons intercepté quelques échanges entre ce dernier et le Globulus, mais…

— Ah! Oui, fit l'empereur, plein d'optimiste.

Dame Haziella haussa les épaules.

— … mais toutes les conversations utilisaient un programme de cryptage dont nous ne possédons pas la clé. Par contre, nous avons une bonne idée de la position de la source d'émission. Un plateau semi-désertique au centre de la cordillère des Andes, à l'ouest de la forêt amazonienne.

L'empereur éclata :

— Et pourquoi pas dans un igloo au pôle Nord ?

La grande conseillère demeura muette.

— Nos ordinateurs, que peuvent-ils nous apprendre sur tout cela ? reprit l'empereur.

Encore une fois, dame Haziella haussa les épaules en signe d'impuissance.

***

Dalmino dénicha un coin confortable, plaça sa couverture sur ses épaules et émit un long bâillement avant de s'installer pour la nuit. À quelques mètres, Vidal se prépara également pour la nuit ou du moins pour quelques heures, le temps de son tour de garde. Psalmodiant des incantations dans un dialecte local, le guide déposa, une à une, avec délicatesse, l'ensemble de ses amulettes autour de lui.

Près de la tente des jeunes femmes, Nadia rangeait quelques affaires tandis que Caroline observait l'étrange rituel de Vidal. Machinalement, elle détacha sa gourde accrochée à un poteau de la tente et s'adressa à sa compagne de voyage.

— Et voilà. Vidal a terminé d'installer ses amulettes anti-mauvais esprits, déclara Caroline en ricanant.

— Un peu de discrétion, Caroline, intervint Nadia. Tous et chacun, nous avons nos croyances et il est important de respecter celles des autres.

— Oui, mais ses amulettes, ce sont des touffes de poils collées à des os de brebis…

— La puissance réelle de l'amulette n'a pas d'importance. Tout est une question de foi. C'est en nous que nous puisons notre protection.

— Avec ou sans amulette ?

— Steven, toi et moi, nous avons des dons… parce que nous y croyons. Le jour où nous cesserons de croire à nos pouvoirs, nous les perdrons.

— Brrr! Je préfère ne pas y penser, avoua Caroline en secouant sa gourde; elle était vide.

— Je peux t'emprunter ta gourde? demanda-t-elle.

Tout en refermant son sac, Nadia répondit:

— Bien sûr. Prends ce qu'il te faut, elle est pleine.

Jetant un coup d'œil autour d'elle, elle ajouta:

— Steven est déjà couché?

Caroline ramassa la gourde accrochée à une branche. Juste avant de prendre une première gorgée, elle répondit:

— Je l'ai vu se glisser dans sa tente, il y a plus d'une demi-heure déjà.

— Il a dû drôlement souffrir, ce soir.

— À cause du gigot? demanda Caroline qui reprenait une nouvelle gorgée.

— Depuis qu'il est avec nous, il n'a pas mangé une seule bouchée de viande, fit remarquer Nadia avec admiration.

— Ce n'est pourtant pas l'envie qui lui manque, souligna la jeune fille.

Avant de se glisser sous la tente, Nadia jeta un coup d'œil au feu de camp. Un petit sourire malicieux sur les lèvres, elle suggéra:

— Il a préféré se coucher plutôt que de demeurer assis devant un repas aussi tentant.

Caroline remit le bouchon sur la gourde.

— Pauvre Steven. Il a fait preuve de beaucoup de courage. Heureusement, maintenant il dort. Durant quelques heures, il va oublier son gigot... si, cette nuit, Dalmino ne ronfle pas trop fort, répondit-elle en raccrochant la gourde sur la branche.

***

Le sommeil venait difficilement... pour être honnête, il fallait reconnaître qu'il ne venait pas du tout. Couché sur le dos, fixant l'arête de toile de sa tente, le jeune garçon ne parvenait pas à oublier le magnifique repas qui venait de lui passer sous le nez. Steven se retourna une centième fois sur le côté et ferma les yeux, sans plus de succès. Il essaya ensuite sur le ventre, le nez pratiquement écrasé dans la toile d'ouverture de son abri. Il ferma de nouveau les yeux, mais rien n'y fit.

Soudain, un bruit curieux, mais maintenant familier au groupe, résonna dans le campement. Dalmino venait de s'endormir et amorçait son concerto nocturne.

— Ah non, pas maintenant ! gémit Steven.

Libérant son bras gauche calé sous son menton, le garçon souleva un coin de la toile et chercha dans la pénombre la source du ronflement. Il ne s'était pas trompé. Bien caché sous sa couverture, Dalmino enterrait avec succès tous les grillons de la forêt. Se faisant une raison, Steven était sur le point de refermer le triangle de toile lorsqu'une légère brise traversa le terrain. Du même coup, une douce odeur vint lui chatouiller les narines.

Au milieu du campement trônaient les restes du gigot, toujours embroché au-dessus du foyer de braise. Non sans peine, Steven réussit à en détacher son regard. Il lâcha la toile et chercha une nouvelle position. Afin de se changer les idées, il fit méticuleusement l'inventaire des articles présents sous la tente. Près de son lit de camp, un restant de boîte de biscuits. Il fouilla dans le paquet et en sortit une galette qu'il se mit à grignoter machinalement.

Son regard tomba ensuite sur son sac à dos. Du bout des doigts, il fit glisser le rabat du sac et tira sur son contenu. Le petit ordinateur portatif de Nadia apparut. Steven souleva l'écran et pianota quelques touches. À l'aide de son index, il dessina une série de lignes sur l'écran tactile. Peu à peu, une silhouette se devina sur l'écran.

Peut-être à cause de la fatigue, peut-être à cause de la forme, l'imagination de Steven s'emballa. L'esquisse se métamorphosa en une magnifique tranche de viande tendre et bien juteuse, tournant sur elle-même à l'écran. Le garçon demeura rêveur un court instant. Puis, soudainement, il revint à la réalité, secoua la tête et referma rapidement le portable.

À nouveau étendu sur le dos, Steven se remémora la phrase de Nadia: «Je me demande où est l'Ermite en ce moment». Un sourire nostalgique apparut sur le visage du garçon. Il revit en pensée toutes les étapes de son entraînement, réalisé en compagnie de l'homme de la montagne: son exercice de déplacement d'une roche, puis de l'œuf. Le premier, reçu sur la tête, le soulèvement de Caroline ainsi que le sourire de satisfaction de l'Ermite. Toujours le sourire aux lèvres, Steven ferma les yeux et tenta de trouver le sommeil.

Dans son état de semi-rêverie, il ne remarqua pas l'ombre chinoise se déplaçant en silence sur la toile de sa tente. À l'extérieur glissa une silhouette inquiétante.

***

La lune allait être pleine dans trois jours et le brillant croissant d'argent dispensait déjà sa lumière généreuse sur toute la forêt. Par cette nuit sans nuages, Sygrill circulait sans peine à travers le campement. Il atteignit la première tente rapidement. Il dépassa l'abri de Steven et s'arrêta dans le repli d'un plant de fougère géante. Il prit le temps d'observer l'ensemble du bivouac. Rien ne bougeait, sauf peut-être la tête de Vidal qui, de temps à autre, retombait sur sa poitrine. Par des efforts héroïques, Vidal réussissait à la ramener bien droite un moment et en profitait pour ouvrir les yeux quelques secondes.

De toute évidence, l'homme avait de la difficulté à demeurer éveillé et Sygrill avait bien l'intention de profiter de la situation. Délicatement, l'agent trog fouilla dans sa ceinture et en sortit une minuscule capsule. Contournant les braises encore fumantes du bivouac, Sygrill s'approcha silencieusement du veilleur. Au moment où ce dernier baissait la tête pour se reposer les yeux, l'agent gris traversa le cercle formé par les talismans déposés sur le sol. Son pied s'arrêta juste au-dessus d'une amulette. Un bruit sec retentit lorsque Sygrill écrasa l'os de brebis. Les yeux encore fermés, Vidal releva la tête. L'agent lui plaça alors sous le nez la petite capsule et la pressa légèrement. Un fin nuage se répandit sous les narines de l'homme. Vidal ouvrit grand les yeux, les referma aussitôt et tomba dans un profond sommeil.

Après s'être assuré de l'effet soporifique, Sygrill marcha à pas de loup vers le ronfleur. Cette fois-ci, il vérifia où il mettait les pieds. La petite capsule sous le nez de Dalmino lui fit ouvrir à son tour de grands yeux, puis le porteur les referma et cessa instantanément de ronfler. Satisfait, l'agent s'occupa ensuite de Victor et répéta la même opération. N'ayant plus à s'inquiéter des hommes, Sygrill s'éloigna dans la direction de la seconde tente, celle abritant Nadia et Caroline.

Sygrill découvrit rapidement ce qu'il cherchait. Accrochée à la branche d'un arbre mort pendait une gourde de brousse. L'agent l'attrapa par la courroie de cuir et la décrocha de la branche. Malgré le clair de lune, Sygrill n'avait pas remarqué la grosse pierre coincée au pied de l'arbre. Le récipient de tôle galvanisée résonna d'un bruit sourd au contact du rocher. Sur le qui-vive, l'officier gris eut instantanément tous les sens en alerte, mais rien ne bougea dans le campement.

***

Bien que discret, le bruit mat de la gourde frappant le rocher sortit tout de même Steven de sa torpeur. Ouvrant les yeux, il remarqua le morceau de biscuit qu'il tenait toujours à la main. Il le porta à sa bouche sans grand plaisir. Incapable de retrouver le sommeil, le garçon se retourna sur le ventre, releva lentement un coin de la toile et admira de nouveau les restes du gigot, toujours accrochés à la broche improvisée.

— Un tout petit morceau, ça peut pas faire de mal, réussit-il à se convaincre.

Ayant ainsi réglé son problème de conscience, Steven se concentra alors sur le gigot. Il commença à caresser mentalement le gros morceau de viande.

***

Sygrill ouvrit la main où apparurent une dizaine de petits grains bleus. Avec le pouce, il en retint la moitié et laissa rouler les autres vers l'ouverture de la gourde. Il remit le bouchon et agita la gourde dans un mouvement circulaire.

***

Sous l'effet des tensions mentales exercées par Steven, l'énorme pièce de viande se balançait dangereusement sur son bout de branche. Peu à peu, un morceau se déchira, bien plus gros que ne l'avait prévu le garçon. Steven se concentra sur celui-ci. Lentement, le bout de viande céda. Flottant librement au-dessus du foyer, il laissa échapper quelques gouttes de jus dans les braises. Celles-ci transformées en parfum de grillade, l'émanation vint chatouiller les narines du garçon.

Malgré toutes les bonnes raisons évoquées, un coin de la conscience du garçon se rebellait de cette tricherie. Un coin de conscience qui fit remonter en surface une réflexion de Caroline : « Nous avons besoin de toutes nos énergies et d'une harmonie parfaite pour accomplir notre mission, une mission capitale ».

Steven vécut alors un grand moment de déchirement. Dans la balance, une mission capitale et la confiance de ses amies contre une tranche de gigot. Steven prit une grande respiration et une non moins grande décision :

— J'ai pas le droit de les trahir.

Steven ferma les yeux et relâcha sa concentration. Libérée des forces psychiques du garçon, la pièce de viande tomba lourdement dans les braises. Au passage, le morceau de gigot accrocha un bout de bois formant levier qui catapulta avec force un tison rougeoyant dans les airs.

***

Sygrill replaça la gourde sur la branche en s'assurant qu'elle avait bien retrouvé sa position initiale. L'agent s'intéressa ensuite à une deuxième gourde, accrochée à un montant de la tente. Cette fois-ci, prudemment, il se pencha et, de sa main libre, ramassa directement la gourde, évitant ainsi tout risque de choc sur une pierre.

C'est à ce moment précis que le tison catapulté par le morceau de gigot atterrit dans le dos de l'agent. Il rebondit sur la ceinture de cuir de ce dernier et s'immobilisa. Durant un instant, le tison sembla se stabiliser, mais au moment où l'agent se penchait un peu plus pour dégager la gourde, le tison bascula et se logea entre le ceinturon et la veste de l'homme gris. Tout à son affaire, ce dernier ne remarqua pas l'odeur âcre de laine brûlée qui se répandait lentement derrière lui. À l'aide de son pouce, il regroupa au creux de sa main les quelques grains restants. Il se préparait à dévisser le bouchon de la gourde lorsqu'une légère fumée s'échappant de son dos remit ses sens en alerte. L'agent renifla l'air prudemment, puis ce fut l'effet de surprise et de brûlure.

La douleur vive brisa sa concentration. En un instant, Sygrill retrouva sa physionomie trogolienne et le bout de l'une de ses bottes vomit une collection de griffes acérées. Lâchant la gourde toujours accrochée au montant de la tente, il échappa du même coup ses précieux grains de poison. Dans un geste désespéré, il plaça rapidement les griffes de ses mains déformées sur sa bouche afin d'étouffer une plainte montante.

***

Peut-être à cause de sa conscience enfin libérée, Steven trouva finalement le sommeil, le sourire du juste sur les lèvres.

Quelques minutes de plus d'insomnie et il aurait pu remarquer la silhouette glissant rapidement sur la toile de sa tente. Mais Steven dormait déjà. Il n'entendit pas au loin ce qui sembla être le hurlement plaintif d'un loup solitaire.

CHAPITRE IV

Caroline s'éveilla la première et s'étira paresseusement. Nadia ouvrit les yeux à son tour. À l'extérieur, la nature n'avait pas attendu les deux jeunes femmes pour rendre hommage à cette nouvelle journée. Caroline referma les yeux, s'étira de nouveau et apprécia durant quelques secondes la douce mélodie de la nature.

— Hum... C'est merveilleux de se réveiller ainsi au chant des oiseaux.

Mais le concert fut de courte durée, interrompu par une exclamation de colère.

— Vidal, espèce de sombre crétin!

Sortant de sa rêverie, Caroline enfila rapidement une blouse et sortit prestement de la tente, suivie de Nadia. Le spectacle qui attendait les jeunes femmes ne présentait rien de très réjouissant. D'un côté, un Victor en colère fulminait dans un dialecte local, heureusement incompréhensible pour les jeunes femmes. De l'autre côté, un homme prostré, courbant l'échine, ne sachant quoi dire pour se défendre. Un Vidal bien malheureux, sûrement plus à cause de la faute commise que des récriminations de son vieil ami.

— Que se passe-t-il? demanda Nadia.

Victor profita de cette interruption pour reprendre son souffle et tenta de s'expliquer entre deux grandes respirations.

— Le soleil est levé depuis plusieurs heures déjà et cet abruti a dormi toute la nuit. Il a sauté le tour de garde. Alors Dalmino n'était pas à son poste ce matin pour nous réveiller.

Durant l'explication du guide, Steven avait rejoint discrètement le groupe. Quand Victor eut fini de se plaindre, le garçon exprima une remarque fort embarrassante pour le chef de l'expédition.

— Mais comment ça se fait ? D'habitude, vous êtes toujours le premier debout avec le soleil.

— C'est vrai... mais aujourd'hui, c'est une exception et ce n'est pas une raison pour ne pas être réveillé par le dernier homme de garde.

Ne voulant pas alimenter la polémique, Nadia coupa court à la discussion.

— Puisqu'on ne peut pas revenir en arrière, voyons comment se présente la suite du programme.

Victor avait retrouvé tous ses moyens et n'entendait pas se faire dicter sa conduite par une femme. Il tenait à reprendre l'initiative des événements. C'est donc avec autorité qu'il résuma la situation :

— Nous avons déjà perdu plus de deux heures de marche, dit-il en lorgnant du côté de Vidal. On se passera de la toilette du matin. Le départ aura lieu dans trente minutes.

Le ton était sans réplique. Le groupe se dispersa en silence. Chacun s'affairait à démonter les tentes, à éteindre les dernières braises ou à regrouper ses affaires lorsque Vidal se mit à se lamenter, à genoux sur le sol. Curieuse, Caroline s'approcha de Dalmino, occupé à fixer sa couverture de laine sur son sac à dos.

— Qu'est-ce qui se passe ? Je n'ai jamais vu Vidal dans un tel état.

Dalmino, un peu gêné, résuma la situation.

— C'est... Ce n'est peut-être pas facile à comprendre pour une étrangère, *señorita*... Il dit qu'un esprit malin a brisé, cette nuit, une de ses amulettes.

— Un esprit malin, répéta Caroline. Vous voulez dire un esprit méchant ?

— *Sí, señorita.*

— Il a peut-être marché dessus en se levant, proposa Steven, la bouche encore pleine d'un morceau de banane.

— Vidal, marcher sur ses amulettes ? Impossible… Oh non, pas Vidal.

— Alors, il faut accepter l'idée d'un esprit malin, en conclut Caroline.

Dalmino, de plus en plus mal à l'aise, prétexta :

— Excusez-moi, *señorita.* Je dois aider Victor à lever le camp.

Sans ajouter un mot, Dalmino s'éclipsa rapidement.

Après un petit déjeuner rapide composé de quelques fruits, Victor donna le signal du départ. Chacun ramassa son sac à dos. Au passage, Nadia décrocha sa gourde pendue à l'arbre et dans sa hâte, elle ne remarqua pas les petits grains foncés répandus sur le sol.

Caroline n'avait fait que quelques pas lorsqu'elle constata l'arrêt de sa montre.

— Zut ! Ma montre est arrêtée. Est-ce que quelqu'un peut me donner l'heure ?

Steven, sans une seconde d'hésitation, déclara :

— Il est 7 heures 42.

Sans ralentir la marche, Victor jeta un coup d'œil à sa montre et confirma l'exactitude de l'heure.

— Moi, j'ai 7 heures 41.

L'homme prit quelques secondes avant de réagir, le temps de mettre en ordre quelques observations. Il lança un regard suspect dans la direction de Steven. Le garçon avait donné l'heure instantanément et n'avait pas pris le temps de consulter sa montre. Victor fronça les sourcils et lança de nouveau un regard dans la direction du garçon. Il s'attarda sur les poignets de ce dernier.

Il ne s'était pas trompé. Steven n'avait même pas de montre. Ralentissant le pas en dérivant un peu sur la droite, il laissa le jeune garçon monter à sa hauteur. Sur un ton qui se voulait le plus banal possible, il laissa échapper :

— Plutôt impressionnant, ton coup de chance de tantôt.

Steven répondit par un simple regard interrogateur. Victor revint à la charge et précisa :

— Quand tu as donné l'heure, tu es tombé pile, à une minute près. Il faut une sacrée chance pour réussir un coup pareil.

Un peu amusé par le commentaire de l'homme, Steven rectifia :

— Oh ! Ce n'est pas une question de chance. Je dis l'heure par intuition. C'est un truc que nous a montré l'Ermite. Et votre montre, elle retarde d'une minute.

Victor se forgea un sourire forcé :

— L'intuition. Un autre de vos tours de passe-passe ?

Demeurant insensible à l'ironie du guide, Steven répondit calmement :

— C'est notre esprit qui nous dit des choses quand on l'écoute.

Victor n'espérait vraiment pas ce genre de réponse, bien qu'il aurait dû s'en douter de la part de ces étrangers un peu bizarres. Peu convaincu, mais surtout pas rassuré, il fixa machinalement ses souliers.

— Les esprits, marmonna-t-il. Moi, je préfère consulter ma montre.

Sur ce, il accéléra le pas et reprit la tête de l'expédition.

Toujours aussi espiègle, Steven lança :

— Sept heures quarante-six.

Machinalement, Victor leva son poignet gauche. Il fit la grimace et se concentra sur sa marche en tirant discrètement sur la queue de sa montre.

***

Jetant un coup d'œil à son chronomètre, Sygrill évalua sommairement, avec un sourire méchant, le temps de réaction de son poison. Depuis près de trois heures, il progressait parallèlement au groupe. S'arrêtant pour souffler, il en profita pour vérifier la position des six points lumineux scintillant sur son détecteur infrarouge.

— D'ici une heure, certaines têtes vont tourner.

Satisfait de son estimation, il poursuivit sa marche avec optimisme.

***

Sous la *selva,* on voyait à peine filtrer le soleil entre les feuilles de la couche dense de végétation. La progression du groupe demeurait lente dans la brousse chaude et humide. À coups de machette, Vidal dégageait un passage. Il était suivi de Victor, Steven, Nadia et Caroline. Dalmino fermait la marche.

Nadia décrocha sa gourde et but une gorgée. Se souvenant de la gourde vide de Caroline, elle se retourna et offrit la sienne à la jeune fille.

— Ta gourde est vide. Tu veux un peu de mon eau, Caroline?

Cette dernière refusa gentiment. À mi-voix, elle chuchota:

— Je te remercie, mais ce n'est pas nécessaire. Peut-être pour se racheter et se faire pardonner, ce matin, Vidal a déniché une source et m'a offert de la remplir.

Nadia sourit et prit une nouvelle gorgée avant de refermer sa gourde.

***

Le groupe accumulait déjà plusieurs kilomètres de marche lorsque Nadia ressentit les premiers étourdissements. Sa transpiration augmenta, sa vision se troubla légèrement.

Caroline, marchant à ses côtés, se rendit compte du malaise de la jeune femme.

— Ça ne va pas?

— Ce n'est rien. Un petit étourdissement passager, répondit-elle en se passant la main sur la nuque, libérant ainsi les cheveux détrempés lui collant à la peau.

Nadia prit une grande respiration.

— La chaleur et l'humidité deviennent vraiment insupportables, ne trouves-tu pas?

Caroline n'avait pas remarqué de changement notable dans la température. C'était toujours aussi chaud et écrasant, mais pas plus que la veille.

— Et si je demandais à Victor de faire une pause? proposa-t-elle.

— Avec le retard que nous avons pris ce matin et la mauvaise humeur de Victor? Pas question! Attendons encore une heure.

S'essuyant le front tout en marchant, elle ajouta avec un sourire forcé:

— De toute façon, ça va sûrement passer.

***

Un peu plus loin, caché derrière un vieux tronc pourri, l'agent *trog* observait la jeune femme dans le viseur de ses jumelles électroniques. Un sourire sadique fissura son visage. L'état de santé de Nadia l'amusait beaucoup. Afin de mieux suivre la progression de sa victime, Sygrill se déplaça sur sa gauche de quelques centimètres. Soudain, il perdit son sourire et ouvrit de grands yeux. Dans son mouvement latéral, une branche sèche et raide lui avait effleuré le dos. Délicatement, il libéra le bout de la branche accroché au pansement caché partiellement par sa ceinture. Soulagé, il pointa de nouveau ses jumelles dans la direction du groupe.

— Encore quelques minutes et l'effet sera complet.

Laissant retomber les jumelles sur sa poitrine, il ajouta:

— Et si ce fameux Guidor accepte de se manifester, ce sera le bonheur total.

***

Chez Nadia, le bonheur était loin d'être évident. Chaque pas lui demandait un effort. Chacun devenait de plus en plus court, jusqu'au moment où elle perdit pied. Caroline n'eut pas le temps de la retenir. Nadia tomba sur un genou. À bout de ressources, elle demeura prostrée au sol et ne parvint pas à se relever. La prenant par les épaules, Caroline la soutint de son mieux.

— Nadia! Qu'est-ce que tu as?

Épuisée et à peine consciente, la jeune femme n'émit aucune réponse. Dalmino, les ayant rejointes, apporta son soutien à la jeune femme. Alarmée par l'état de son ami, Caroline se tourna vers la tête du groupe et cria:

— Steven, Victor... Nadia est malade.

Le groupe s'arrêta. Steven, inquiet, se précipita, rejoint rapidement par Victor et Vidal.

— Qu'est-ce qu'elle a? demanda Steven.

— Je ne sais pas, répondit nerveusement Caroline qui plaça sa main sur le front de la jeune femme. Elle est brûlante de fièvre, constata-t-elle.

Décrochant la gourde pendue au sac de Nadia, Caroline dévissa le bouchon et s'apprêtait à humecter les lèvres de la jeune femme lorsqu'une main ferme l'arrêta. De l'autre main, Victor prit la gourde, en sentit le contenu et devint sombre.

— Y a un problème? s'informa Steven.

Utilisant ses doigts comme filtre, Victor vida le contenu de la gourde dans le creux de sa main. De petits fruits noirâtres et tout ratatinés s'accumulèrent dans la paume de l'homme.

— *Chimatos*, le fruit qui rend malade, déclara Victor dans une grimace écœurée.

— Qu'est-ce que c'est? demanda Caroline, de plus en plus inquiète.

— Un fruit sauvage, pas bon à manger, dit le guide.

— Mais j'ai bu de cette eau hier soir, objecta Caroline, et je ne ressens aucun effet.

Tout en revissant le bouchon sur la gourde, Victor ne put que répondre :

— Il faut en conclure qu'hier soir, il n'y avait pas de *chimatos* dans cette eau.

— Ben alors, ça s'est passé cette nuit ? suggéra le jeune garçon.

— Et ce poison ne s'est pas glissé par lui-même dans cette gourde, fit remarquer Victor.

La conclusion devenait évidente, mais personne n'osait l'exprimer. Songeur, Steven demanda distraitement :

— Il y a des loups, ici ?

— Des loups ? Dans cette jungle, sûrement pas, répondit le guide.

— Pourquoi des loups ? demanda Caroline.

— Cette nuit, dans mon rêve, j'ai entendu un loup.

***

Dans l'ombre des fougères géantes, accroupi sur ses talons, l'officier gris surveillait les activités du groupe et l'évolution rapide de la maladie chez Nadia. À voir cette dernière étendue sur le sol, il n'était pas peu fier de ses talents d'empoisonneur. Son excitation était si grande qu'il en perdit l'équilibre et bascula vers l'arrière, se retrouvant ainsi le dos appuyé à l'écorce râpeuse d'un arbre.

Ouvrant de grands yeux ronds, il ne put retenir un cri de douleur. Les deux mains sur la bouche afin d'atténuer le son, il lança malgré lui un hurlement sourd sous sa physionomie trogolienne momentanément retrouvée. Lentement, il retrouva son équilibre, se retourna et examina le gros pansement qui couvrait la plaie laissée par la brûlure de la nuit.

***

L'écho du hurlement retentit dans toute la forêt. Victor arma sa carabine.

— Je crains que tu aies raison, Steven. Il y a un loup dans cette jungle. Un loup empoisonneur, souligna le guide.

Jouant les détectives en herbe, Steven proposa, tout excité, une hypothèse qui prenait maintenant tout son sens.

— Si on a eu une visite cette nuit, celui qui a fait ça vous a peut-être drogués pour ne pas être dérangé. Ça pourrait expliquer pourquoi Vidal ne s'est pas réveillé et que tout le monde est passé tout droit ce matin.

Victor consacra quelques secondes à traduire mentalement les conclusions du garçon. Il fit quelques pas en se grattant le menton et admit :

— Tu as probablement raison. Je crois que j'ai des excuses à faire à mon pauvre ami.

Reprenant la direction des opérations, Victor s'approcha de la jeune femme et évalua son état. Il para au plus pressé.

— Nous allons en premier fabriquer un brancard pour Nadia. Ensuite nous devrons poursuivre notre route très lentement et jouer de prudence.

— Vous croyez que nous sommes en danger ? demanda Caroline.

L'homme haussa les épaules en signe d'ignorance, mais se permit d'ajouter :

— Il y a peut-être d'autres pièges qui nous attendent. À partir de maintenant, la chasse au loup est ouverte.

En réponse à leur patron, Vidal et Dalmino armèrent leur carabine et se mirent à scruter la forêt. Se préoccupant toujours de l'état de Nadia, Victor fit une évaluation rapide :

— Encore un ou deux kilomètres de marche et nous atteindrons le sommet d'une colline où l'air est plus frais.

***

Au sommet de la colline, l'air parut effectivement plus frais, mais il ne contribua guère à l'amélioration de l'état de santé de Nadia. Elle transpirait à grosses gouttes et demeurait à demi inconsciente. Les porteurs déposèrent délicatement la civière sur le sol. Vidal jeta un coup d'œil à la jeune femme et sur un ton sombre, baragouina dans sa langue d'origine une phrase mystérieuse. Dans la même langue, le chef guide répondit sur un ton nerveux. Steven, toujours aussi curieux, demanda :

— Qu'est-ce qui se passe ? Qu'est-ce qu'il a dit ?

Victor expliqua sur un ton maussade :

— Depuis ce matin, nous sommes entrés sur le territoire sacré des ancêtres. Ici, pas bon pour les hommes... Le domaine des dieux.

Sortant de son mutisme, Vidal marmonna :

— *Caminar aquí es un sacrilegio.*

— Pardon ? reprit Caroline.

— *Caminar aquí es un sacrilegio. Los dioses van a castigarnos a todos,* ajouta le porteur.

Après avoir lancé un regard à Nadia, il caressa machinalement ses amulettes.

— *Uno a uno, todos nos van a castigar.*

Malgré toute son attention, Caroline ne parvenait pas à s'y retrouver dans cette avalanche de mots.

— Plus lentement... *Más despacio, por favor,* demanda la jeune fille, de plus en plus énervée.

Dalmino vint à son aide.

— Les dieux vont tous nous punir...

— *Uno a uno, todos nos van a castigar,* répéta Vidal avec insistance.

Dalmino demeura muet. Vidal insista de nouveau.

— *Uno a uno, todos nos van a castigar.*

Steven s'énerva à son tour :

— Qu'est-ce qu'il raconte ?

— Les dieux vont tous nous punir. Un à un. Ils vont tous nous punir, laissa échapper Dalmino dans un soupir.

Cette fois-ci, Steven s'emballa réellement.

— Les dieux n'ont rien fait à Nadia. Elle est comme ça à cause d'un bandit... Et... Et on va la soigner. Nadia ira beaucoup mieux... bientôt. Demain peut-être...

À bout d'arguments et au bord des larmes, Steven ne put rien ajouter. Caroline s'approcha délicatement du garçon et lui plaça une main sur l'épaule. Elle tenta de le calmer. Lorsqu'elle le sentit plus détendu, elle lui avoua :

— Nadia ne va vraiment pas bien et la fièvre est toujours présente. Ce qu'il nous faut, ce sont des compresses d'eau fraîche.

— Mais Victor doit savoir où sont les sources dans ce pays, gémit Steven.

— Ce territoire est sacré, rappela Caroline. Victor n'est jamais venu aussi loin dans ces montagnes. Il peut nous guider, mais pas nous trouver le chemin menant à une source.

Caroline avait dû prononcer le mot magique, car le garçon sursauta comme s'il avait été piqué au vif.

— Trouver le chemin ! C'est ça ! s'écria-t-il.

— Qu'est-ce qui t'arrive ? s'étonna la jeune fille.

— Trouver le chemin, Caroline, ça te dit rien ? demanda Steven tout excité.

Devant le mutisme de celle-ci, Steven poursuivit en expliquant très lentement :

— Quand on s'est perdus dans la forêt, dans la Vallée du silence, comment on a retrouvé notre chemin jusqu'au chalet ?

— Par l'intuition ! s'exclama la jeune fille.

— Comme l'Ermite nous l'a enseigné, précisa Steven.

Devant les regards étonnés des trois Péruviens, Caroline et Steven fermèrent les yeux et se mirent à pivoter lentement sur eux-mêmes. Au bout de quelques tours, ils s'arrêtèrent tous les deux... dans la même direction. Amusés par le résultat, ils échangèrent un sourire et annoncèrent en chœur :

— La source d'eau fraîche est dans cette direction.

— Et je prends la suite, ajouta Caroline.

Fermant les yeux, elle se laissa porter par son don de visualisation.

***

Il fallut moins de quarante minutes pour atteindre la cascade calée entre deux plis rocheux. Au début, les guides, plutôt sceptiques, avaient suivi les deux enfants avec un certain sourire aux lèvres. Comment, en effet, des étrangers pouvaient-ils prétendre dénicher une source d'eau fraîche et la décrire avec précision quand eux, gens du pays, en ignoraient totalement l'existence ?

Mais les sourires firent place à des regards respectueux lorsque l'écho de la cataracte résonna dans les méandres de la végétation. Peu à peu, selon les caprices du vent, une légère bruine humidifiait l'atmosphère. Le terrain montait lentement. Vidal et Dalmino, qui portaient la civière, durent redoubler de prudence et assurer la prise à chaque pas sur un sol recouvert d'humus détrempé.

Toujours prêt à prendre des risques, Steven s'élança sur la pente et par deux fois faillit perdre l'équilibre, mais son jeune âge et son agilité lui permirent d'atteindre le plateau rocheux sans dommage. Émergeant du couvert végétal, Steven fut aveuglé par la lumière omniprésente et dut prendre quelques secondes afin d'adapter sa vision à ce nouveau décor éblouissant. Écartant une dernière touffe de fougères, il fut le premier à contempler la majestueuse trombe d'eau.

Celle-ci prenait son élan à plus de trente mètres au-dessus du plateau. Elle poursuivait sa course plus bas, sur une dizaine de mètres, avant de plonger, bouillonnante, dans une gorge accidentée. Sur le plateau, le nuage permanent de vapeur d'eau favorisait une végétation luxuriante où rivalisaient arbres, fleurs et lierres. Ces derniers, incapables de se limiter aux arbres, tendaient de longs tentacules verts sur les pans rocheux escarpés encadrant la cataracte.

***

Bien qu'épuisés, les guides trouvèrent la force de monter les tentes et de préparer le campement. Nadia reposait maintenant à l'ombre d'un rocher. À son chevet, Caroline tentait désespérément de lui prodiguer tous les soins que lui permettaient ses faibles connaissances en médecine. Elle retira du front de la jeune femme une compresse encore humide et la remplaça par une serviette trempée dans l'eau fraîche de la cascade.

— Comment va Nadia? s'informa Steven en s'agenouillant près de la jeune femme.

— Pas très bien, soupira Caroline. Et la fièvre ne veut pas tomber.

— Et ton don de guérisseuse, tu ne peux pas l'utiliser? se risqua à demander le garçon.

Caroline soupira de nouveau et c'est avec un sanglot dans la gorge qu'elle avoua :

— Je voudrais bien intervenir, mais je ne sais comment. Toute mon expérience se limite à refermer des plaies extérieures. L'Ermite ne m'a jamais appris à guérir des maladies internes ou des problèmes de métabolisme.

Sur un ton de culpabilité, les yeux humides, elle ajouta :

— Pourquoi n'ai-je jamais posé de questions sur ce sujet? Pourquoi ne m'a-t-il rien dit?

Machinalement, Caroline caressa le petit cristal pendu à son cou.

— Avant de quitter la Vallée du silence, l'Ermite m'avait donné ceci en m'expliquant sommairement la façon de l'utiliser. Mais à cette époque, j'étais un peu bouleversée. J'avais la tête ailleurs. Je n'ai pratiquement rien retenu de ce qu'il m'a enseigné. À plusieurs reprises, je me suis dit : « Je dois lui en reparler », mais nous sommes partis si soudainement...

Une larme coula sur la joue de la jeune fille. Elle l'essuya du revers de la main.

— Je sens que ce cristal peut sauver Nadia, mais je ne sais comment m'en servir et c'est ma faute, ajouta-t-elle dans un nouveau déluge de larmes.

Serrant les épaules de Caroline, Steven tenta de la consoler de son mieux.

— L'Ermite était un homme très sage. S'il t'a rien dit, c'est peut-être qu'à ce moment-là, t'étais pas prête à recevoir ces connaissances.

— Mais aujourd'hui, il est trop tard.

Baissant les yeux vers son amie, elle sanglota :

— Et je ne veux pas que Nadia meure à cause de moi.

— Dis pas ça! C'est la faute du *trog*, pas la tienne, la rassura le garçon.

Reprenant son air de petit homme, Steven redressa les épaules et ajouta énergiquement :

— Et Nadia ne mourra pas. C'est certain. T'as pas oublié nos amis, les Maîtres de Shangrila? Nadia dirait : «Il faut leur faire confiance... jusqu'au bout!»

Comme en réponse à sa déclaration, un vent violent se leva et balaya le plateau rocheux. La bourrasque inattendue les enveloppa, soulevant et projetant au loin le sable fin recouvrant le plateau ainsi que de larges feuilles arrachées aux arbres. Steven releva le col de son gilet et, avec l'aide de Caroline déjà penchée sur Nadia, il tenta désespérément de protéger le visage de la jeune femme.

— Victor, où est Victor? cria Steven en cherchant autour de lui, les yeux mi-clos.

Les deux enfants ne pouvaient attendre aucune aide de leurs guides, trop occupés à récupérer et à mettre en sécurité les bagages de l'expédition. Vidal, les jambes écartées, se coucha sur une tente dont les ancrages avaient cédé et rattrapa tout ce qui lui tombait sous la main. Dalmino glissa sur la pente d'humus en tentant de rattraper le sac à dos de Nadia. Une roche en saillie bloqua le sac ainsi que son pied et ralentit sa course. Une main se tendit, il la serra. Victor, accroupi, tira et réussit à remonter l'homme sur le plateau. Marchant dans la direction de Vidal, Victor ramassa son bagage au passage. Dalmino, sans quitter le sac à dos de Nadia, réussit à récupérer une couverture de laine coincée entre deux arbres.

Les trois hommes, maintenant réunis, s'affairaient à regrouper l'ensemble de leurs effets et à les attacher les uns aux autres. Tirant et poussant, ils réussirent, malgré le vent de plus en plus violent, à glisser le tout vers un repli rocheux.

— Les dieux sont en colère! gémit Vidal, au bord de la panique.

— Nous n'aurions jamais dû déranger les esprits des morts, renchérit Dalmino qui n'en menait pas tellement plus large.

— Taisez-vous! hurla Victor à travers le vent. Vous allez finir par me faire peur.

Ceci dit, il leur tourna le dos et chercha, les yeux mi-clos, les trois étrangers à travers le nuage de poussière. Devinant finalement leur silhouette sur sa gauche, il quitta les deux porteurs.

Devant ses amis, Victor s'était donné des airs courageux, mais maintenant seul, le maire de Pequos imaginait un terrible monde maléfique l'entourant et le harcelant de toutes parts. Le pied d'un dieu en colère lui lança un nuage de cailloux. Les griffes du malin, cachées dans les branchages, lui lacérèrent le visage. Les voix aiguës de mille démons provenant de l'enfer lui déchirèrent les tympans. Quelle idée avait-il eue de profaner ainsi les terres sacrées de ses ancêtres?

Curieusement, ses craintes s'amenuisèrent au contact des enfants, comme si ces jeunes étrangers aux pouvoirs mystérieux pouvaient lui procurer un bouclier et le protéger du monde des morts. À la vue de Nadia grelottant sous sa couverture, Victor revint rapidement aux priorités de l'heure.

— Vous ne pouvez rester ici, il faut un abri pour Nadia, cria-t-il aux enfants à travers les sifflements du vent.

Confirmant ses dires, la nature se déchaîna de nouveau. Un arbre fut déraciné, un autre se brisa en deux. Sur les pans de la falaise, les voiles de lierre battaient au vent tels de grandes toiles végétales. L'un d'eux se déchira et fut emporté dans la bourrasque, laissant apparaître une tache sombre dans le flanc de la montagne.

Sans hésiter, Victor prit Nadia dans ses bras et cala le front bouillant de la jeune femme dans son cou. Se relevant prudemment, il marcha ensuite d'un pas rapide vers cet abri inespéré. Caroline et Steven attrapèrent chacun une extrémité de la civière et partirent sur les traces du guide.

Comprenant le manège de leur chef, les deux porteurs sortirent de leur repli et commencèrent à tirer leur matériel vers la grotte. Quelques menus articles glissèrent du lourd colis. Dalmino et Vidal ne s'en préoccupèrent pas et poursuivirent leur progression vers le nouvel abri.

Victor, déjà sous le couvert rocheux, poursuivit sa marche et pénétra à bonne distance dans la caverne, loin des rafales du vent. Il étendit ensuite Nadia sur la civière que les enfants avaient déposée en hâte sur le sol. Steven retourna à l'entrée de la grotte et vit les divers objets s'échappant du chargement des porteurs. Il plongea dans la tempête et croisa les deux hommes au moment où ces derniers atteignaient la faille rocheuse. Dalmino tenta de le retenir :

— Non, non. Trop dangereux. Il faut rester ici.

— Et perdre ma dernière boîte de biscuits ? Pas question ! déclara le garçon avant de s'élancer.

Marchant dos au vent, Steven récupéra de menus objets avant de découvrir la boîte tant convoitée. Celle-ci roulait dangereusement par petits sauts vers le bord du précipice. Steven se pencha et se préparait à étreindre la boîte lorsque le vent tomba subitement. En quelques secondes seulement, ce fut le calme plat. Contemplant sa boîte, Steven murmura pour lui-même :

— Y doit exister un déva des biscuits.

***

Steven entra dans la grotte en courant.

— Eh ! Vous avez vu ça ? En deux secondes, le vent…

La suite de la phrase demeura coincée dans la gorge du garçon. Tout au fond de la caverne, une lumière éblouissante semblait jaillir de nulle part. Malgré son éclat, elle ne dégageait aucune chaleur. Tout le groupe fixait maintenant la lumière. Progressivement, elle perdit de son intensité et la frange éclairée vira au bleu très doux. Personne n'osait bouger. Caroline et Steven admiraient le spectacle. Victor, Dalmino et Vidal demeuraient cloués de stupeur. La sphère de lumière s'étira et devint une colonne brillante.

Peu à peu, une silhouette humaine se dessina dans la lumière. Celle-ci se dissipa et la forme se densifia. La silhouette flottait maintenant à une dizaine de centimètres du sol. Elle était habillée d'une simple tunique d'un bleu très pâle effleurant les courroies de ses sandales. Les lignes du visage se précisèrent. L'Ermite était parmi eux.

Steven laissa tomber tous les articles si durement récupérés. Lorsque le nouveau venu ouvrit les bras et salua l'assemblée, Caroline et Steven émirent un grand « ah! » de joie; Victor et les deux porteurs, un grand «¡*HAAA!*» d'épouvante. Retrouvant l'usage de leurs jambes, ils s'élancèrent à toute vitesse vers la sortie de la grotte en se bousculant. Steven, demeuré près de l'entrée, eut juste le temps de s'écarter, évitant ainsi d'être piétiné par les hommes apeurés. Essayant de couvrir le hurlement hystérique des guides, Steven leur cria:

— Eh! Revenez! Ne nous lâchez pas! C'est un ami!

L'Ermite leva la main et rassura le garçon.

— Sois sans crainte, je vais calmer leurs esprits.

À l'extérieur de la grotte, les hommes ralentirent leur course et s'arrêtèrent finalement, les yeux hagards, à bout de souffle.

Caroline, la première, s'élança vers le vieil homme, mais s'arrêta à un mètre de ce dernier, indécise.

— Est-ce que je peux vous toucher?

— Bien sûr, s'exclama le vieil homme. Et tu peux même m'embrasser, ajouta-t-il en ouvrant les bras.

La jeune fille n'attendit pas une seconde invitation et s'élança dans les bras de l'Ermite. Steven, qui avait déjà oublié les guides, arriva comme une fusée et faillit renverser l'homme en le prenant par la taille.

— Vous nous avez beaucoup manqué, vous savez. Et on a souvent pensé à vous, avoua le garçon.

L'Ermite prit les deux enfants par les épaules et les serra de nouveau tendrement.

— Moi aussi, j'ai souvent pensé à vous. J'étais vraiment impatient de vous revoir.

Caroline retrouva rapidement ses esprits et voulut tout savoir.

— Mais comment avez-vous fait pour nous retrouver? Et comment êtes-vous venu ici?

L'homme n'eut pas le temps de répondre. Il fut bombardé, cette fois, par Steven.

— Vous allez rester avec nous? Pourquoi vous êtes pas venu plus tôt?

L'Ermite leva les deux bras et demanda un minimum de calme.

— Je répondrai à toutes vos questions, mais une à la fois.

Bien que leurs yeux trahissent une excitation toujours aussi vive, les enfants réussirent à se donner une attitude extérieurement calme. Appréciant un si bel effort de retenue, l'Ermite les gratifia d'un sourire et poursuivit:

— Si je suis ici aujourd'hui, c'est pour deux bonnes raisons. La première...

Le vieil homme tourna la tête vers Nadia. Les enfants suivirent son regard. Caroline ne put se retenir. Elle se glissa au chevet de la jeune femme et lui prit la main délicatement.

— Merci d'être venu. Vous seul pouvez la soigner. Je ne connais rien aux traitements touchant les guérisons internes et devant la maladie de Nadia, je me sens totalement démunie.

— À ce jour, tu as soigné des blessures très localisées, commença l'Ermite. Tes pouvoirs de guérison refermaient et cicatrisaient les chairs en des endroits bien précis. Dans ce domaine, tu as fait un travail remarquable.

— Merci, dit-elle simplement en rougissant légèrement.

— Mais dans le cas de Nadia, reprit l'Ermite, c'est tout le corps qu'il faut traiter, car certains chakras influençant l'ensemble du corps ont été altérés.

— Les chakras? C'est quoi? demanda Steven.

D'un geste de la main, l'Ermite imprima sur le mur de la grotte une silhouette humaine sur laquelle se superposèrent sept sphères de couleur.

— Voici les chakras; on les appelle également les « roues de feu » ou « roues de la vie ».

L'Ermite fit un pas vers la silhouette et poursuivit :

— En plus des influx nerveux et du sang, circulent, dans tout le corps, des réseaux d'énergie qui vitalisent les cellules de tous les organes. Les chakras sont comme des carrefours. Ils sont également des centres de distribution utilisant une grande autoroute qui relie l'ensemble des chakras.

L'homme s'arrêta un instant et vérifia le niveau de compréhension des enfants. D'un signe de tête, ses jeunes auditeurs l'invitèrent à poursuivre. L'Ermite pointa du doigt une petite sphère verte.

— Un poison ingéré par Nadia brouille une partie de cette autoroute. Il perturbe le chakra du cœur dont la vibration principale est de couleur verte.

— Nadia a eu une crise cardiaque? demanda Steven alarmé.

L'Ermite se fit rassurant.

— Pas nécessairement, mais ce blocage a brisé l'harmonie de tout le réseau jusqu'ici, au sommet de la tête où se situe le chakra de la couronne. Toutes ces perturbations ont provoqué chez Nadia de la fièvre et des étourdissements.

L'Ermite se pencha à son tour vers la jeune femme. S'adressant à Caroline, il lui demanda :

— Tu possèdes toujours le cristal que je t'ai offert?

— Bien sûr! répondit-elle.

Celle-ci libéra la chaînette de son cou et déposa le pendentif dans la main de l'homme. L'Ermite laissa pendre le cristal au-dessus de la tête de Nadia et le déposa sur son front.

— Maintenant, Caroline, je vais t'apprendre comment harmoniser les roues de feu de Nadia.

***

Le bouillon dégageait un doux parfum d'herbes fraîches. Une main délicate saisit la tasse de plastique et la porta à des lèvres légèrement colorées. Sur ces entrefaites, Steven pénétra dans la grotte et s'exclama :

— Nadia ! Ça va beaucoup mieux !

La jeune femme prit une gorgée de bouillon. Avec un sourire, elle annonça joyeusement :

— Dès demain, je serai prête à repartir avec vous.

— C'est super ! Je vais prévenir Victor et je reviens. Ne bouge pas d'ici.

Nadia n'eut pas le loisir d'ajouter un mot. Steven la quitta sans attendre et sortit de la grotte en courant. La jeune femme, demeurée seule, haussa les épaules en souriant :

— Et où pourrais-je bien aller ?

Ce bel esprit optimiste était loin d'être partagé par tous. Dans un coin isolé de la grotte, Caroline semblait soucieuse. L'Ermite la rejoignit et l'invita à se confier.

— Nous avons perdu une journée de marche, déclara la jeune fille, et dans quatre jours, c'est la pleine lune. Dès après-demain, les guides vont nous abandonner... Et nous n'avons pas encore rejoint le temple.

D'un geste lent et délicat, l'Ermite déposa sa main sur la tête de Caroline. Il caressa ses doux cheveux blonds.

— Inutile d'aller plus loin, mon enfant, vous êtes rendus.

Caroline ne comprit pas le sens de la réponse. Devant l'air interrogateur de la jeune fille, l'Ermite sourit simplement et précisa :

— Je vous ai dit que j'avais deux bonnes raisons de vous retrouver ici. La première, tu la connais maintenant.

Caroline répondit par un sourire. L'Ermite poursuivit :

— La deuxième raison, la voici.

D'un geste de la main, un coin sombre de la grotte s'illumina, faisant apparaître un escalier de pierre plongeant dans les profondeurs de la terre.

***

Sygrill avait élu domicile sur une corniche, un peu plus haut dans la montagne. De sa position, il obtenait une vue imprenable sur le plateau ainsi que sur l'entrée de la grotte. Le point de vue était parfait, mais cela ne le satisfaisait pas vraiment.

— Qu'est-ce que ce gamin mijote encore ?

Ses jumelles lui transmettaient une excellente image de Steven ainsi que du chef guide. Malheureusement, il ne pouvait capter leur discussion, ce qui commençait à ennuyer sérieusement l'agent car depuis le matin, le jeune garçon avait tenté à cinq reprises de convaincre l'homme d'exécuter une certaine action. Le garçon gesticulait beaucoup, mais le guide semblait demeurer inflexible.

— Inflexible à quoi ? se demanda l'agent, de plus en plus perplexe.

***

— Mais ce passage nous permet de gagner près d'une journée de marche, insista Steven.

Victor demeura sur ses positions et ne dit mot. Pour la dixième fois peut-être, Steven tentait en vain de convaincre les trois Péruviens de les accompagner.

— On y sera en quelques heures. Pourquoi vous en profitez pas ?

Victor se retrancha dans son mutisme. À bout d'argument, le garçon ajouta :

— Tu peux me faire confiance. Tu sais bien que je suis ton ami, un vrai.

Sans le regarder, Victor répliqua sur un ton qui ne pardonnait pas :

— Aucun de mes vrais amis ne parle à des fantômes.

Dépité, Steven fit demi-tour et retourna vers ses compagnes.

— Alors ? demanda Caroline qui attendait le garçon à l'entrée de la grotte.

— Rien à faire.

Et sur un ton théâtral, il ajouta :

— Ils refusent d'entrer dans la grotte habitée par un fantôme et de descendre en enfer.

— Mais ils ne vont tout de même pas nous abandonner dans ce pays sauvage ?

— Victor m'a donné sa parole. Ils acceptent tous les trois de nous attendre et de monter la garde à l'entrée de la grotte. Mais ils n'attendront pas plus de deux jours...

— ... car la troisième journée précède la nuit de la pleine lune, compléta Caroline.

***

Toujours sur sa position, le *trog* ne quittait pas des yeux le campement niché sur le plateau. Près de lui, sur son communicateur, un voyant lumineux annonça le début d'une transmission. De la pointe d'une griffe, il établit le contact.

— Mes hommages, Globulus.

— Alors ? Quels sont les développements ? s'informa ce dernier.

Avec un sourire rusé, Sygrill résuma la situation :

— Le groupe est toujours coincé dans la grotte. Ils ne sont pas prêts de rejoindre le temple et de mettre la main sur le cristal... à moins d'une apparition de Guidor.

— Attention, Sygrill. Ils possèdent un secret que nous devons percer. Ils doivent nous conduire à ce fameux cristal. Et par-dessus tout, je veux la tête de Guidor en prime.

L'agent se fit rassurant.

— Avec la quantité de poison qu'elle a dû avaler, la jeune femme ne passera pas la nuit. Si Guidor veut la sauver, il devra se manifester dans les prochaines heures.

— Bravo! Je me félicite d'avoir à mon service un agent aussi brillant et efficace.

— Merci, Globulus. Vous servir est un plaisir.

— Et un plaisir payant, souligna le Globulus. Dois-je vous rappeler que le succès de cette mission fera de nous les êtres les plus puissants de la planète?

Une perspective qui était loin de déplaire à l'agent gris.

CHAPITRE V

L'Ermite, Nadia, Caroline et Steven descendirent le petit escalier creusé à même le roc. Ils débouchèrent dans un long corridor construit en pierres de taille. Le passage semblait sans fin. L'extrémité se perdait dans les ténèbres.

— Soyez prudents, prévint l'Ermite. Ces vieux pavés sont humides et glissants.

— Parce que personne n'a fait le ménage, lança Steven sur une pointe d'humour.

— Personne n'a foulé ce sol depuis plus de trois mille ans, répondit simplement l'Ermite.

Libérés de leurs sacs à dos abandonnés dans la grotte, Nadia, Caroline et Steven marchaient d'un pas léger. Malgré l'étrangeté du décor, ce périple sous la montagne devenait presque une promenade agréable.

Le vieux passage secret intriguait par son architecture. Le plafond, large de deux mètres, était tapissé de tuiles de pierre ocre imbriquées les unes dans les autres. Les murs, hauts de trois mètres, étaient construits suivant le même principe. Le plancher recouvert de blocs de granit poli s'ouvrait sur une largeur également de trois mètres. Le tout donnait une curieuse impression, comme si les murs inclinés allaient s'écrouler sur les marcheurs.

Le grand tunnel plongeait inexorablement dans les ténèbres. Pourtant, le groupe n'avait aucune peine à percevoir son chemin. Celui-ci semblait s'illuminer à l'approche de l'Ermite et redevenait sombre après le passage du trio. En plus de l'étrangeté du phénomène, il devenait impossible d'avoir une vue d'ensemble du corridor et d'en évaluer la longueur. Mais à l'écho produit par les pas du groupe, on pouvait deviner qu'il se perdait très loin au cœur de la montagne.

Caroline se rendit compte qu'il n'y avait aucun support pour des torches ou autres équipements d'éclairage. Par contre, tous remarquèrent les petits renfoncements taillés dans les murs. Ils se présentaient en alternance, de chaque côté du passage, à tous les vingt-cinq mètres. Ces niches, creuses de cinquante centimètres sur un mètre de largeur, avaient deux mètres de hauteur. Devant chacune d'elle, une impressionnante grille d'acier en protégeait l'accès.

— Qu'est-ce que c'est ? demanda Caroline.

— Cela servait à éclairer le passage, répondit l'Ermite sans donner de détails.

S'arrêtant devant l'une d'elles, Steven força la grille qui gémit dans une longue plainte aiguë. Sans toutefois prendre la peine d'y entrer, il en examina l'intérieur et en tira une rapide conclusion.

— On devait y placer des fichues grosses bougies !

— En effet, répondit simplement l'Ermite.

Nadia profita de cet arrêt momentané pour examiner le mur plus en détail. Elle y passa sa main. La sensation fut bizarre. Par prudence, elle la retira vivement. L'Ermite, témoin de la scène, rassura la jeune femme :

— Tu peux le toucher sans crainte, ce produit a été appliqué il y a près de quatre mille cinq cents ans.

Avec une pointe d'humour, il ajouta :

— Il est sec maintenant.

Nadia examina de nouveau le mur. Malgré sa texture granuleuse, la surface se révélait douce au toucher, comme s'il y avait eu une sorte de vernis recouvrant la pierre. De plus, les tuiles voisinant la main de la jeune femme semblaient devenir plus lumineuses.

L'Ermite jugea opportun d'expliquer le phénomène.

— Les connaissances acquises par les anciens demeurent impressionnantes. Ces murs sont enduits d'un produit qui devient luminescent en réagissant aux vibrations du corps éthérique.

— C'est votre corps éthérique qui illumine ces pierres? demanda Caroline.

— Nous participons tous à l'illumination de ce corridor, répondit l'homme.

— Vous voulez dire que nous aussi, on allume ces pierres? précisa Steven, incrédule.

— Hum, hum, fit l'Ermite.

Toujours sceptique et désirant en avoir le cœur net, Steven accéléra le pas et dépassa l'Ermite d'une dizaine de mètres. Une petite lueur brilla dans le noir.

— Mon pauvre Steven, déclara Caroline compatissante, comparé à la lueur émise par l'Ermite, tu ressembles à une petite lampe de poche.

Prenant un ton faussement offusqué, Steven répondit:

— Ouais… Comme si j'étais une pile AA.

Plantant ses mains dans ses poches, il ajouta:

— C'est pas fort.

Sans attendre un commentaire de ses amies, le jeune garçon éclata d'un grand rire qui se perdit dans les profondeurs du tunnel. L'Ermite reprit sa marche. Rendu à la hauteur de Steven, il ajouta, pour le bénéfice de tout le groupe:

— Bien avant le début de la civilisation inca, lors du passage des grands prêtres, le tunnel resplendissait comme en plein jour.

Nadia s'arrêta net, estomaquée par sa découverte.

— Mais alors, dit-elle, les grosses bougies dont parlait Steven, tout à l'heure...

Un petit sourire amusé se dessina sur les lèvres de l'Ermite.

— Ces grosses bougies étaient des humains! Dans ces niches, on plaçait des gens! conclut la jeune femme.

— Pour être plus précis, ajouta l'Ermite, on les enfermait derrière ces grilles.

— Mais c'est horrible! s'écria Caroline.

— Pas autant que vous le croyez. Partout sur la planète, et à toutes les époques, les gens qui agissaient mal ont été emprisonnés, torturés, réduits à l'esclavage ou aux travaux forcés. Dans tous ces cas, les grandes civilisations d'hier et d'aujourd'hui ont eu comme principal objectif de punir ou de brimer le corps physique des prisonniers. On ne retire rien de positif d'une telle attitude. Ici, poursuivit l'Ermite, les anciens de la grande civilisation pré-inca voyaient les choses autrement. Bien qu'une personne ait pu agir de façon très méchante à l'aide de son corps physique, il demeurait toujours dans son être spirituel et dans son enveloppe psychique une étincelle de lumière, une trace d'une énergie très positive.

— Je crois que je commence à comprendre…, laissa échapper Caroline.

— Alors nous t'écoutons, ma belle, dit l'Ermite en croisant les bras.

Avec assurance, Caroline expliqua:

— Au lieu de punir le corps physique, ils permettaient aux prisonniers de racheter leur faute en offrant ce qu'ils avaient de meilleur en eux, leurs vibrations éthériques.

— Et par leurs vibrations, ils éclairaient le passage. Ils rendaient service à tout le monde, compléta Steven.

— C'est à peu près cela, admit l'Ermite.

— Mais ces gens étaient tout de même méchants. Ils ne devaient pas apporter une grande lumière, souligna Nadia.

— C'est pourquoi, dans certaines occasions, on plaçait deux prisonniers par niche.

— Deux derrière cette grille? C'était sûrement pas le grand confort, grimaça Steven.

Haussant les épaules, l'Ermite déclara sur un ton fataliste :

— Ils payaient pour leur manque de lumière...

***

Au palais du continent creux, la première conseillère du monarque tambourinait d'impatience devant son écran. L'empereur tardait à répondre et chaque seconde d'attente excitait davantage la conseillère. L'écran s'éclaircit enfin et un visage maussade y apparut.

— Vous savez l'heure qu'il est, dame Haziella ?

— Oui, je sais, votre grandeur, et j'ose espérer que votre altesse saura excuser cette intrusion…

— Que désirez-vous ?

— J'ai des révélations importantes à vous communiquer.

— Des révélations ? ronchonna l'empereur, peu convaincu.

Haziella ne se formalisa pas de l'attitude de son maître et attaqua le sujet.

— La présence de l'agent Sygrill au Pérou m'a intriguée et j'ai fait des recherches dans les archives de Trogol. Des recherches sur une longue période, remontant jusqu'en l'an moins 2518 du calendrier terrien.

— Jusqu'en moins 2518 ! ironisa Krash-Ka. Et pourquoi pas jusqu'au déluge, tant qu'à y être ?

— Parce que c'est à cette époque que notre glorieux empire a connu sa première et son unique défaite contre les Terriens.

Piqué au vif, l'empereur sourcilla.

— Nous avons essuyé une défaite contre ces faibles Terriens ? Ridicule ! Nous contrôlons cette planète depuis plus de sept mille ans.

— Sauf un petit coin de la planète, depuis l'année moins 2518, précisa Haziella.

L'empereur réfléchit quelques secondes. Décidément, la première conseillère avait le don de se faire inviter à des heures impossibles.

Par un grognement, il répondit :

— C'est bon, je vous attends.

★★★

Occassionnellement, d'étroits passages sombres et humides quittaient le grand couloir et plongeaient dans la montagne.

— Et celui-ci, où mène-t-il ? demanda Caroline.

— Vers un ancien entrepôt de vivres, mais un éboulis en bloque l'accès aujourd'hui.

L'étrangeté du passage secret et ses diverses surprises avaient totalement accaparé l'attention du trio, au point que personne n'avait remarqué, jusqu'ici, un fait insolite. Il fallut un mouvement particulier de la tunique de l'Ermite pour éveiller l'intérêt de Steven. Maintenant, le garçon ne quittait plus des yeux les sandales de l'Ermite.

Les coursives oubliées, les niches grillagées se succédaient régulièrement. Elles perdirent rapidement leur cachet de nouveauté. Les questions et les commentaires se firent plus rares. Seul le bruit des pas et leur écho meublaient le silence de la montagne.

Steven demeurait fasciné par le curieux phénomène. Aucun des bruits de pas ne correspondait à la marche de l'Ermite. Devenu encore plus attentif, il remarqua, lors d'un nouveau mouvement de la tunique, que les pieds de l'Ermite ne touchaient pas le sol. On aurait dit que ce dernier marchait sur un tapis invisible de deux centimètres d'épaisseur. Toujours aussi taquin, avec un petit sourire espiègle, Steven se plaça devant les deux femmes et levant les bras, les incita à s'arrêter. Il pointa du doigt les pieds de l'Ermite. L'écho des pas s'évanouit. Demeuré seul en avant du groupe, l'Ermite poursuivait sa marche, mais aucun bruit ou écho ne se faisait entendre.

Au bout de trois ou quatre mètres, l'Ermite, sans se retourner, déclara d'une voix amusée :

— Tu es très observateur, Steven.

Steven éclata de rire et reprit sa marche, suivi de Nadia et Caroline, un peu gênées de s'être faites complices du garçon...

Le groupe atteignit une large rotonde où auraient pu tenir une centaine de personnes. Mis à part le passage emprunté par le trio et l'Ermite, six autres couloirs débouchaient sur la vaste salle. Au centre de cette dernière, deux grands cercles de trois mètres de diamètre se dessinaient sur le sol. Le premier semblait être un trou béant et sans fond. Le deuxième était un grand disque de pierre aux motifs étranges. L'Ermite se plaça sur le disque et invita le trio à le rejoindre. Steven et Caroline se collèrent à l'homme. Lorsque Nadia eut placé son deuxième pied sur le disque, ce dernier se mit à s'enfoncer lentement dans le sol.

— Qu'est-ce qui se passe ? demanda Steven.

— Nous descendons, répondit l'Ermite.

— C'est vrai ? J'aurais jamais deviné, répliqua Steven en prenant un air innocent.

— J'aurais dû vous préciser : nous descendons vers la vallée sacrée. Nous sommes présentement très haut dans la montagne. Dans quelques minutes, nous aurons perdu quatre cents mètres d'altitude.

— J'savais pas que les ancêtres des Incas avaient des ascenseurs. Comment ça marche ? demanda Steven, toujours aussi curieux.

— Tout là-haut, vous avez remarqué le deuxième puits très profond. Dans l'autre fosse, il y a également un plateau comme celui-ci, mais le plateau est tout au bas du puits. Jadis, les deux plateaux étaient reliés par un système de cordes et de poulies fort ingénieux. Les gens se plaçaient sur les plateaux. Lorsque le plateau du haut devenait plus lourd que son vis-à-vis, il commençait à descendre. Et l'autre remontait.

La descente s'était sensiblement accélérée. Nadia montra quelques signes de nervosité.

— Après toutes ces années, vous croyez que les cordes sont encore solides ?

— Oh! Ma chère enfant, depuis des siècles, il n'y a plus de cordes.

— Plus de cordes! Alors nous tombons dans le vide!

— Et nous allons nous écraser! s'écria Caroline. Comment allons-nous contrôler notre arrivée?

— Par ceci, répondit l'Ermite en plaçant son index sur sa tempe.

Comme pour lui donner raison, le plateau perdit de la vitesse et déboucha dans une grande pièce carrée avant de s'immobiliser délicatement sur une estrade de pierre. L'Ermite descendit du plateau et se tourna vers le trio.

— Si Steven peut soulever une roche ou une tranche de gigot, je peux bien contrôler cette plate-forme.

Steven ouvrit de grands yeux horrifiés.

— Une tranche de gigot! s'exclamèrent les deux femmes.

Le cœur du garçon rata deux battements.

— La tranche de gigot… soulevée seulement... pas mangée, gémit le garçon, désemparé.

Cherchant une caution de l'Ermite, il se tourna vers ce dernier et l'implora:

— Dites-leur, l'Ermite, que je l'ai seulement déplacée...

Le regard du garçon tomba dans le vide. L'Ermite avait déjà descendu les quatre marches donnant accès au plateau et se dirigeait lentement vers un grand portail ouvert. Steven croisa de nouveau le regard des deux femmes affichant un air soupçonneux.

— Pas mangée, soulevée seulement! Je vous le jure!

Incapable d'affronter leur regard plus longtemps, le garçon dégringola les quatre marches et courut sur les traces de l'homme. Les deux femmes échangèrent un sourire malicieux avant de descendre à leur tour les degrés de l'estrade.

***

La grande conseillère inséra une plaquette dans un lecteur. Un pan de mur pivota, faisant disparaître le mobilier usuel du bureau privé impérial. Du même coup, un écran géant remplaça l'ancien décor. La conseillère Haziella commença son cours d'histoire.

— En l'an moins 2518, l'empereur de l'époque, Traviak IV, envahit le territoire du Pérou actuel, qui deviendrait plus tard le royaume des Incas. Toutes les campagnes de votre illustre ancêtre furent des succès, sauf une qui eut lieu dans une cité religieuse.

— Perdre une bataille n'est pas perdre la guerre, marmonna l'empereur que le discours lassait déjà.

— Il ne s'agit pas d'une bataille, mais bien de cinq, précisa la conseillère. De moins 2517 à moins 2513, quatre nouvelles campagnes furent organisées. Quatre nouvelles défaites. Après ces revers répétés, Traviak IV retira toutes ses forces armées du pays, comme si tout ce territoire n'avait plus de valeur sans une victoire sur cette cité religieuse.

— Et vous en concluez...

— Un tel acharnement sur une seule ville... Cette cité devait détenir un pouvoir que votre ancêtre désirait jalousement.

L'empereur, de moins en moins intéressé par les défaites de ses prédécesseurs, pencha la tête et se frotta les paupières du revers de ses longues griffes. Sur un ton trop poli qui n'annonçait rien de bon, il demanda :

— Dame Haziella, je vous serais reconnaissant d'abréger. Je ne vois vraiment pas l'intérêt de cette histoire.

La conseillère sourit discrètement et donna le coup final :

— En ce moment même, les trois étrangers ainsi que notre agent marchent vers cette cité.

L'empereur sourcilla légèrement.

— Pour quelle raison ?

La conseillère haussa les épaules et suggéra négligemment :

— Peut-être que ce Sygrill et le Globulus connaissent le moyen de mettre la main sur ce pouvoir perdu, qui a eu raison de Traviak IV, du maître de l'empire trogolien, il y a de cela plus de trois mille ans. Ce pouvoir est peut-être une menace pour l'empire d'aujourd'hui. Pour l'empire... et son empereur.

Les conclusions du rapport de la première conseillère avaient enfin ébranlé l'illustre monarque.

— Dès ce soir, un commando doit gagner le Pérou, déclara Krash-Ka. Il faut surveiller cet agent et mettre fin au voyage de ces étrangers.

La conseillère s'inclina respectueusement.

— Je vais faire le nécessaire, mais puis je me permettre une suggestion à votre grandeur?

Ce dernier tiqua du bout des lèvres en sous-entendant: «Ai-je le choix?»

— Si, avec l'aide de ces étrangers, nous mettions la main sur ce pouvoir? La puissance de votre altesse n'en serait que plus grande. Vous réussiriez là où votre ancêtre a si lamentablement échoué.

Avec un regard complice, l'empereur répondit:

— Vos suggestions se révèlent toujours aussi pertinentes. Mais attention! Nous laissons les étrangers et notre agent retrouver la source de ce pouvoir, mais il faut le récupérer avant qu'ils puissent l'utiliser contre nous.

*⁂

Il faisait bon retrouver la lumière du soleil et le doux parfum de la végétation tropicale, une végétation qui, au cours des siècles, avait repris ses droits. Elle envahissait aujourd'hui les espaces ouverts, les monuments rongés par l'érosion ainsi que les vestiges des habitations.

Construit à l'intérieur d'une cuvette naturelle, le village sacré s'étirait aux quatre coins de la profonde vallée enchâssée dans l'impressionnante cordillère des Andes. Nadia lança un regard à la ronde et remercia le ciel d'avoir rencontré l'Ermite. Plus elle regardait les hauts pics rocheux, moins elle était convaincue que Victor, malgré toute sa bonne volonté, aurait pu les conduire dans un endroit aussi bien protégé. Les passages souterrains devaient être probablement les principaux accès à la vallée sacrée. Sans leur nouveau guide, ils auraient sûrement cherché en vain pendant des jours... du moins jusqu'à la veille de la pleine lune.

Caroline profita de ce court répit pour s'étirer et prendre une grande bouffée d'air frais. Désireuse de se reposer les pieds, elle dénicha un gros bloc de granit et s'y laissa choir. Elle venait à peine de s'y installer lorsqu'elle bondit sur ses pieds en poussant un grand cri d'effroi. La pierre avait bougé, du moins une partie de ce qui semblait être la pierre. L'Ermite accourut, mais ralentit son pas en voyant le petit iguane, surpris dans sa séance de bronzage. Tout aussi désemparé que la jeune fille, il recherchait maintenant, à toute allure, une cachette à l'abri des touristes de passage.

— Tu devras t'y habituer, déclara l'Ermite. Dans ce coin de pays, il y en a de toutes les grosseurs.

— Je sais bien que les iguanes ne sont pas méchants, mais ça surprend toujours un peu, avoua Caroline, plus ou moins revenue de ses émotions.

Steven, à qui l'inaction pesait, dévala les trois marches le séparant de l'esplanade et se mit à courir sur la surface plane envahie par les hautes herbes. Il termina de tracer un grand cercle dans les herbes folles et attaqua un deuxième élan.

— Steven, fais attention!

L'Ermite n'eut pas le temps de le mettre en garde. La course du garçon se termina brusquement. Son pied heurta un objet dur et le garçon fit une embardée spectaculaire, roulant plusieurs fois sur lui-même avant de s'arrêter sur le dos. Surtout blessé dans son amour-propre, Steven se releva rapidement et chercha la source de ses désagréments. Du pied, il tassa les herbes et trouva finalement l'objet responsable de sa chute.

Une statuette massive, à demi enfouie dans le sol, apparut à travers la végétation. Excité par sa découverte, Steven se pencha et tenta d'extraire l'objet du sol. La statuette résista. N'ayant aucune prédilection pour les vieilles choses, le garçon se releva, prêt à abandonner sa quête, lorsqu'un détail de la figurine attira son attention. Lors de sa première tentative, il n'avait vu que son dos, mais en quittant l'endroit, il en avait fait le tour et découvrait maintenant les traits insolites du devant de la statue. Sans vraiment savoir pourquoi, Steven se laissa tomber sur le sol, saisit un éclat de pierre et se mit furieusement en devoir de dégager la statuette.

Le manège du garçon n'échappa pas aux deux femmes ni à l'Ermite. Caroline et Nadia, intriguées, décidèrent de rejoindre Steven. Demeurant un peu à l'écart, l'Ermite repéra un coin ombragé près d'une arche de pierre à moitié ensevelie sous les lierres. Il s'appuya sur un bloc de granit et décida d'attendre la suite des événements.

Le garçon travaillait à dégager la base de la figurine lorsque les jeunes femmes le rejoignirent. Délicatement, Steven prit la statuette à deux mains. Un léger mouvement de va-et-vient termina le travail. La statuette sortit enfin de terre.

— Qu'est-ce que c'est? demanda Caroline.

Trop occupé à scruter le bloc de pierre, Steven n'entendit pas la question. Le temps et les éléments avaient effacé la majorité des détails, mais il restait en filigrane un petit quelque chose, un ensemble de lignes qui le fascinait. Des images fugitives traversèrent l'esprit du garçon. Était-ce le détail d'une porte, d'une colonne, d'un vêtement? L'esprit du jeune garçon fouillait désespérément une mémoire ancienne. Soudain, le visage de Steven s'éclaira.

— Un masque! souffla Steven.

— Si ça, c'est un masque, je me demande bien à quoi ressemble le costume, déclara Caroline, un peu offusquée par la réponse évasive du garçon.

— Non, non, dit-il.

Steven n'ajouta aucun détail. Il se releva précipitamment. Sans se préoccuper de la réaction de ses amies, il les quitta, sa précieuse découverte sous le bras.

Dans sa grande excitation, Steven marchait d'un pas rapide sans vraiment regarder où il allait. Il avait gravi les trois degrés de la petite estrade de pierre lorsqu'il remarqua l'absence de l'Ermite.

— Hé! L'Ermite, où êtes-vous?

— De ce côté, mon garçon.

Steven se retourna et s'aperçut qu'il était passé devant l'Ermite sans s'en rendre compte. Levant la statuette au bout de ses bras, il cria:

— Regardez ce que j'ai trouvé. C'est super! Venez voir!

L'Ermite lui sourit et répondit d'un signe de tête, mais ne bougea pas, préférant laisser le jeune garçon venir à lui. Rendu près de l'arche, Steven tendit sa découverte à l'homme.

— C'est fantastique! Regardez la tête.

— Très joli, j'en conviens. Je ne savais pas que tu manifestais un intérêt pour les antiquités.

— Je me fiche des antiquités, mais vous avez vu le dessin au-dessus de la tête?

— Hum, hum, fit l'Ermite.

— Ce dessin, je le connais, je l'ai déjà vu sur un masque et je suis certain qu'il est important.

L'homme acquiesça d'un signe de la tête.

— Il est très important, confirma l'Ermite. C'est une représentation symbolique du dieu Soleil, le dieu régissant la vie de tout un peuple que tu as déjà connu.

Nadia et Caroline venaient de se joindre au duo. Rendant la statue au garçon, l'Ermite poursuivit:

— Ce symbole, on le retrouve sur tous les objets et au-dessus de tous les endroits sacrés.

— Mais alors, nous n'aurons pas de difficulté à trouver l'entrée du temple sacré.

— Nous n'aurons, en effet, aucune difficulté.

Associant la parole au geste, l'Ermite pointa l'ouverture géante, cachée derrière le trio à moins d'une dizaine de mètres. Bien qu'envahi par une végétation luxuriante, le dessus du portique laissait deviner le symbole recherché.

***

Le groupe traversa rapidement la cour intérieure et atteignit les premières marches menant au parvis du temple. Steven escalada la dizaine de degrés trois à la fois et se retrouva le premier sur le seuil de la grande porte du sanctuaire. De l'extérieur, il était difficile d'évaluer l'importance de la construction. Bâti à même la montagne, l'édifice sacré se prolongeait profondément dans la masse rocheuse.

L'Ermite et les jeunes femmes arrivèrent enfin à la hauteur du garçon. Celui-ci démontrait de plus en plus des signes d'impatience. N'attendant l'avis de personne, Steven se glissa sous l'impressionnante arche de pierre et se retrouva dans une vaste pièce carrée percée d'une porte sur chacune de ses faces. De chaque côté de l'ouverture centrale, un sombre escalier de pierre grimpait vers une destination inconnue. Le garçon prit quelques secondes pour examiner l'ensemble de la construction avant de reprendre son exploration. La logique aurait dû inciter Steven à traverser l'imposante arche si invitante qui lui faisait face. Contrairement à toute attente, Steven délaissa ce passage et attaqua sans hésitation l'escalier situé à la gauche de l'ouverture principale.

Les deux jeunes femmes échangèrent un coup d'œil et consultèrent du regard le vieil ermite. Celui-ci les rassura d'un large sourire. Donnant l'exemple, il partit sur les traces du jeune garçon. Sans un mot, Nadia et Caroline en firent autant.

Steven déboucha sous un arche et s'arrêta. Lentement, il avança respectueusement de quelques pas et s'arrêta de nouveau. Derrière lui apparurent, dans l'embrasure de la porte, l'Ermite et les jeunes femmes.

La pièce était relativement petite, mais impressionnait par la hauteur de ses murs rejoignant un plafond taillé dans le roc. Le temps avait fait son œuvre et de nombreux éclats de pierre, détachés de la voûte, parsemaient maintenant le plancher du temple. L'aire où se trouvait le groupe s'étirait sur une largeur de sept mètres et se prolongeait sur une dizaine de mètres de profondeur. Sur toute sa largeur, un escalier d'une quinzaine de degrés menait à un deuxième palier.

Des images fugitives envahirent l'esprit du jeune garçon. Le grand prêtre et son masque d'or, le symbole du dieu Soleil et le jeune servant dans sa tunique orangée. En cinq à six mille ans, rien n'avait changé ou si peu. Avec une émotion non dissimulée, Steven déclara à mi-voix :

— C'est exactement comme dans mon rêve.

De nouvelles images se succédèrent dans l'esprit du garçon. L'arrivée des assaillants, le meurtre du grand prêtre, le jeune servant glissant la dague dans le grand disque sacré.

Mû par une impulsion incontrôlable, Steven s'élança, gravit le grand escalier et s'arrêta sur le second palier. À ses pieds, un profond puits rectangulaire bloqua sa course. Steven savait qu'au fond de ce dernier, l'énorme disque solaire, reposait depuis des siècles.

***

— Un commando formé des meilleurs soldats de l'empire vient d'être dépêché au Pérou. Je l'apprends à l'instant, précisa le Globulus.

— L'empereur aurait-il des soupçons ? demanda Sygrill, toujours perché dans la falaise.

— C'est possible, répondit nerveusement le cerveau sous globe. C'est un très mauvais présage. De votre côté, quoi de neuf au sujet de ces étrangers ?

— Rien n'a bougé depuis ce matin. Ils sont peut-être tous malades.

— Cela peut mettre en péril notre projet « Guidor ». Il faut vérifier.

L'agent fit la grimace.

— Ça ne sera pas facile. Il y a trois gardes à l'entrée de la grotte, fit observer l'agent.

— Je ne tiens pas à connaître les détails, vociféra le Globulus.

Rapidement, Sygrill baissa le volume de son récepteur et jeta un coup d'œil nerveux vers l'entrée de la grotte. La situation était déjà assez compliquée. Il était inutile en plus de se faire repérer. Heureusement pour lui, les vents jouaient en sa faveur et portaient le son dans la direction opposée à la grotte. Rassuré, il porta de nouveau son attention sur les dires du Globulus.

— Je veux des résultats et c'est urgent, ajouta ce dernier. Les soldats de l'empereur seront dans la région d'ici vingt-quatre heures. Vous n'avez donc pas une minute à perdre.

***

Réunis autour du grand trou béant, Steven, Caroline et Nadia tentaient sans succès d'apercevoir l'ombre du grand disque de pierre. Le puits semblait sans fond et se perdait dans les ténèbres. Steven ramassa un éclat de roche et le laissa tomber dans le gouffre. Plusieurs secondes s'écoulèrent, mais aucun écho ne se fit entendre.

— Si le disque sacré est au fond de ce trou, il est au bout du monde, soupira Caroline sur un ton désespéré.

À genoux devant l'ouverture, le garçon ne parvenait pas à quitter des yeux cette tache de ténèbres.

— J'ai tout de même pas fait tout ce chemin pour regarder un trou noir. Y doit bien exister un moyen d'atteindre ce disque.

Nadia s'était rapidement désintéressée du puits. Depuis quelques minutes déjà, elle explorait l'ensemble de la salle, à la recherche d'un nouveau point d'intérêt.

— La réponse est peut-être inscrite sur ce mur, déclara la jeune femme.

Derrière les deux enfants, Nadia contemplait une grande

fresque accompagnée de textes anciens traduits par une lignée de symboles gravés dans la pierre. Le tout était souligné par une longue série de petites pierres en saillis.

— C'est bizarre. J'ai pas de souvenirs de ces dessins, avoua Steven qui avait rejoint la jeune femme.

— C'est normal, souligna Nadia. Le disque sacré cachait ce texte. On ne pouvait le découvrir qu'en l'absence de la pierre.

— Ce qui veut peut-être dire que ce texte n'est utile que lorsque la pierre est descendue, suggéra Caroline.

— C'est possible, déclara Nadia, songeuse.

— Alors c'est super! s'écria le garçon. On a la réponse! Le texte doit dire comment faire remonter le disque.

— Bravo, Steven, lança Caroline sur un ton moqueur. Il ne nous reste plus qu'à le lire et le tour est joué.

Steven comprit rapidement l'allusion, jeta un coup d'œil vers les signes bizarres et perdit tout son enthousiasme.

— Personne ne peut déchiffrer un tel charabia.

— Tu te trompes, mon garçon, dit une voix au bas du grand escalier.

— Oh! L'Ermite, vous, vous pouvez nous traduire ça?

— Moi non. Mais toi, si, dit-il en gravissant les premiers degrés du grand escalier.

— Moi? Vous voulez rire? s'esclaffa le gamin. En mots croisés, je suis zéro. Alors ça, c'est pire que du chinois. C'est...

— C'est du pré-inca, précisa l'Ermite, très sérieux.

— Et alors? C'est quoi, la différence?

— Tu as vécu dans ces lieux. Sans le savoir, tu as conservé tout au fond de ta mémoire le souvenir de cette langue disparue.

— Mais aujourd'hui, j'ai tout oublié.

— C'est pourquoi tu devras retourner dans le passé et retrouver tes souvenirs.

— Steven peut faire une telle chose? demanda Caroline, un peu incrédule.

— Oui, grâce à la régression dans le temps.

***

— Tout est calme et tu te sens merveilleusement bien. Dis-moi comment tu t'appelles.

— Steven.

Allongé à même le sol, le garçon respirait lentement. Assis à ses côtés, sur le dernier degré de l'escalier, l'Ermite avait amené Steven dans un état second où se mariaient le rêve et la réalité. Derrière l'homme, les deux jeunes femmes observaient la scène en silence.

— Alors Steven, tu vas retourner dans la mémoire de ton lointain passé. Tu as maintenant huit ans, recule toujours ; tu as maintenant six ans.

Steven afficha le grand sourire d'un enfant gâté.

— Ton voyage se poursuit et tu as maintenant trois ans.

Toujours accompagné de son grand sourire innocent, Steven mit son pouce dans sa bouche. À la vue du geste, Caroline poussa un soupir amusé et murmura à l'oreille de sa compagne :

— Je donnerais toute ma fortune pour posséder un appareil photo.

— Nous reculons toujours. Tu es un tout petit bébé. Tu es dans le ventre de ta mère.

Steven bougea légèrement et prit la position du fœtus.

— Nous allons maintenant faire un grand saut dans le temps. Toujours plus loin, très loin dans le passé. Les siècles coulent rapidement et tu te retrouves dans un temple magnifique à l'âge de douze ans.

Steven se déplia et se retrouva de tout son long sur le sol.

— Est-ce que tu vois le temple ?

— Oui, il y a le temple, les décorations, la musique de flûte et les grands prêtres.

— Quel est ton nom ?

— Chitaya.

— Chitaya, lève-toi et prends la main de Nadia.

La jeune femme lui tendit la main et guida le jeune garçon jusqu'à la grande fresque.

— Tu vois ce texte ?

— Oui, je le vois.

— Lis-le et explique-nous ce qui est écrit.

Steven-Chitaya pointa du doigt la partie supérieure de l'inscription.

— Là sont inscrites les trois grandes lois laissées par les dieux : « Ne mens pas, ne vole pas, ne sois pas paresseux ». C'est ce qui m'a été enseigné.

— Avec les siècles, il y a des connaissances qui se perdent, ne put s'empêcher de répliquer Caroline. Oups..., ajouta-t-elle, surprise lorsque Nadia lui écrasa doucement le bout des orteils.

Sans tenir compte du commentaire de la jeune fille, Steven-Chitaya fixa une nouvelle série de symboles et déclara :

— Le dieu Soleil traverse les douze maisons de l'univers. Par le périple de Zica dans les cinq logis de la connaissance montera la vérité.

— Merci, Chitaya. Maintenant tout est clair, annonça Caroline, les mains au ciel.

***

L'optimisme était à son plus bas dans la grande salle du temple. Assise sur les marches, Caroline attendait on ne sait quoi. Steven, étendu sur le ventre, tentait de jouer aux billes avec de petits fragments de roche. L'Ermite admirait un dessin gravé dans la pierre d'un mur latéral. Un peu à l'écart, Nadia demeurait songeuse devant la grande fresque énigmatique tandis qu'elle répétait machinalement la première partie du message.

— Le dieu Soleil traverse les douze maisons de l'univers.

Se tournant vers l'homme, elle demanda :

— L'Ermite, en astrologie, le Soleil traverse douze maisons et nous avons ici douze cubes taillés dans la pierre. Mais ensuite? Vous ne pouvez vraiment pas nous aider?

— Hum. Peut-être un peu.

Un rayon d'espoir éclaira le visage de la jeune femme.

— Toutes les réponses sont en toi. Sois à l'écoute de ton intuition.

Nadia aurait apprécié une aide plus concrète, mais elle connaissait la sagesse de leur vieil ami. Dans un soupir, elle accepta le conseil.

Fermant les yeux, elle passa délicatement sa main sur les petits renflements carrés. À sa grande surprise, elle sentit une mobilité chez les blocs.

— L'Ermite, regardez: les blocs de pierre, ils bougent! s'écria la jeune femme.

Intrigués par cette nouveauté, Steven et Caroline rejoignirent Nadia, le cœur plein d'espoir.

— Que disait encore le texte? demanda Caroline en fermant les yeux pour se concentrer. «Le dieu Soleil traverse les douze maisons de l'univers.»

Nadia vérifia rapidement le nombre des cubes en saillie et annonça:

— Il y a bien douze pierres pour les douze maisons!

Steven donna la suite du message:

— Par le périple de Zica dans les cinq logis de la connaissance montera la vérité.

— La connaissance… répéta Nadia. Il faut donc connaître ou identifier cinq pierres parmi les douze pour faire monter la vérité, conclut la jeune femme.

— Faire monter la vérité, ajouta Caroline, c'est faire monter le disque sacré qui doit représenter la vérité.

— Et on mentionne le périple de Zica, souligna Nadia. Un périple, c'est un voyage, et un voyage se fait dans un certain ordre établi.

— Il faut donc déplacer cinq pierres dans un certain ordre pour faire remonter le disque sacré, compléta Caroline qui s'amusait de plus en plus à ce petit jeu de devinettes.

— Wow! C'est super! s'exclama Steven. Nous allons réussir...

— Quand nous aurons identifié les cinq pierres et que nous connaîtrons l'ordre de déplacement, rappela Nadia.

Caroline devint songeuse.

— Dans les cinq logis de la connaissance montera la vérité. Je parie que l'identification des cinq pierres et l'ordre de déplacement sont inscrits sur le disque sacré.

— Mais pour connaître cette information, il faut voir le disque sacré..., déclara Steven.

— Et pour voir le disque sacré, il faut connaître l'ordre de déplacement, dit Caroline.

Steven reprit son air des jours de pluie.

— Alors on ne s'en sortira jamais... À moins que...

— À moins que quoi, Steven? demanda l'Ermite qui était demeuré absent de la discussion.

— Avec vos pouvoirs, vous ne pourriez pas le faire remonter quelques secondes, le temps de lire les instructions?

— Je suis désolé. Je ne peux faire remonter le disque. Par contre, il est peut-être possible de descendre jusqu'à lui.

— Par ce puits? demanda Caroline.

— On ne peut s'y rendre physiquement. C'est pour cette raison que les *trogs,* ou petits-gris, n'ont jamais pu atteindre la dague de cristal, malgré leur haute technologie. Seule la pensée peut surpasser la matière et la technologie. Pour atteindre le disque solaire, il faut le joindre par l'esprit.

— Mais nous n'avons jamais fait ce genre d'exercice, rappela Caroline.

— C'est vrai, mais le travail que vous avez pratiqué dans la Vallée du silence vous a préparés à cette expérience, c'est-à-dire de voyager à l'aide de votre corps astral.

— Et nous pouvons, tous les trois, voyager par l'esprit? s'enquit Nadia.

— Bien sûr, mais pour la présente mission, un seul volontaire sera nécessaire.

Se tournant vers le jeune garçon, il ajouta:

— Puisque nous sommes dans le domaine de Steven, de Steven-Chitaya...

— Je suis prêt! s'exclama le garçon.

Après une légère pause, il ajouta, hésitant:

— Mais c'est quoi, un voyage astral?

— L'être humain est composé de trois corps principaux. Le corps physique est celui que vous pouvez toucher. Le corps éthérique est un corps intermédiaire; il compose votre deuxième enveloppe. Le troisième corps est votre corps spirituel; il est la demeure de votre âme. Aujourd'hui, nous allons nous rendre jusqu'au calendrier solaire en utilisant le deuxième corps, le corps astral ou éthérique.

— C'est vraiment fascinant, dit Caroline qui résumait bien l'impression du trio.

L'Ermite acquiesça d'un sourire et précisa:

— Bien des gens font ce genre de voyage durant leur sommeil, et ce, sans s'en rendre compte. Ce sont habituellement des voyages non contrôlés que les gens oublient au réveil ou qu'ils identifient à un simple rêve. Mais aujourd'hui, Steven, il ne s'agit pas de rêver. Tu seras bien éveillé... et tu ne seras pas seul.

***

À nouveau étendu sur le dos, les bras le long du corps, Steven respirait profondément, les yeux fermés. Près de lui, dans la position du lotus, l'Ermite se plongea dans une profonde méditation. Tout près d'eux, Nadia et Caroline observaient la scène avec intérêt. Le vieil homme prit une profonde inspiration. À l'insu des jeunes femmes, l'Ermite créa une bulle de protection les enveloppant tous les quatre et les mettant, provisoirement, à l'abri d'une éventuelle agression des *trogs*.

Soudain, un corps lumineux se détacha de Steven, se redressa lentement et sembla prendre vie. C'était bien Steven, mais un Steven beaucoup plus éblouissant maintenant qu'il avait quitté sa coquille de chair. Près de ce corps étendu, l'image figée de l'Ermite se dédoubla à son tour et rejoignit la nouvelle enveloppe du garçon.

Durant quelques secondes, Steven tenta de s'orienter, un peu perdu dans ce monde immatériel. Ses pieds ne touchant pas le sol physique, il eut besoin d'un certain temps pour stabiliser son corps dans la direction voulue. Il s'approcha des jeunes femmes et tenta de leur parler.

— Caroline, Nadia, je suis ici, c'est vraiment formidable !

— Cette démarche est inutile, Steven. Elles ne peuvent ni t'entendre ni te voir.

— C'est dommage. J'aurais bien aimé qu'elles me voient flotter au-dessus du sol.

— Je te souligne que le dédoublement astral touche le monde spirituel. On ne le pratique pas pour épater ou impressionner ses amis. Ce privilège t'est accordé par une hiérarchie cosmique très importante. Pour avoir la possibilité de refaire ce genre d'expérience, tu devras vivre celle-ci avec une attitude d'humilité et de reconnaissance.

D'un signe de tête, Steven répondit qu'il avait bien compris le message. Il poursuivit son exploration jusqu'au moment où il remarqua le filin brillant le reliant à son corps physique, toujours étendu sur le sol. Il n'eut pas à demander d'explications, l'Ermite ayant pris les devants.

— Ceci est ton cordon d'argent. C'est ce qui te relie à ton corps physique et qui te servira de guide à ton retour.

— Et si la corde se brisait, qu'est-ce qui se passerait ? demanda Steven, un peu anxieux.

— Tu n'as rien à craindre. Il n'y a aucun danger qu'une telle chose se produise. Cette corde est extensible à l'infini. Tu pourrais te rendre jusqu'à la lune sans problème et même encore plus loin, ce cordon d'argent te ramènerait à ton corps physique en toute sécurité.

— C'est bon à savoir.

— Mais aujourd'hui, nous n'irons pas aussi loin. Au lieu de monter vers la lune, nous allons descendre vers le disque sacré. Suis-moi.

Tous les deux touchèrent le sol, mais ne s'y arrêtèrent pas. Leur corps de lumière traversa sans difficulté l'épais plancher de roche.

***

En ce début de soirée, le vent avait tourné et projetait maintenant une légère bruine sur le campement improvisé des guides péruviens, une bruine qui se laissait porter jusqu'à la falaise où Sygrill avait établi son poste d'observation. Victor releva le collet de son manteau et tenta de se protéger des embruns provenant de la cascade. Vidal et Dalmino s'étaient placés dos à la chute et se protégeaient tant bien que mal sous une grande couverture leur recouvrant la tête. Après une courte réflexion, Victor réajusta son collet et suggéra :

— Nous serions plus à l'abri dans la grotte.

— La grotte et le fantôme ? Pas question, murmura Dalmino sous sa couverture.

Vidal hocha la tête.

— Il est dangereux de provoquer les esprits, prononça-t-il.

Victor n'insista pas. Il ramassa sa tasse déposée sur les braises et tenta d'y trouver un peu de réconfort.

***

La situation n'était pas beaucoup plus confortable pour l'agent de Trogol, qui tentait désespérément de descendre de son perchoir sans se rompre le cou. La vapeur d'eau charriée par le vent détrempait le sol et rendait glissantes les surfaces rocheuses. Il n'en fallait pas plus pour amorcer un début de catastrophe. En tentant de prendre appui sur un piton rocheux, Sygrill perdit pied et effectua une glissade sur un long pan de roche oblique, qui se termina par un plongeon dans un îlot d'arbustes accrochés à la falaise.

La mésaventure de Sygrill avait entraîné avec lui quelques roches instables qui s'immobilisèrent sur le plateau, près du campement de Victor. Vidal, toujours aussi superstitieux, réagit le premier.

— Les dieux ne sont pas contents.

Dalmino leva les yeux et observa le ciel où déjà, à l'est, un disque d'argent presque plein perçait le velours bleu foncé du firmament.

— Nous approchons de la pleine lune. Bientôt, les dieux seront vraiment en colère.

— Pourquoi attendre? demanda Vidal. Pourquoi ne pas partir immédiatement?

— Et quitter nos amis quand je leur ai donné ma parole?

— Mais ce ne sont pas de vrais amis, je veux dire, des amis comme nous, souligna Dalmino.

Faisant le geste de se lever, Vidal ajouta:

— Moi, je suis prêt à partir tout de suite.

— J'ai donné ma parole et la parole de Victor Avalos est sacrée. Mes vrais amis ne peuvent m'obliger à renier une promesse.

Vidal hésita une seconde et jeta un coup d'œil furtif dans la direction de Dalmino. Celui-ci n'avait pas bougé un cil et méditait sur l'état pitoyable de ses souliers. À contrecœur, Vidal se rassit. Sans un mot, il s'enveloppa de sa couverture et se remit à manipuler nerveusement ses amulettes.

***

Sygrill sortit péniblement du bosquet. Après avoir vérifié l'état de tous ses membres, il activa son image holographique.

Agissant avec prudence, il poursuivit sa descente et atteignit le plateau sans subir d'autre incident malheureux. Sous le couvert de la végétation environnante, il contourna prudemment le groupe et s'éloigna dans la direction opposée à la grotte. Après vingt minutes de marche, l'agent considéra la distance suffisante et sortit de son étui-ceinture une petite capsule de verre. La jetant par terre, il l'écrasa du talon et s'éloigna promptement en reprenant le chemin de l'aller. La bombe fumigène dégagea rapidement une épaisse colonne de fumée rouge qui se fraya lentement un chemin entre les arbres.

***

Victor rêvait à sa femme et à son garçon lorsque le phénomène insolite attira son attention. Toujours fidèle à ses croyances, Vidal mit le tout sur le compte des puissances de l'au-delà.

— Une fumée rouge ne peut être qu'un signe de colère de la part des dieux.

— Ne sois pas ridicule, dit Victor. Une fumée rouge est un signe de détresse. Nous n'avons pas le choix d'aller vérifier.

Le maire de Pequos ramassa sa carabine et fit mine de s'éloigner du camp. Dalmino balançait entre le rationnel de Victor et les superstitions de Vidal. Finalement, il prit à son tour son arme et marcha sur les traces de Victor. Demeuré seul, Vidal hésita : d'un côté, une hypothétique colère des dieux ; de l'autre, une grotte et un fantôme bien réel. Tout bien considéré, il était plus prudent de se battre à trois contre les dieux que de demeurer seul en présence d'un fantôme. Rapidement, il disparut à son tour dans les fourrés.

***

Sygrill regarda les trois Amérindiens disparaître dans la végétation. Il patienta encore quelques minutes et sortit de sa cachette. Au pas de course, il atteignit l'entrée de la grotte et se cala contre la pierre à moins d'un mètre de l'ouverture. Attentif au moindre bruit, il trouva étrange le silence provenant de la caverne. Prudemment, l'arme au poing, il commença l'exploration de la grotte. Le silence et l'absence de mouvement intriguèrent l'agent. Accélérant le pas, il parvint rapidement au fond de la grotte.

Vide ! Elle était vide ! Il trouva bien les sacs à dos du trio qu'il ne prit pas la peine de toucher, mais du trio lui-même, aucune trace. Revenant sur ses pas, il étudia attentivement le sol et s'arrêta devant une accumulation de marques de souliers.

Curieusement, toutes les traces se terminaient au pied du mur de la grotte. Méthodiquement, il examina la paroi rocheuse, mais ne découvrit aucun signe d'une ouverture dissimulée. Perplexe, il retira une petite capsule du revers de son gilet et la glissa dans une faille de la paroi. Puis, il quitta la grotte en vitesse avant le retour des Péruviens.

***

Profondément enfouis sous le temple, Steven et l'Ermite traversèrent la voûte de la salle secrète. L'Ermite s'arrêta devant le grand disque de pierre tandis que le jeune garçon, peu familier avec ce genre de déplacement, poursuivait sa course dans le sol.

— Holà, mon garçon, inutile d'aller plus loin, nous sommes rendus, déclara l'homme avec humour.

Il fit un signe de la main et Steven remonta instantanément, les pieds flottant à un centimètre du sol. À la vue du grand disque solaire, l'enveloppe éthérique du garçon changea légèrement de luminosité, témoignant ainsi d'une vive émotion. Devant eux, le grand calendrier solaire en imposait par ses cinq mètres de diamètre et son mètre d'épaisseur.

Steven se laissa flotter vers le disque et s'immobilisa, perplexe, à deux mètres de celui-ci.

— Je cherche quoi au juste?

— Regarde au-dessus du grand trou central, dit l'Ermite patiemment.

Steven reprit sa progression, mais s'arrêta devant la niche creusée au centre de la pierre. Sur un ton plaintif, il soupira:

— Être si près de la dague et ne pas pouvoir l'atteindre...

Patience, mon garçon. Dans peu de temps, tu en seras le nouveau gardien sacré.

Steven délaissa la niche et continua son investigation en se laissant remonter vers la partie supérieure du disque. Une série de marques horizontales sculptées en haut relief attira son attention. Cinq rangées sur douze colonnes. Dans chacune des rangées, une des marques semblait absente ou à peine esquissée.

— J'ai compris! s'exclama le garçon. Regardez, l'Ermite: les marques effacées donnent l'ordre des pierres à déplacer. La quatrième marque de la première rangée, ensuite la septième, la deuxième, la sixième et la onzième. C'est l'ordre des pierres.

— Bravo, mon garçon! Mémorise bien cette succession de déplacements, car tu détiens maintenant le secret du grand disque sacré.

— Quatre, sept, deux, six, onze. C'est noté, l'Ermite.

Le vieil homme s'approcha de Steven.

— Je suis fier de toi, mon garçon. Tu as fait un travail remarquable et dans une vie précédente, tu avais bien mérité de devenir un fidèle servant du grand prêtre.

— Merci, répondit simplement Steven, un peu intimidé par tant de considération.

Ayant retrouvé son aplomb, il demanda:

— Dites, l'Ermite, comment ça se fait que vous connaissez tant de choses sur mon ancien monde?

L'Ermite fit un sourire. Steven ajouta aussitôt, un peu embarrassé:

— J'aurais peut-être pas dû poser la question?

Conservant son sourire, l'Ermite répondit:

— Si tu ne m'avais pas posé la question, c'est moi qui t'aurais fait une confidence.

Affichant toujours son sourire, l'Ermite passa sa main devant les yeux du garçon. Dans l'esprit de celui-ci, un nouveau décor du temple se dessina dans toute la magnificence de la fabuleuse époque de Chitaya. Steven leva les bras et admira la ravissante tunique le recouvrant. Il était de nouveau un servant du temple. Autour de lui, tout était si beau, si majestueux! À quelques mètres sur sa droite, le grand prêtre priait à genoux sur le premier degré de l'escalier. Coiffé du masque d'or, il fit une humble salutation devant le disque sacré. Se relevant lentement, il se tourna ensuite vers Steven, saisit les côtés du masque et le retira de son visage. Steven reconnut aussitôt le sourire du vieux prêtre, qui n'était autre que celui de l'Ermite.

La vision s'effaça. Steven retrouva l'Ermite dans toute la splendeur de son corps éthérique. Il se lança dans les bras de l'homme. Après un long moment d'effusion, l'Ermite dit:

— Maintenant, tu possèdes la clef du disque solaire. Ma mission est terminée et c'est ici que nous devons nous quitter.

— Nous quitter? gémit le garçon. C'est pas vrai?

— Rassure-toi; ce n'est pas un adieu, mais un simple au revoir.

— Merci, l'Ermite. Merci pour tout.

Une dernière effusion scella ces paroles et le corps astral de Steven remonta seul vers le temple. Près de Nadia et Caroline, le corps de l'Ermite s'évapora lentement.

***

Une pression sur la dernière pierre fit entendre un grondement. Par le puits rectangulaire remonta doucement le monument sacré. Tous les trois admiraient maintenant le disque solaire. Nadia dit simplement:

— Steven, à toi l'honneur de retirer la dague.

Nadia enlaça le garçon au niveau des hanches et le souleva jusqu'à l'ouverture centrale. Steven y plongea le bras mais ne put atteindre le fond de la niche.

— C'est trop profond, dit Steven.

— Ou tu as les bras trop courts, ironisa gentiment Caroline.

— Tu veux que je le fasse à ta place? s'enquit la jeune femme en déposant le garçon par terre.

La réponse fut catégorique.

— Non! J'ai les pouvoirs de Chitaya. Je peux sortir la dague. Je veux l'extraire comme l'Ermite me l'a enseigné... comme Chitaya l'aurait fait.

Steven ferma les yeux et fit le vide en lui. Fixant ensuite l'ouverture, il se concentra en visualisant la sortie de la dague. Quelques secondes s'écoulèrent. Soudain, une lumière éblouissante illumina le cœur du calendrier. Lentement, la dague sortit de la niche et flotta devant les yeux éblouis du trio.

CHAPITRE VI

Au cœur du continent creux, un vent de panique souffla dans la caverne du Globulus. Les terrifiantes pompes telluriques vibraient sur leur socle, le liquide bleu sirupeux où flottait le grand cerveau se mit à bouillonner, les indicateurs de tension s'agitèrent nerveusement. Bref, le Globulus piquait une crise de nerfs planétaire depuis qu'on lui avait annoncé la très fâcheuse nouvelle.

— Ils ont la dague, ils ont la dague! siffla le puissant cerveau de sa voix synthétique. Une faaa… une faaa…

Le long gémissement se transforma en hurlement dans le récepteur de l'agent.

— Globulus, vous allez bien? demanda Sygrill légèrement inquiet.

Isolé sur le flanc d'une falaise de la cordillère des Andes, l'agent de surface ne pouvait deviner l'assaut des multiples pulsations que subissait le puissant cerveau.

Sous la grande coupole de verre se livrait une lutte incessante. À tout moment, de nouvelles circonvolutions bourgeonnaient ici et là à la surface du cerveau. Soudain, une fine membrane lumineuse enveloppa l'amas de neurones. Rapidement, la nuée s'épaissit et remplit le globe… Sans tenir compte des limites protectrices du dôme, le nuage luminescent déborda la bulle de verre et se répandit lentement sur le plancher de la caverne. Sur le sol, une partie de la nuée se regroupa, s'aggloméra devant le globe en une sphère mouvante d'un mètre de diamètre.

— Globulus, vous m'entendez ?

— Agent Sygrill, veuillez patienter quelques minutes, réussit à murmurer le Globulus tout en continuant d'observer l'étrange apparition aux contours fluides.

— Vous subissez les effets de votre val-thorik ? Nous pouvons remettre cette communication à plus tard…, suggéra l'agent.

Sygrill ne reçut qu'un grognement en guise de réponse.

Dans la caverne, la bulle s'étira quelques secondes et doubla en hauteur avant de se résorber et de disparaître totalement. Le Globulus demeura confondu devant ce phénomène inusité. Jamais une telle manifestation ne s'était produite lors de ses val-thoriks précédents.

— Seigneur Globulus ?

— Une femme et deux enfants possèdent la dague ! hurla le Globulus qui semblait maintenant remis de sa nouvelle crise de croissance.

Se faisant le plus discret possible, l'agent de surface subissait en silence la frustration et la colère du plus puissant cerveau de la Terre.

— Comment avez-vous pu être berné par trois humains ? Votre comportement est inacceptable ! Une telle faute, ce n'est plus de la négligence ; c'est tout simplement de la haute trahison.

Sous le choc d'une telle accusation, Sygrill oublia sa concentration et retrouva momentanément sa physionomie trogolienne. Les écailles de l'agent frémirent quand il évoqua mentalement les conséquences de ce genre d'inculpation. Connaissant la peine prévue pour un tel crime et n'appréciant guère la perspective d'une désintégration moléculaire, Sygrill sentit le besoin urgent de s'expliquer. D'une voix peu assurée, il commença :

— Puis-je espérer, votre grandeur…

— Suffit ! Vous êtes stupide, idiot et naïf. Aucune excuse ne peut expliquer une telle faute. Un sang-mêlé aurait mieux fait que vous !

Cette fois, les écailles de Sygrill se hérissèrent sur tout son corps. On pouvait l'accuser de tous les torts ; on pouvait le menacer des pires supplices. Il était le meilleur agent de l'empire et sa formation l'avait préparé à tout accepter sans broncher. Tout, sauf l'insulte suprême !

Lui, Sygrill, le comparer à un sang-mêlé, la pire insulte que l'on pouvait infliger à un Trogolien de souche ! L'associer à ces *demi-trogs*, ces déchets humains qui grouillaient dans leur monde et méritaient à peine le droit de vivre dans les bas-fonds des cités de l'empire ! Les griffes de l'agent serrèrent dangereusement le petit récepteur. Le Globulus… Comment pouvait-il dire de telles choses ? Non, il ne devait pas, il ne pouvait pas les penser vraiment. Le val-thorik ! C'était sûrement dû aux effets du val-thorik.

Osant à peine regarder son communicateur, l'agent tenta une ultime défense.

— Ces Terriens utilisent des pouvoirs très particuliers et je pense...

Sygrill n'eut pas le temps d'en ajouter plus.

— Vous pensez trop et vous n'agissez pas assez, aboya le Globulus. Par votre incompétence, tous nos plans vont probablement s'écrouler.

Le cerveau sous verre avait lancé cette dernière phrase dans ce qui aurait pu passer pour un long soupir métallique. L'agent gris devina une certaine accalmie et en profita pour abaisser sa dernière carte.

— Ils ont gagné une bataille, mon seigneur, mais nous n'avons pas encore perdu la guerre. Ils possèdent la dague, c'est vrai, mais nous, nous connaissons leur nouvelle destination. Donnez-moi encore quelques jours, je vous rapporterai la dague et tous ses secrets.

— Quarante-huit heures, c'est tout ce que vous aurez. Et n'oubliez pas : il nous faut cette dague, mais en priorité, je veux la tête de Guidor.

— Quarante-huit heures, c'est très court, votre grandeur. Peut-être que...

— Quarante-huit heures, coupa le cerveau. C'est un maximum et vous devrez peut-être agir encore plus rapidement. Mes informateurs m'ont prévenu que Krash-Ka est prêt à dépêcher vers le Pérou un deuxième commando d'élite. D'ici quelques heures, ils pourront atteindre l'Amérique du Sud et, alors, tous nos plans seront modifiés.

***

Victor s'arrêta et déposa son sac à dos sur le sol rocailleux du plateau désertique. Nadia rejoignit le guide et imita son geste.

— Pourquoi s'arrête-t-on si tôt? demanda-t-elle.

À son tour, Caroline défit les attaches de son sac et le laissa glisser derrière elle à ses pieds.

— C'est vrai! Nous avons marché à peine une heure depuis le déjeuner.

— Moi, je trouve que c'est une très bonne idée, déclara le jeune garçon qui ne prit pas la peine de se libérer de son bagage.

Assis à même le sol, il utilisa son sac à dos comme dossier. Il s'étira les jambes, regarda Victor et demanda :

— Pourquoi on n'a pas pris cette bonne habitude dès le début du voyage?

— Parce que jusqu'à présent, nous n'utilisons que notre endurance et notre patience, précisa le guide. Pour la prochaine étape, nous aurons besoin de toute notre attention. Il nous faudra être très prudents.

Pointant du doigt le haut massif bordant le plateau, il ajouta :

— Dans moins d'une heure, nous allons marcher sur des corniches très étroites où le moindre faux pas peut être fatal. Cette pause n'est donc pas un luxe.

Appuyé sur ses coudes, Steven fit la grimace.

— Super! On va encore risquer notre peau.

Conservant son air de victime, il se laissa choir sur son sac à dos.

***

Sur le site du vieux temple, le paysage avait quelque peu changé. Une activité fébrile avait remplacé la quiétude des lieux, où vaquaient une trentaine d'individus fortement armés. Malgré la chaude journée ensoleillée, plusieurs d'entre eux observaient le ciel nerveusement. Au centre de la grande place, à quelques pas de l'endroit où Steven avait fait sa découverte archéologique, deux immenses trous de plus de trois mètres de diamètre défiguraient la plaine. Près de ces derniers, deux véhicules « taupe » frappés aux couleurs de Trogol attendaient en silence.

Un peu plus loin sur la gauche, un geyser de terre et de pierres atteignant une dizaine de mètres de hauteur annonça l'arrivée d'un troisième transporteur. Le véhicule sortit lentement de terre. Le sifflement des moteurs mourut et l'appareil s'immobilisa. Une série de cliquetis se fit entendre. Une porte massive s'ouvrit bruyamment. Le capitaine Varlak apparut dans l'embrasure. L'officier trapu étudia sommairement le paysage, jeta un coup d'œil vers le ciel et fit une grimace.

Un intendant déjà sur le terrain marcha rapidement vers lui. Varlak sauta du véhicule et se porta à sa rencontre.

— Alors, lieutenant, quelle est la situation ?

Après le salut traditionnel, le militaire répondit :

— Les hommes sont nerveux. Malgré leur entraînement, ils n'apprécient guère ces sorties à la surface de la planète.

— C'est bien normal, maugréa l'officier. Moi aussi, je préfère sentir un bon kilomètre de roche au-dessus de ma tête.

Levant les yeux vers le firmament, il ajouta :

— Ce grand vide au-dessus de nos têtes et ce soleil brillant ne sont pas faits pour nous.

L'officier renifla l'air avec dédain.

— Planète de sauvages ! Aucun système de contrôle climatique et aucune filtration pour éliminer ces milliards de particules en suspension. Malgré sept mille ans d'occupation, nous n'avons jamais pu nous habituer réellement à ce soleil jaune et à cette atmosphère écœurante.

— Heureusement que la croûte terrestre est plus confortable, répliqua l'intendant.

— Et nous y retournerons très bientôt, lieutenant. Dès que cette mission sera terminée, répondit le capitaine en esquissant un semblant de sourire. Éliminer trois Terriens dont deux sont des enfants ne devrait pas causer de difficulté. Nous serons bientôt chez nous.

— Excusez-moi, capitaine.

Le capitaine Varlak se tourna vers le nouveau venu, un jeune soldat au teint pâle. Il perdit soudain toute envie de sourire après avoir lu le nom du militaire brodé sur son plastron.

— Les analyses préliminaires sont terminées, mon capitaine. Des humains sont passés par ici il y a moins de quarante-huit heures, déclara l'enseigne.

— Ouais… fit Varlak en ne cachant pas son mépris.

Sans rien attendre de plus, le soldat se retira.

— Swilly… C'est un nom de sang-mêlé ? demanda le capitaine. J'ai un sang-mêlé dans mon commando ! beugla l'officier. Un bâtard, un paresseux, un incapable…

— Et le meilleur pilote de char, souligna respectueusement le lieutenant. De plus, il est un des rares opérateurs à vraiment savoir réparer ces monstres en cas de panne.

— Vous voulez rire ?

Le lieutenant se contenta de hausser les épaules en ajoutant :

— Son dossier est sans faille.

— Je me fiche de son dossier ! Vous dégradez cette unité avec ce moins-que-rien.

Touché dans son ego, le lieutenant bomba légèrement le torse.

— Je sélectionne mes soldats selon leur capacité à exécuter une mission, mon capitaine. La mission avant tout.

Durant quelques secondes, la peau écailleuse du capitaine se devina sous son masque holographique, mais il retrouva rapidement sa concentration ainsi que son image de Terrien.

— Alors, gardez-le près de vos taupes et faites en sorte de le tenir loin de moi. Ces *demi-trogs* me font vomir !

— Oui, capitaine, je vais m'en assurer.

Retrouvant partiellement son calme, Varlak donna ses dernières instructions.

— Les membres du détachement doivent prendre le temps de s'acclimater à la lumière solaire, à cette impression de vide au-dessus de leur tête. Et surtout, ils doivent maîtriser parfaitement leur morphologie terrestre. Il nous faut passer pour des Terriens si nous en rencontrons. Qu'ils se promènent dans la place, mais défense de pénétrer dans les bâtiments, précisa-t-il. Nous repartirons dans une heure.

***

À des dizaines de kilomètres sous la croûte terrestre, protégée par de massives portes d'acier, la caverne du Globulus demeurait à l'abri de toute intrusion indésirable. Rien ne pouvait y pénétrer sans le consentement du puissant cerveau. Et pourtant, ce dernier éprouvait un malaise des plus désagréables. Depuis l'arrivée de Guidor sur la planète, la situation n'était plus vraiment la même.

Le Globulus tentait bien de se rassurer en se disant que durant les six cents dernières années, il avait considérablement accru sa puissance. Il n'en demeurait pas moins que le retour sur la Terre de son vieil ennemi demeurait un mystère et présentait de nouveaux paramètres inconnus. Le Globulus détestait l'inconnu ou plutôt, comme il devait se l'avouer, il en avait oublié le goût amer. Durant tous ces siècles passés sous son dôme de verre protecteur, il avait accumulé une somme phénoménale d'informations et de connaissances diverses sur tout ce qui concernait la Terre. De plus, grâce au réseau tellurique sillonnant la croûte terrestre, il demeurait à tout instant en contact avec les quatre coins de la planète. Oui, il connaissait tout et contrôlait tout, sauf la présence de Guidor!

— Mais où peut-il bien se cacher?

Sur les multiples écrans ceinturant la caverne, différentes photos satellites se succédaient sans relâche à un rythme infernal. Tous les continents étaient scrutés à la loupe. Toutes les grandes capitales de la planète faisaient l'objet d'une analyse systématique. Tous les déserts étaient sondés en profondeur. Malgré des recherches minutieuses, Guidor demeurait introuvable.

Le Globulus se préparait à fouiller les grandes fosses océaniques de l'Atlantique lorsque le cadre de l'écran principal, situé juste au-dessus de la grande porte d'acier, vira au rouge et clignota rapidement. Un tel signal annonçait une communication impériale, confirmée par l'apparition des armoiries du Krash-Ka sur l'écran géant. Au bout de quelques secondes, le symbole disparut et fit place à une série d'instructions.

— Une tempête de sable dans le désert de Gobi pour dix-huit heures trente. Rien que ça, s'exclama ironiquement le cerveau sous verre.

Pour lui-même, il poursuivit:

— Comme si je n'avais que ça à faire, exécuter les caprices de l'empereur. Et voilà ma réponse.

Sur l'écran, l'ordre impérial fit place à un nouveau symbole, celui du Globulus: une demi-sphère montée sur un bloc rectangulaire. En surimpression s'inscrivit: «Circuits auxiliaires du Moyen-Orient inopérants. Retard d'exécution: 48 heures.»

— Avec ça, je devrais avoir la paix pour les deux prochains jours.

Satisfait de son message, le Globulus se concentra de nouveau sur ses écrans d'analyse. Mais il n'eut guère le temps d'entamer ses fouilles sous-marines. Le cadre de l'écran principal clignota de nouveau. Cette fois-ci, la grande conseillère Haziella apparut.

— Que signifie ce délai? demanda-t-elle, outragée.

Si le Globulus avait possédé des épaules, l'état d'esprit du puissant cerveau n'aurait pu passer inaperçu aux yeux de la conseillère, mais étant confiné à son globe de verre, le Globulus se limita à réduire de façon imperceptible le bouillonnement de son environnement aqueux.

— Cela signifie, digne et grande dame, que je n'ai aucune emprise sur le Moyen-Orient pour les deux prochaines journées.

— Aucune emprise sur un aussi vaste territoire? Mais en six cents ans...

— Six cent trente-deux ans, précisa le cerveau.

— Peu importe la durée! s'exclama Haziella. Une telle incapacité ne s'est jamais produite dans le passé!

Le Globulus poussa l'arrogance en prenant quelques secondes avant de répondre.

— Habituellement, je contourne le problème par des réseaux extérieurs. Cela demande beaucoup d'énergie et de temps, mais cela fonctionne.

— Alors, qu'attendez-vous pour agir?

— Je vous l'ai dit, cela demande du temps et présentement, je n'en ai pas.

Sur l'écran panoramique, la grande conseillère faillit s'étouffer.

— Comment? Vous n'avez pas le temps d'exécuter une requête impériale?

Sur un ton toujours aussi nonchalant, le cerveau sous verre déclara:

— Les guerres du Moyen-Orient durent des années. D'ici deux jours, vous aurez votre tempête de sable. Il ne sera pas trop tard pour ralentir les hostilités.

— Mais notre empereur exige cette tempête ce soir.

— Vous m'en voyez désolé, conseillère Haziella, mais vous aurez la désagréable mission d'annoncer à notre illustre empereur qu'il devra faire preuve de patience.

Les écailles des paupières de la conseillère émirent un craquement désagréable. Jamais Haziella n'avait ouvert des yeux aussi grands.

— Notre souverain devra attendre?

— Il est possible, en effet, de résumer la situation en ces mots, se contenta de répondre le cerveau sous verre.

— Comptez sur moi pour le lui dire et j'en profiterai pour lui décrire votre intolérable attitude.

Les armoiries de l'empereur disparurent de l'écran. Sans s'émouvoir de la menace proférée par la conseillère, le Globulus réactiva ses écrans de recherche.

— Passons maintenant à des activités plus sérieuses.

Le Pacifique, l'Atlantique, la Méditerranée furent découpés en mille petits périmètres de recherche.

— Guidor, où te caches-tu?

***

Le lieutenant, satisfait de son inspection, se préparait à faire son rapport au capitaine Varlak lorsque, au détour d'un amas de pierres taillées, il découvrit cinq membres de son unité en pleine discussion. Déjà peu enclin à sourire, le visage de l'officier devint encore plus sévère.

À la vue de leur supérieur, plusieurs soldats perdirent instantanément leur bonne humeur. Sans un mot, ils se concentrèrent et reprirent rapidement leur morphologie terrienne. Dans la seconde qui suivit, tous déguerpirent dans des directions différentes. Seul Slovik, dos au lieutenant, n'avait pas vu l'orage venir.

— Eh! Mais qu'est-ce qui vous prend? Vous avez peur que le ciel vous tombe sur la tête?

— Pire que ça, Slovik.

Ce dernier se retourna lentement en rêvant soudainement d'être ailleurs.

— Mon lieutenant, je vais vous expliquer…

— Reprends d'abord ton image terrienne. Un soldat qui n'obéit pas à mes ordres déshonore mon commando.

Piqué au vif, Slovik changea d'attitude et devint arrogant.

— L'honneur! Quel honneur peut-on avoir de ressembler à un bâtard, à un sang-mêlé?

— Reprends ta forme, insista l'officier.

Slovik s'exécuta à regret. Ses griffes redevinrent doigts. Le personnage s'identifiait maintenant à un homme ayant un peu d'embonpoint.

— Tu as une tête de Terrien, pas de sang-mêlé, précisa l'officier.

— Pour moi, c'est la même chose.

— Les sang-mêlé sont des erreurs de notre monde. Nous tolérons leur présence en autant qu'ils servent correctement les intérêts de l'empire. Les Terriens, eux, vivent à la surface de la planète et sont, sans le savoir, déjà nos esclaves.

— Un sang-mêlé ne vaut pas plus qu'un Terrien, marmonna Slovik.

— Ça, c'est une autre histoire. Pour le moment, nous sommes à la surface de la planète et nous agissons en Terriens, répondit l'officier en faisant les cent pas devant le soldat.

— Je me demande bien pourquoi se donner tout ce mal. Cet endroit est désert, grogna-t-il en laissant paraître certaines parties de son anatomie trogolienne.

Le lieutenant s'arrêta devant Slovik.

— Oublie encore une fois ta forme humaine…

L'officier pointa du doigt le médaillon décorant la poitrine du soldat et ajouta:

— … et ce sera la désintégration moléculaire.

À cette perspective, le soldat perdit toute son arrogance… et retrouva son image terrienne dans son intégralité.

***

C'était la dernière halte avant le dangereux passage sur la corniche. Un peu à l'écart, Steven s'amusait à faire tourbillonner, par la force de sa pensée, quelques cailloux dans les airs. Nadia, à la recherche de sa gourde, fouilla son sac, sans résultat. Jetant un coup d'œil autour d'elle, la jeune femme ne découvrit pas l'objet tant convoité, mais remarqua le manège du garçon. Appréciant peu le manque de discrétion de son jeune ami, elle prit un air désapprobateur, se releva et marcha vers ce dernier.

— Steven, tu vas énerver nos guides. Est-ce que tu peux cesser ton petit jeu et me dire si tu as vu ma gourde?

Sans quitter les pierres des yeux, le jongleur répondit:

— Nos trois gourdes sont là-bas, dans la flotte. J'ai fait le plein et je les ai laissées dans le ruisseau pour qu'elles restent froides jusqu'à notre départ.

— Ha! C'est gentil, dit Nadia en souriant. Je te remercie. Je vais les chercher.

— C'est pas nécessaire, madame, déclara Steven sur un ton indifférent.

Intriguée, Nadia s'arrêta et attendit la suite. Le groupe de cailloux fit une dernière pirouette avant de s'aligner docilement l'un au-dessus de l'autre. Steven rencontra le regard désapprobateur de la jeune femme, fit la moue et laissa tomber les cailloux bruyamment sur le sol.

— Merci, dit Nadia en se méprenant sur les intentions du garçon.

Affichant un sourire discret, Steven ferma les yeux et visualisa la cascade. De l'eau cristalline émergèrent lentement les trois gourdes. Après une courte hésitation, elles prirent résolument la direction du campement.

✳✳✳

Tout en aiguisant la lame de son couteau de chasse, Victor tentait de faire un bilan de cette étrange semaine. En tant que maire de Pequos, il avait eu l'occasion d'être confronté à tous les genres de situation. Du moins, il le croyait jusqu'à l'arrivée des étrangers. Après la guérison de son fils, il avait déclaré solennellement, devant tous ses concitoyens, que les trois étrangers comptaient maintenant parmi ses amis. Mais devant les multiples manifestations des pouvoirs insolites de ses nouveaux compagnons de voyage, le premier magistrat du village remettait sérieusement en question sa grande déclaration. Il en était là de ses réflexions lorsque la première gourde passa devant lui. Croyant rêver, l'homme cligna des yeux et observa de nouveau la scène. La gourde était bien là devant lui et poursuivait tranquillement son chemin. Le guide se serait bien contenté de cette vision. Avec le temps et beaucoup de persévérance, il aurait peut-être fini par se convaincre qu'il avait été victime d'une hallucination. Malheureusement, la deuxième gourde se présenta à son tour et dissipa toute possibilité d'hallucination. Au passage de la troisième gourde, l'homme avala difficilement sa salive. Lorsque cette dernière s'arrêta devant lui et s'inclina poliment, Victor se signa sur le cœur.

Impuissante, Nadia observait la scène. D'un hochement de tête, elle désapprouva ouvertement la plaisanterie. Les poings sur les hanches, elle sermonna le jeune délinquant.

— Steven, ce n'est pas drôle du tout. Nos guides sont déjà assez nerveux comme ça. Tu ne fais rien pour les calmer.

— Mais c'était juste une petite salutation, se défendit le garçon.

La jeune femme n'était pas d'humeur à se laisser attendrir.

— Nos guides nous trouvent déjà assez étranges comme ça. Il est inutile de les provoquer et de les alarmer encore plus. Cesse immédiatement ces manipulations à distance.

— Mais comment je vais maîtriser mon pouvoir si je ne fais pas d'exercices? J'veux pas perdre la main.

Nadia soupira. Steven marquait un point.

— Alors sois discret, je t'en prie, avisa Nadia sur un ton plus doux.

La première gourde se présenta en flottant devant la jeune femme.

— En attendant, voici ta gourde, déclara Steven.

Sur un ton faussement innocent, il ajouta :

— Tu veux que je la place dans ton sac ?

D'un geste rapide, Nadia attrapa la gourde au vol et répondit sèchement :

— Merci, je vais m'en occuper.

***

Varlak n'appréciait vraiment pas du tout ces missions de surface. Ce soleil omniprésent et ce grand espace vide au-dessus de sa tête le rendaient nerveux et irascible. De plus, cette détestable métamorphose terrienne leur demandait une concentration permanente. Varlak maudissait ce protocole de sécurité les obligeant à maintenir cette image virtuelle lors des sorties hors du continent creux. Avec cette chaleur, c'était épuisant et, semble-t-il, si inutile dans ce pays perdu, sans âme qui vive.

Dans de tels moments, le capitaine ressentait un désir incontrôlable de frapper, frapper n'importe quoi, n'importe qui. D'un œil méchant, il regarda autour de lui et trouva rapidement la victime idéale.

— Hé ! Le *demi-trog...*, fit-il en grognant.

L'interpellé, assis en solitaire à l'ombre d'une arche de pierre, releva la tête. Malgré son costume austère, il semblait jeune, au début de la vingtaine. De carrure moins impressionnante que ses congénères, il se démarquait aussi par un visage plus expressif. Lorsqu'il se leva et marcha vers l'officier, on put remarquer une souplesse dans ses gestes, absente chez les autres soldats. Déambulant lentement, il avait tendance à courber l'échine afin de ne pas irriter les autres membres du groupe et surtout son capitaine, qu'il dépassait facilement d'une bonne demi-tête.

— Swilly! beugla l'officier en se cassant le cou. Je veux une vérification des trois taupes avant notre départ.

— Mais capitaine, objecta le jeune soldat, j'ai travaillé aux analyses de terrain et je viens tout juste de m'asseoir. Il ne nous reste que trente minutes de pause et j'aurais bien aimé souffler un peu.

— Tu te reposeras durant le voyage.

— Mais capitaine, c'est moi qui conduis le véhicule...

L'officier n'était pas d'humeur à recevoir une réplique, surtout de la part d'un *demi-trog*. Il se mit cette fois-ci vraiment en colère et, d'un coup de poing à l'épaule, bouscula le soldat qui, après un demi-tour sur lui-même, se retrouva à genoux sur le sol. S'adressant à son lieutenant, témoin de la scène, l'officier déclara d'une voix forte, afin d'être bien entendu de son entourage:

— Ces bâtards de sang-mêlé sont de plus en plus insolents. Bien que ces lavettes aient plus de sang humain que de sang tro-golien dans les veines, nous leur faisons tout de même l'honneur de servir dans notre glorieuse armée et voilà ce que nous récoltons : des jérémiades par des insolents minables.

Dans l'entourage de l'officier, quelques rires et grognements amusés firent écho à cette déclaration de leur capitaine. Ce dernier, satisfait de l'impact de son défoulement, mit le point final à l'incident:

— Exécution! aboya-t-il à l'adresse du jeune soldat.

Le *demi-trog*, conscient de la faiblesse de sa position, n'insista pas. Il se releva lentement. Sans conviction, il fit le salut régle-mentaire à son officier et tourna les talons.

Le plus proche véhicule se trouvait à une dizaine de mètres derrière un rassemblement de soldats. La prudence aurait dû lui dicter de contourner l'attroupement, mais sa fierté l'incita à prendre le chemin le plus court et à passer entre les membres du groupe. Demeurant sourd aux rires moqueurs, il poursuivit son chemin en fixant délibérément le véhicule. Il aurait pourtant dû surveiller de plus près ses congénères. Il aurait ainsi deviné la manœuvre du gros gris grassouillet qui se préparait à lui faire un croc-en-jambe.

Lorsque Swilly s'étendit de tout son long sur le sol poussiéreux, tous rigolèrent et Slovik, l'auteur de la plaisanterie, gloussa en déclarant :

— Alors, Swilly, le soleil est trop fort pour ta tête ? On ne sait plus marcher ?

Un autre ajouta sur un ton dédaigneux :

— Eh ! Le sang-mêlé ! Quand tu auras fini, assure-toi qu'il y ait de l'eau fraîche dans toutes les gourdes.

***

La pause tirait à sa fin. Sur un signal de Victor, Vidal se leva et ramassa son sac à dos qu'il prit malencontreusement à l'envers. Dans un tintamarre comique, ustensiles, chaudrons et provisions quittèrent le sac et s'éparpillèrent sur le sol. Marmonnant les dents serrées, il entreprit de ramasser son bagage.

Vidal croyait avoir tout récupéré et s'apprêtait à se relever lorsque Steven remarqua le petit sac de fruits séchés égaré derrière le talon du porteur. Sans réfléchir, Steven se concentra sur l'objet et l'éleva à la hauteur de l'homme. Contrairement aux attentes du garçon, Vidal fut loin d'apprécier le geste. Il avança la main en jetant un regard méfiant au garçon, mais ne toucha pas au sachet. Contestant l'initiative de Steven, il fit une grimace et laissa flotter le sac de fruits. Sans un mot, il rejoignit Victor.

— Tu es incorrigible, souffla Nadia, témoin de la scène. Je t'ai pourtant demandé plus d'une fois d'être discret.

— Mais je voulais juste lui rendre service, gémit le garçon.

— Et t'offrir un petit spectacle, compléta la jeune femme. Continue ainsi et tu ne te feras pas de Vidal un ami.

Prenant un ton boudeur, Steven bredouilla :

— Peuh, Vidal, un ami ? Et pourquoi je voudrais devenir l'ami d'un guide borné qui ne sait pas apprécier mes super pouvoirs ?

Après une courte réflexion, il ajouta :

— Il est peut-être jaloux ?

— Steven, tu es stupide, déclara la jeune femme.

Elle tourna les talons et le quitta sans attendre.

Interdit, Steven fixa les fruits séchés flottant toujours devant ses yeux. Discrètement, le sachet glissa dans le sac à dos du garçon.

***

Swilly ne prit pas le temps de choisir son lieu de repos. Les trois taupes vérifiées, il se laissa choir sur une marche d'un petit escalier de pierre. Il se sentait las, mais il n'aurait pu en déterminer la cause. Était-ce dû à ce supplément de travail, à cet environnement inhabituel ouvert sur l'espace ou à ce sentiment d'isolement vis-à-vis des autres membres du commando? Bien sûr, il était le plus jeune soldat du groupe et il était normal que certains «vieux» le bousculent un peu. Mais il y avait plus que cela et Swilly en était bien conscient. Il n'était pas un vrai Trogolien.

Perdu dans ses pensées, Swilly remonta le temps en se re-mémorant ses cours d'histoire ancestrale. On trouvait, quinze générations plus tôt, une femme, une Terrienne nouvellement arrivée en terre d'Amérique. Cette femme donna deux fils et quatre filles à un citoyen du continent creux. La situation pouvait paraître insolite à prime abord, mais s'expliquait facilement en remontant l'histoire.

À l'époque de la colonisation de la Nouvelle-France, plusieurs Filles du roi, fraîchement débarquées, avaient été séduites par certaines particularités excitantes des indigènes, ou de ce qu'elles croyaient être des indigènes de ce nouveau pays. Abusant de leur naïveté et profitant du manque de contrôle dans ce pays encore vierge, les hautes instances de Trogol avaient autorisé une expérience qui visait à créer une nouvelle race de Trogoliens capables de supporter les effets physiques et psychologiques d'une longue exposition à l'environnement de surface. Ces femmes d'un autre siècle avaient donné naissance sans le savoir à une nouvelle race ou, plutôt, à une nouvelle demi-race.

L'expérience n'eut pas de suite. Certains groupes conservateurs du continent creux brandirent le spectre d'une race de mutants supérieurs. Il n'en fallut pas plus pour exciter la population et décrier le projet. Au fil des siècles, les Trogoliens métissés devinrent de plus en plus isolés et pointés du doigt par les Trogoliens de souche. Les croisements se firent de plus en plus rares et ces nouveaux Métis furent progressivement confinés à vivre dans une caste inférieure.

Swilly en était là de ses réflexions lorsque le sifflet du chef de commando annonça le départ.

***

Le dernier plateau rocheux était déjà loin derrière le groupe, ainsi que les températures chaudes et humides de la jungle. Tous avaient troqué les chandails légers pour de chaudes vestes de laine.

Le nouveau sentier grimpait toujours plus haut dans les montagnes. Le chemin longeait à sa gauche le flanc de la crête rocheuse. Du côté opposé, le sentier s'affaissait rapidement et offrait une vue plongeante impressionnante sur une petite vallée enchâssée, piquée de quelques taches de verdure. Comme toujours, Victor ouvrait la marche, suivi de Steven, Caroline et Nadia. Les porteurs Vidal et Dalmino assuraient les arrières de l'équipe.

Grâce à une déclinaison modérée, la première heure de cette nouvelle étape s'effectua à un bon rythme. Malgré quelques grosses pierres à contourner occasionnellement, le chemin, d'une largeur encore respectable, offrait un passage aisé. On marchait d'un pas léger et tous profitaient du calme... avant la tempête.

Une première pluie de cailloux alerta Victor. Tout en poursuivant sa marche, le chef de l'expédition jetait régulièrement un coup d'œil au flanc de la montagne. Steven, témoin de ce manège, accéléra le pas et monta à la hauteur du guide.

— Vous êtes inquiet, pas vrai ?

— Oui et non, dit le guide. Pas vraiment inquiet, mais disons… un peu soucieux. La montagne pleure.

— Elle pleure ?

— Des larmes de roche, précisa Victor, amusé par la réaction du garçon.

— Et on peut la consoler ? s'informa Steven, narquois.

— Je ne crois pas. On ne peut que l'observer et avancer prudemment.

— Alors, c'est vraiment dangereux ?

Le guide se fit rassurant.

— Si nous sommes sous les larmes, si. Mais les pierres se décrochent habituellement de très haut, tout près des sommets. En scrutant régulièrement le flanc de la montagne, on peut détecter les départs de rochers, deviner leur trajectoire et ainsi les éviter.

Distrait par sa discussion avec Steven, Victor avait délaissé sa surveillance de la montagne. Une distraction très courte, mais suffisante pour ne pas remarquer un nouveau départ de pierres. Les premiers cailloux touchèrent le sol à quelques mètres devant le guide. Ce dernier réalisa l'ampleur de son imprudence. Il n'était plus question de gagner la chute de pierres de vitesse. Victor attrapa le bras du garçon, le souleva de terre, rebroussa chemin et courut vers le groupe en gesticulant de sa main libre.

— En arrière ! En arrière tous ! lança-t-il, apeuré.

Le grondement envahissant ne demandait aucune explication. Tous se mirent à dévaler le sentier en souhaitant seulement que la distance parcourue soit suffisante pour leur salut. Les mains sur la tête, chacun se protégeait tant bien que mal de la chute des cailloux. Bien que les fragments fussent minuscules, leur vélocité les faisait tambouriner douloureusement sur les parties du corps non protégées. Ce n'est qu'au bout d'une centaine de mètres d'une course effrénée que le groupe se sentit enfin en sécurité.

L'éboulement, considéré mineur par Victor, marqua toutefois profondément Caroline. Lorsque le guide donna le signal du départ, la jeune fille demeura immobile. Collée à la paroi de roche, Caroline tremblait en sanglotant.

— Qu'est-ce qu'elle a? Elle est blessée? demanda Victor.

Nadia, inquiète, s'approcha doucement de la jeune fille.

— Alors, Caroline, tu viens?

— Les pierres, je vais être écrasée.

Paniquée, les yeux mouillés, elle ajouta:

— Je ne veux pas mourir.

Passant la main dans les cheveux blonds de la jeune fille, Nadia se fit rassurante.

— Mais personne ne va mourir, ma chérie.

Les yeux hagards, la jeune fille ne sembla rien entendre.

— Les pierres du temple, elles tombent! Elles tombent et vont m'écraser! cria Caroline.

Intuitivement, Nadia devina le drame terrible qui se jouait dans la tête de la jeune fille. Doucement, elle appliqua sa main sur la tête de Caroline et ferma les yeux. Une vision apocalyptique traversa l'esprit de Nadia. C'était un mélange de souvenirs d'un lointain passé mêlés à des créations imaginaires générées par les peurs de la jeune fille.

Au sud des trois grandes pyramides, l'imposant temple consacré au dieu Soleil vacillait sur ses fondations. Dans les bâtiments et les cours intérieures, tout n'était que drame et carnage. Partout, des corps sans vie jonchaient les allées ou souillaient de leur sang le socle des colonnes, les marches des escaliers. Aux quatre coins du vaste complexe religieux, des incendies faisaient rage et laissaient s'élever vers un ciel bleu de terribles nuages sombres charriant une odeur de mort.

La petite princesse dévala les degrés du reposoir, traversa la grande salle hypostyle et s'arrêta, haletante, sur le belvédère surplombant le quartier profane. La vue brouillée par les larmes, elle découvrit un monde de désolation. Haut dans le ciel, trois lignes blanches déchirèrent le firmament. Un sifflement aigu retentit, suivi d'une explosion assourdissante. Le souffle de la déflagration coucha l'enfant au sol. Des éclats de marbre volèrent dans tous les sens.

La princesse tenta bien de se relever, mais ne put qu'émettre un cri de douleur. Ses petites jambes blanches, coincées sous une colonne de marbre, maculaient la pierre d'un large filet de sang. Prisonnière sous les décombres, elle leva péniblement la tête. Dans un ciel devenu sombre se découpait une tache mouvante : un oiseau de fer marqué d'un triangle rouge sur un carré noir. L'appareil n'eut pas le temps de sortir du champ de vision de la fillette. Un immense bloc d'albâtre lui masqua soudain la vue et ce fut le noir total.

Nadia caressa de nouveau les cheveux de la jeune fille.

— Calme-toi, Caroline. Tout est fini, c'est du passé.

***

Pétrifiée, Caroline n'avait pas bougé. Les yeux fermés, collée à la pierre et le visage mouillé de larmes, elle demeurait immobile. Steven tendit le bras vers la fine main blanche accrochée au rocher. Délicatement, il prit la main de la jeune fille et tenta de la rassurer.

— Caroline, dit Steven doucement.

Caroline ouvrit les yeux et tourna lentement la tête vers le garçon.

— Regarde au-dessus de toi, poursuivit Steven.

Hésitante au début, Caroline releva enfin la tête et vit flotter, au-dessus d'elle, une petite pierre de la grosseur d'un poing. À la vue du caillou, la jeune fille eut un léger mouvement de panique, mais la pression de la main du garçon détourna son attention. Durant ces quelques secondes, Steven s'était glissé tout près de la jeune fille. À mi-voix, il poursuivit :

— Cette roche, je la fais flotter au-dessus de ta tête par la puissance de mon esprit. Avec les trucs que m'a appris l'Ermite, je peux en soutenir de bien plus grosses. Dix fois, cent fois plus grosses.

Caroline jeta un coup d'œil interrogateur au garçon et fixa de nouveau la pierre qui flottait tranquillement à vingt centimètres de sa tête. Comme pour démontrer la parfaite maîtrise de ses pouvoirs, Steven fit balancer la roche et l'amena à dessiner, dans les airs, un petit cœur imaginaire.

— Y aura plus de chute de pierres, Caroline, et… si une seule roche quitte la falaise, elle ne pourra pas t'atteindre. Jusqu'à la fin de ce passage, je vais créer au-dessus de toi un parapluie invisible et je te le jure, aucune pierre de cette montagne ne pourra te toucher.

Fixant les yeux du garçon, Caroline serra à son tour la main de Steven et dit simplement :

— Merci.

* * *

Le sentier accroché à la montagne semblait rétrécir à chaque enjambée. La progression du groupe accusa un ralentissement notable. Victor, à l'aide de son pic, sondait le terrain à tous les deux ou trois pas. Le sentier n'avait plus qu'un mètre de largeur. Ses bords devenaient de plus en plus friables et à plusieurs occasions, le guide provoqua de légers éboulements.

— Ici, pas très solide, annonça Victor.

Confirmant ses dires, un morceau de la frange du sentier bascula dans le vide.

— Il faut marcher au plus près de la falaise.

Tous s'accordèrent sur la pertinence du conseil. Prudemment, le guide poursuivit sa progression en conservant les pieds collés au flanc rocheux, initiative imitée par le groupe.

On venait d'atteindre une modeste plate-forme enchâssée entre deux pics acérés. L'endroit était loin d'être spacieux, mais après le dernier passage étroit que le groupe venait de traverser, il devenait relativement confortable. En levant le bras, Victor en profita pour annoncer une pause bien méritée.

— Je crois que le plus difficile est passé. Le sentier semble s'élargir ensuite.

Un murmure de soulagement fit écho aux observations du guide. L'arrêt étant de courte durée, tous conservèrent leur bagage sur leurs épaules. On prit simplement le temps de souffler et de se détendre les jambes quelques minutes durant cette pause fort appréciée.

La vue offrait un magnifique panorama, un décor grandiose. Steven prit une grande bouffée d'air en admirant le paysage.

— On en a fait, du chemin, observa-t-il fièrement. Regardez en bas : on ne voit plus qu'une toute petite tache d'herbes.

Dalmino ne put s'empêcher de rigoler.

— Ce n'est pas de l'herbe, petit bonhomme. Ce que tu vois, c'est la cime des arbres d'une forêt que nous avons pris deux jours à traverser.

— C'est vrai ! s'exclama Steven.

— Nous grimpons toujours, précisa Dalmino, et nous sommes à plusieurs centaines de mètres au-dessus de cette vallée.

Steven, impressionné par cette découverte, ne put s'empêcher de vérifier les dires du guide. Inconsciemment, il s'avança vers le gouffre et se pencha pour en évaluer la profondeur.

— Petit, ne t'approche pas trop...

L'avertissement de Dalmino vint trop tard. Emporté par son élan et la charge supplémentaire de son sac à dos, le garçon n'avait pas su évaluer l'importance de son mouvement. Durant quelques secondes, il tenta bien de rétablir son équilibre, mais l'inertie le poussait toujours plus avant. Atterré, il se rendit compte de son imprudence en sentant le sol se dérober sous ses pieds, ne voyant que le vide devant lui. Un cri rauque, étouffé, lui écorcha la gorge. Il ressentait déjà les effets de la chute lorsqu'un arrêt brusque lui brûla les aisselles. Il réalisa soudain qu'il ne tombait plus. Il demeurait immobile au-dessus du vide.

Tout s'était joué en une fraction de seconde. Vidal, visualisant instantanément la catastrophe, s'était lancé dans la direction de Steven. Son expérience de montagnard sauva la vie du garçon. Au lieu de tenter de rattraper le garçon à sa hauteur, il avait calculé intuitivement son temps de déplacement et celui de Steven. Se jetant d'un seul trait à plat ventre sur le sol, il avait tendu le bras et rattrapé, *in extremis,* la bretelle du sac à dos du garçon.

Les deux autres guides n'étaient pas demeurés inactifs. Dalmino se coucha sur les jambes de son ami en espérant faire contrepoids. Dans le même temps, il glissa une main sous la ceinture de Vidal. Victor jeta son sac sur le sol et rampa auprès de son ami.

— Steven, cria-t-il, donne-moi ta main.

Se guidant sur la voix de Victor, Steven releva un bras. Une main robuste l'agrippa au poignet. Il se sentit soulevé de quelques centimètres. Une nouvelle pression serra sa ceinture lorsque Vidal stabilisa son balancement.

La suite se passa comme dans un rêve. Steven se laissa ballotter, tirer et rouler sur la corniche. Assis sur le sol, le dos à la falaise, le garçon retrouva lentement ses esprits. Haletant, son cœur tentait de revenir à un rythme normal. Ayant récupéré quelques couleurs, Steven prit une grande respiration et laissa échapper :

— Merci, Vidal, merci à vous tous.

— Bah ! laissa tomber Dalmino, la prochaine fois, c'est peut-être toi qui nous sauveras la vie.

Le garçon secoua la tête.

— Non, y aura pas de prochaine fois. Là, j'ai compris. C'est fini pour moi. Je ne vais pas plus loin, souffla Steven d'un seul trait.

— Qu'est-ce que tu racontes ? demanda Nadia, surprise par une telle déclaration.

— Continuez sans moi, précisa le garçon. Je vais vous attendre ici, ajouta-t-il dans un dernier souffle.

— *¡ Santa Madre !* Voilà que ça recommence... *La señorita, y después el muchacho,* clama Victor en haussant les épaules.

Du regard, Nadia invita le guide à modérer ses états d'âme. Ce dernier enleva son chapeau, se gratta la tête et ajouta sur un ton impatient :

— Prenez le temps d'y réfléchir. Je vais en profiter pour explorer la suite de la corniche et sonder le terrain.

Nadia se pencha vers Steven :

— Prends quelques minutes pour te reposer et souffler un peu ; après, ça ira mieux.

— Ouais, mais je ne bougerai pas d'ici.

— Mais Steven, tu n'es pas sérieux..., s'indigna Nadia.

Une main sur l'épaule de la jeune femme détourna son attention. Nadia se leva et se retira doucement.

Caroline s'approcha, mais demeura debout près du garçon. Subtilement, elle joua la carte de l'honneur.

— Si tu demeures ici, comment vas-tu tenir ta promesse ?

— Ma promesse ? demanda Steven.

— Rappelle-toi, reprit calmement la jeune fille. Tu as juré qu'aucune pierre de cette montagne ne pourrait m'atteindre.

Un peu gêné et mal à l'aise, Steven tenta de s'expliquer :

— C'est vrai... Mais… C'est pas ma faute… Y a que…

Malgré la douceur du regard de la jeune fille, Steven ne put rien ajouter. Il baissa la tête et ferma les yeux.

C'était l'impasse. Nadia prit quelques minutes pour méditer sur le problème. Avec un garçon comme Steven, la fantaisie se révélait toujours une valeur sûre. Sans prendre la peine de fixer le garçon, elle demanda sur un ton nonchalant :

— Dis-moi, Steven...

Le garçon ouvrit les yeux et tourna légèrement la tête dans la direction de Nadia.

— Puisque tu peux créer un parapluie au-dessus de la tête de Caroline… C'est bien ce que tu as dit, n'est-ce pas ?

— Ouais…

— Un parapluie… c'est un peu comme un parachute? suggéra-t-elle innocemment.

— Un peu, risqua le garçon.

— Si tu peux soulever ou retenir des pierres grâce à un parapluie, tu peux donc te soulever toi-même et te protéger en te créant un genre de parachute. Ce n'est sûrement pas plus difficile à faire…

Nadia ne s'était pas trompée. Tel que prévu, plus une idée était folle, plus elle avait des chances de séduire le garçon. Au bout de quelques secondes, le visage de Steven s'illumina.

— Un parachute invisible! C'est génial! s'exclama Steven.

Après réflexion, il ajouta:

— Et si je peux en fabriquer un, je peux en fabriquer six.

— Fabriquer quoi? demanda Victor qui revenait de sa courte avancée exploratoire.

— Des parachutes, Victor, lança Steven gaiement. Des beaux parachutes!

— Des parachutes? reprit le guide. Ne dis pas de sottises, mon garçon. Il n'est pas question de sauter sauf si vous ne réussissez pas à vous calmer.

Et sur un ton sobre, il ajouta:

— De toute façon, nous n'irons pas plus loin. Derrière ce coude, c'est l'impasse.

***

Le groupe avait contourné le coude et demeurait maintenant silencieux devant la muraille. Couvrant toute la largeur de la corniche, un immense quartier de roche bloquait entièrement le passage. Ses parois lisses et son étirement au-dessus du gouffre créaient un obstacle insurmontable. Le verdict du vieux guide tomba sec:

— Impossible de l'escalader ou de le contourner.

D'un signe de tête, Vidal et Dalmino confirmèrent les dires de leur chef d'expédition.

— Alors, qu'est-ce qu'on fait? demanda Nadia.

— Il faut revenir sur nos pas et tenter un passage par l'autre versant de la montagne.

— C'est possible?

— On peut l'espérer, déclara Victor prudemment. Mais ce détour va nous occasionner un retard de près d'une journée.

Avec effroi, Steven revit en esprit le passage étroit où il avait failli perdre la vie.

— Faire demi-tour et repasser sur la corniche!

Et pour lui-même, il ajouta:

— Repasser là, jamais!

Discrètement, Steven examina le décor. Un peu plus haut sur la falaise, de grosses pierres semblaient instables et sur le point de rouler vers le ravin. Le groupe se préparait à faire demi-tour. Steven laissa Victor et Nadia prendre la tête de l'expédition. Se traînant les pieds, il fut rapidement dépassé par les deux porteurs. Caroline remarqua l'attitude du garçon et demanda:

— Qu'est-ce que tu manigances?

Avec un petit sourire espiègle, Steven murmura:

— Je vais faire pleurer la montagne.

— Pleurer la montagne? répéta Caroline en dévisageant le garçon.

Dans la file nouvellement formée, Nadia lança à l'intention des jeunes.

— Caroline, Steven, qu'est-ce que vous attendez?

Pour toute réponse, Steven se concentra sur les roches accrochées plus haut à la falaise. Toute une grappe se détacha soudainement et plongea dans le vide. Guidées par le garçon, les lourdes pierres percutèrent le surplomb de l'obstacle. Utilisant une partie de la base de ce dernier comme point d'appui, Steven tenta psychiquement de le faire basculer dans le vide, mais son poids dépassait grandement les estimations du garçon. Steven se concentra sur un nouveau projectile. Un gigantesque bloc de pierre se détacha, très haut dans la montagne. Mentalement, le garçon accéléra la chute du rocher et le guida vers sa cible ; la portion de l'obstacle surplombant le vide. L'effet fut spectaculaire. Telle une catapulte, la masse rocheuse bascula en virevoltant vers le gouffre. Alertés par le vacarme, les guides et Nadia revinrent sur leurs pas et arrivèrent juste à temps pour assister au catapultage du rocher. Un peu plus loin, dans un repli du sentier, Steven tenait sa promesse. Malgré la pluie de cailloux projetés par l'impact des deux masses rocheuses, Caroline demeurait sereine. Au-dessus des deux jeunes, les pierres rebondissaient à plus d'un mètre de leur tête.

— *¡Hombre!* s'exclama Victor en observant le rocher basculer dans le vide. C'est bien la première fois que je remercie le ciel pour une avalanche de pierres.

Le passage se trouvait de nouveau libre, mais Nadia n'était pas dupe. En passant près de Steven, elle murmura :

— Le ciel ! Je crois bien qu'il a eu un coup de pouce.

Fidèle à ses habitudes, Steven haussa les épaules et prit un air innocent.

CHAPITRE VII

Après les dernières mésaventures vécues sur la falaise, tous croyaient bien être au bout de leurs surprises, mais c'était sans compter l'arrivée impromptue d'un vieil ami. Le groupe venait tout juste d'emprunter une piste rocailleuse lorsqu'une voix forte et joyeuse se fit entendre au-dessus de leurs têtes.

— Tu as fait du beau travail, mon garçon. L'Ermite est fier de toi.

Assis sur un gros piton rocheux, à près de quatre mètres du sentier, Guidor affichait un large sourire. Il laissa passer quelques secondes, amusé par la réaction de stupéfaction de ses protégés.

À l'unisson, le trio lança un « Guidor ! » des plus plaisants. Avec une aisance surprenante, ce dernier quitta son point d'observation et, d'un seul bond, se retrouva sur le sentier en plein cœur du groupe. D'un même élan, Nadia, Caroline et Steven lui sautèrent dans les bras.

— Comme je suis contente de te voir ! ne put s'empêcher d'avouer Caroline.

— Viens, on a des amis à te présenter, ajouta Steven en tirant résolument sur le bras de Guidor.

***

Malgré les présentations très courtoises et le ton affable de Guidor, Victor n'était pas vraiment à l'aise en présence de ce nouveau compagnon de voyage. Heureusement pour lui, et Victor en bénissait le ciel, l'étranger, malgré son assurance, n'avait pas tenté de s'imposer ou de diriger l'expédition. Au contraire, le nouveau venu se laissait docilement guider par le groupe.

Victor en était là de ses considérations lorsque Dalmino monta à sa hauteur et lui glissa à l'oreille :

— L'étranger, comment il est venu jusqu'ici ?

— Je ne sais pas, répondit laconiquement Victor.

— Et tu as remarqué, insista le porteur, il n'a aucun bagage ni provisions.

— J'ai vu. Mais avec ces étrangers, moins on en sait, mieux on se porte, répliqua Victor.

Devant le peu d'intérêt de son chef pour la discussion, Dalmino ralentit le pas, laissa passer la colonne et attendit Vidal qui fermait la marche. Au passage des étrangers, Dalmino ne put s'empêcher d'entendre quelques mots prononcés par Guidor.

— ... Tout est en fonction du son et de la note musicale. Il faut également tenir compte de la durée...

Dalmino ne put en saisir davantage, mais ce qu'il avait retenu le satisfaisait pleinement. Lorsque Vidal arriva près de lui, c'est avec suffisance et fierté qu'il expliqua :

— Je sais tout maintenant. L'étranger, c'est un professeur de musique.

Peu impressionné, Vidal demanda simplement :

— Et qu'est-ce qu'un professeur de musique fait ici, seul dans les montagnes ?

Dalmino sentit son moral retomber à zéro. Ajustant sa cadence à celle de son compagnon, il se contenta de repenser aux sages paroles de Victor qu'il fit siennes : « Avec ces étrangers, moins on en sait, mieux on se porte. »

***

Le soleil atteignait pratiquement son zénith lorsque Victor annonça la pause du midi. Sur le sol sablonneux, Guidor profita de ce moment de répit pour expliquer plus en détails la suite du périple.

— Le pic des Dents du chien, quel nom bizarre pour une montagne ! Vous connaissez l'endroit ? demanda Caroline en s'adressant au guide.

— Ouais ! fit Victor en ponctuant son commentaire d'un signe de la tête. Je le connais, mais je vous préviens, la route sera difficile et dangereuse.

— Parce que jusqu'ici, c'était facile ? s'exclama Steven avec une pointe d'ironie. Qu'est-ce qui peut nous arriver de plus ?

En réponse à la question, un léger tremblement de terre se fit sentir. Sur le sol, les dessins tracés sur le sable s'effacèrent rapidement.

***

— Le voilà ! Le voilà enfin, jubila le Globulus.

Apparaissant sur divers écrans secondaires, des coordonnées défilaient à vive allure. Sur l'écran central, une grille lumineuse localisait de façon de plus en plus précise la position de la cible : Guidor. Chaque ajustement du quadrillage était comme une nouvelle loupe scrutant de plus près une parcelle du territoire péruvien. La grille corrigea sa position une dernière fois et un signal sonore retentit sous la voûte de pierre.

— C'est fait. Ta fréquence vibratoire est enfin identifiée et codifiée dans le cœur de l'ordinateur, déclara pour lui-même le puissant cerveau. Maintenant, Guidor, quoi que tu fasses, tu es à ma merci. Tu ne pourras plus m'échapper.

Tout autour du grand globe de verre, les pompes telluriques s'activèrent et commencèrent à concentrer les énergies de la planète.

***

Telle une ruche par une belle journée d'été, la grande salle des communications bourdonnait d'activité. Les téléscripteurs crachaient sans cesse des tonnes d'informations et sur les écrans défilaient, à un rythme affolant, une kyrielle de symboles.

Sur la passerelle, des écrans résumaient le flot des communications. Toutefois, l'empereur n'avait pas la tête à les consulter. Les mains crispées sur la rampe entourant le poste d'observation, Krash-Ka accusait le coup.

— Comment? Il refuse! s'exclama-t-il.

— Disons qu'il a reporté à plus tard l'exécution de votre ordre, nuança la première conseillère.

— C'est exactement la même chose et c'est intolérable. Ouvrez un canal de transmission. Cette masse de viande sous verre devra apprendre ce qu'il en coûte de résister au maître de Trogol.

Haziella s'empressa d'atteindre la console principale. Elle avait à peine effleuré quelques touches qu'un vent de folie s'abattit sur la grande salle de contrôle. L'éclairage ambiant chuta de moitié. Tous les écrans de la salle se mirent à danser. Les téléscripteurs devinrent subitement muets.

— Qu'avez vous fait? grogna le premier citoyen de l'empire.

— Mais, mon seigneur, souffla la conseillère d'une voix éteinte, j'ai à peine touché le clavier.

S'approchant à son tour de la console, l'empereur pressa une touche.

— Que signifie cette folie?

Un peu plus bas, au centre du poste des communications, un officier se tourna vers la passerelle.

— Nous sommes victimes d'une puissante interférence, votre grandeur.

— Et d'où vient-elle?

— Nous l'ignorons, votre grandeur. Nous cherchons.

D'un signe de la main, l'empereur libéra l'officier qui se remit aussitôt à la tâche. Se tournant vers Haziella, il la fixa silencieusement.

— Je vous assure, mon seigneur, je n'y suis pour rien, bredouilla-t-elle.

Au centre de la salle, devant le pupitre principal, l'officier de quart recevait déjà les premiers résultats des différentes analyses. L'empereur le vit s'approcher de son poste de communication, mais l'officier hésita à l'activer. Il retourna à ses écrans et compara les données provenant de différentes sources.

— Mais qu'est-ce qu'il fabrique, cet abruti?

Comme s'il avait entendu le commentaire de son souverain, l'officier quitta son poste de commandement et marcha résolument vers un petit ascenseur tubulaire. Au bout de quelques secondes, le plateau s'immobilisa au niveau de la passerelle. La porte d'acier brossé glissa silencieusement. L'officier avança d'un pas et fit le salut réglementaire.

— Alors? aboya l'empereur.

L'officier ne semblait vraiment pas pressé de dévoiler sa découverte.

— Nous avons identifié l'origine de cette interférence, seigneur.

— Alors parle!

— Tout notre système de communication est paralysé par une puissante émission provenant de notre monde.

Souverain peu patient, Krash-Ka était sur le point d'exploser.

— Tu parles clairement ou je te fais arracher la langue, menaça l'empereur.

Cette fois-ci, l'officier ne se fit pas prier.

— Cette émission est émise par le vénérable Globulus, mon seigneur.

— Par le Globulus? répéta l'empereur, sceptique.

— Nous avons tout vérifié, confirma l'officier de plus en plus mal à l'aise. Il n'y a aucun doute possible.

Une légère secousse fit vibrer la passerelle. L'éclairage tomba à zéro. Le système de secours s'activa. Une pénombre jaunâtre enveloppa la pièce.

— Ça va. Ne restez pas planté là! conclut l'empereur en congédiant l'officier d'un signe de la main.

Se tournant vers dame Haziella, il ordonna:

— Contactez cet irresponsable. Cette folie doit cesser immédiatement.

— Je vous rappelle respectueusement qu'aucune communication n'est présentement possible, votre grandeur.

— C'est vrai! concéda Krash-Ka en demeurant dans l'expectative.

— Si vous le permettez, je vais me rendre chez le Globulus et vérifier toute cette histoire.

— Bien, dit-il, méditatif.

La conseillère n'avait fait que quelques pas lorsqu'il ajouta:

— Dame Haziella… Par la même occasion, trouvez-moi ce qui, aux yeux du Globulus, est plus important qu'un ordre impérial.

— Vous le soupçonnez d'avoir des idées de grandeur?

— Peut-être…

***

Une nouvelle secousse, plus importante que la précédente, rappela à Guidor l'urgence de la situation.

— Voilà un nouvel avertissement. Je sais que je suis la cible des *trogs* et d'un certain gris en particulier. Ma présence parmi vous met tout votre groupe en péril.

— Tu ne vas pas nous quitter? Pas déjà! protesta Caroline.

— C'est plus prudent, avoua le guide de lumière, mais nous nous retrouverons très bientôt.

— Au pic des Dents du chien? précisa Steven.

D'un signe de tête, Guidor confirma le rendez-vous. Il recula de quelques pas. Rapidement, son image s'évapora.

— ¡Hombre! ¡Un espectro! Lui aussi, c'était un esprit du monde des morts! s'écria Victor qui fut le seul à s'exprimer.

Dalmino et Vidal n'émirent aucun commentaire. Ils étaient demeurés là, immobiles, la bouche ouverte. Venant de nulle part, un dernier message de Guidor atteignit le groupe : « Bonne chance à tous. »

Vidal se serait bien passé de ces dernières paroles provenant d'outre-tombe. Machinalement, il se mit à mordiller ses amulettes tandis que Dalmino se protégeait d'un signe de croix.

***

Les portes d'acier de la caverne s'étaient à peine entrouvertes que déjà dame Haziella s'y faufilait rapidement. Le sifflement des pompes était assourdissant. D'un pas décidé, elle traversa la vaste salle et s'arrêta devant le grand globe de verre. Pointant du doigt les impressionnants tubes lumineux, elle lança :

— À moins que je ne me trompe, vous faites fonctionner toutes les pompes telluriques simultanément et à leur pleine capacité.

— C'est exact, se contenta de répondre le Globulus.

— Êtes-vous donc inconscient ? C'est terriblement dangereux ! Ces concentrations d'énergie amènent des perturbations aux quatre coins de la planète. Des tornades se créent dans l'Atlantique et un volcan s'est réveillé au Japon. Cela ne plaît pas du tout à notre souverain.

— Krash-Ka devra s'y faire... Et ce n'est qu'un début.

La conseillère, scandalisée par une telle déclaration, demeura sans voix durant quelques secondes.

— Comment osez-vous vous exprimer ainsi ?

Devant le mutisme du cerveau sous verre, Haziella tourna les talons et marcha d'un pas rapide vers la sortie. Sur le seuil de la porte, elle s'arrêta et hésita une seconde. Le Globulus n'agissait pas sans raison. Cette raison, elle devait la découvrir et la communiquer à son empereur. Un sourire méchant et sournois se dessina sur son visage. Prenant un air autoritaire, elle fit lentement demi-tour et revint calmement vers le Globulus.

***

Caroline s'arrêta brusquement et regarda fixement l'escarpement rocheux. Derrière la jeune fille, Nadia s'arrêta à son tour et lui demanda doucement :

— Qu'est-ce qu'il y a ? Tu ne te sens pas bien ?

— Je ne pourrai jamais passer sous ce rocher, avoua-t-elle fébrilement.

Nadia releva la tête et évalua la hauteur du passage. À dix ou quinze mètres au-dessus du sentier, une imposante masse rocheuse le surplombait. Vu l'étroitesse du chemin, il était impossible de le contourner. Le groupe n'avait pas le choix, il fallait passer sous l'escarpement.

— Ce rocher est là depuis des siècles, Caroline. Il ne bougera sûrement pas durant les deux prochaines minutes.

L'humour n'eut aucune prise sur la jeune fille. Elle n'écoutait pas, elle n'écoutait plus… Dans la tête de Caroline défilaient à toute allure des souvenirs douloureux. Dix fois, vingt fois, les colonnes du temple égyptien s'écroulèrent sur la petite princesse.

— Il va tomber et m'écraser, laissa échapper la jeune fille.

Revenant sur ses pas, Steven prit la main tremblante de Caroline et lui rappela sa promesse.

— Caroline, on va traverser ensemble et aucune pierre ne te touchera.

Discrètement, Nadia intervint à son tour. Elle se concentra sur l'esprit de son amie. Dans la tête de Caroline, les scènes d'épouvante firent place à une image de nuages moelleux baignés par un soleil radieux. Quelque peu rassurée et calmée, la jeune fille serra fortement la main du garçon et avança à petits pas.

***

En temps normal, le capitaine Varlak maudissait cette atmosphère vide de la planète, mais dans le moment, il se sentait presque en pleine forme. Tout occupé à préparer son attaque, il avait momentanément oublié ce ciel bleu menaçant. Le moral était donc au beau fixe puisque, dans quelques heures, il se retrouverait enfin dans le feu de l'action. Du haut de sa falaise, il coordonnait avec entrain les préparatifs de l'assaut. Il jeta un regard à la ronde, évalua la position stratégique de ses hommes. Tous étaient à leur poste. Tout était parfait sauf... la position de la deuxième taupe.

— Eh! Le sang-mêlé, lança-t-il sans ménagement.

Le jeune homme, occupé à ranger les caisses d'armes, releva la tête.

— Ce blindé est beaucoup trop loin. Il faut le rapprocher du bord de la falaise.

— Mais, capitaine, c'est dangereux, souligna Swilly. Le véhicule est lourd, et sur la frange de la falaise, le sol est très friable. Aucun soldat, aussi courageux soit-il, ne voudra l'opérer durant l'attaque.

— Alors, c'est toi qui en prendras les commandes.

— Mais, capitaine, protesta le jeune soldat, je suis un *demi-trog*. Je ne suis pas autorisé à utiliser une arme offensive.

— C'est un ordre ou je te fais fusiller!

Ne voyant aucune issue, le jeune homme courba l'échine et laissa tomber:

— Bien, capitaine.

Du véhicule, trois soldats quittèrent précipitamment la taupe en question, trop heureux de laisser cette tâche suicidaire à un *demi-trog*. Un quatrième en descendit plus lentement et prit le temps de dévisager le volontaire désigné. Un sourire grimaçant barra le visage de Slovik.

— Capitaine, capitaine! cria un officier en courant vers son supérieur.

— Oui, lieutenant? dit Varlak.

— Une sentinelle vient de repérer notre cible.

Varlak gonfla le torse en se frottant les mains.

— Enfin! Allons voir ça de plus près.

Les jumelles télémétriques offraient une vue saisissante sur tout le canyon. Varlak n'eut aucune peine à distinguer le guide de l'expédition, les trois étrangers ainsi que les deux porteurs fermant la marche.

— Trois indigènes, une femme et deux enfants, constata le capitaine. Trois carabines contre un commando d'élite. Il ne faut pas compter sur cette mission pour nous couvrir de gloire à notre retour.

Les cibles étaient maintenant à portée de tir et juste au-dessous des assaillants.

— Feu à volonté! lança Varlak.

Un premier trait brûlant traversa le chapeau de Victor. Il n'en fallut pas plus pour alerter le groupe, et tout le monde se retrouva couché sur le sol. Sur les traces du guide, Caroline et Steven rampèrent derrière un rocher en saillie. Tout près d'eux, Vidal accrocha le bras de Nadia et l'obligea à rouler vers une faille rocheuse. Dalmino y était déjà et les y attendait.

— ¡*Pronto, pronto*! cria ce dernier.

Sous le feu nourri des *trogs,* tous les six se retrouvaient maintenant prisonniers de leur abri de fortune.

— Mais qu'est-ce qui se passe ici? Après le poison, y a maintenant des fusils! Pourquoi on nous tire dessus? demanda Victor, dépassé par les événements.

— Je crois qu'on tente de nous intimider, suggéra Nadia en espérant rassurer le guide.

L'artillerie lourde se mit en action. Un projectile siffla au-dessus des têtes et s'écrasa dans une gerbe de flammes à moins de cinquante mètres derrière les porteurs.

— Nous intimider? Avec des bombes? rétorqua Victor. Il faudra expliquer!

Toute idée de retraite s'avérait maintenant exclue. Varlak était satisfait. Dans quelques minutes, tout serait terminé.

***

Un vacarme infernal régnait à présent dans la voûte du cerveau sous verre. Les tympans de la conseillère étaient mis à dure épreuve. Durant un instant, dame Haziella avait bien été tentée d'appliquer ses mains griffues sur ses oreilles, mais elle avait résisté à l'envie de se protéger. Il n'était pas question de démontrer une position de faiblesse dans une telle situation. Elle marcha donc d'un pas assuré et s'arrêta à quelques mètres de l'imposante masse de neurones. Afin de couvrir le bruit des pompes, les poings sur les hanches, elle lança d'un ton criard :

— Globulus, je dois vous prévenir...

La suite de son message se perdit dans un sifflement grandissant. Les pompes telluriques avaient atteint leur pleine capacité et commençaient à gémir sous la pression des énergies accumulées. Un rire démoniaque envahit la caverne.

— Ha, ha, haaa! J'ai maintenant assez d'énergie pour détruire la moitié du Pérou.

Haziella, alarmée par la réaction du Globulus, hurla :

— Globulus, ne faites pas de bêtises. Vous ne devez pas utiliser ces pompes. Nous avons des cités sous le continent sud-américain. Et c'est sans compter le commando que notre illustre empereur a envoyé sur place.

— J'attends ce moment depuis six cents ans, conseillère Haziella. Afin de détruire Guidor, je suis prêt à sacrifier la moitié de la population de Trogol.

Un nouvel intérêt s'éveilla chez la première conseillère.

— Guidor? Qui est Guidor?

— Le seul être pouvant m'empêcher de régner en maître absolu sur la planète.

— En maître absolu? répéta Haziella, de plus en plus intéressée par les confidences imprudentes du puissant cerveau. Qui est ce Guidor? Où est-il? hurla de nouveau la conseillère.

Globulus n'écoutait plus.

— Guidor, ta dernière heure est arrivée!

***

— Allez, avancez ! Il faut les déloger, aboya l'officier.

Un premier groupe armé marcha prudemment vers le bord de la falaise. La pente était raide et les hommes hésitaient à descendre. L'officier s'adressa à un deuxième groupe en pointant du doigt le premier détachement.

— Placez-vous derrière eux. Vous couvrirez leur progression... et vous abattrez ceux qui tenteront de remonter.

Le premier groupe n'avait donc plus le choix. S'accrochant de peine et de misère aux pierres tranchantes, ils commencèrent lentement la descente. Mais pour la plupart, la descente fut soudainement très rapide. Comme un raz-de-marée sonore, un grondement sourd monta des profondeurs de la terre, suivi d'une terrible secousse. La majorité des soldats perdirent pied, entraînés dans le vide par ces mêmes pierres qui devaient leur assurer une solide prise à la montagne. Sur le bord de l'escarpement, un véhicule taupe vacilla durant quelques secondes et plongea dans le gouffre à la suite des militaires.

***

Le sol émit un dernier frisson...

La terre ne bougeait plus. À peine revenus de leurs émotions, Nadia et les deux porteurs profitèrent du cessez-le-feu momentané. Ils s'élancèrent hors de la faille et rejoignirent les deux enfants blottis près de Victor.

— Rien de cassé, *señora* ? Et vous deux, ça va ? s'informa Victor. Je ne sais pas si nous pourrons... Bon, qu'est-ce que c'est maintenant ?

L'onde de choc atteignit le groupe comme un coup de foudre. Caroline perdit pied, mais Dalmino la retint solidement par la taille. Vidal risqua un œil vers la falaise.

— *¡Hombre ! La montaña...*

Déjà, une pluie de pierres percutait le fragile abri. Tenant sa promesse, Steven se désintéressa de ses compagnons et se concentra sur sa tâche. Instantanément, un puissant écran de protection invisible enveloppa le groupe, débordant de près de deux mètres autour d'eux.

Une protection invisible, mais dont on pouvait facilement deviner les pourtours. À tout moment, des pierres de toutes tailles rebondissaient en silence sur le dôme d'énergie, délimitant son aire protectrice.

— C'est fantastique, murmura Caroline.

Repoussées par une main invisible, les pierres tombaient à plusieurs mètres du groupe. Malgré ce geste louable, les trois guides, toujours réfractaires aux pouvoirs des étrangers, n'appréciaient guère leur magie et le faisaient bien sentir par leurs visages fermés et quelques expressions sèches dans la langue du pays. Craignant que le jeune garçon soit déconcentré par les froides réactions des guides, Nadia se glissa près de Steven et lui chuchota à l'oreille :

— Ne lâche pas, Steven, tu fais un travail magnifique.

Affichant un sourire timide, Steven ne se permit pas de regarder Nadia. Il focalisa toute son attention sur la cloche de protection.

***

Dès les premières vibrations, Swilly sentit que les choses allaient mal tourner. Il démarra le moteur et embraya en marche arrière. Le véhicule patina et recula par à-coups. Soudain, la taupe tangua à tribord et le moteur cala. L'instabilité du char inquiéta le jeune homme. Lorsque la taupe se mit à se balancer d'avant en arrière, Swilly comprit que le sol se dérobait sous les chenilles de l'engin. Rapidement, il se libéra de son harnais de sécurité. Il venait à peine de quitter le poste de pilotage lorsque le véhicule piqua légèrement du nez. Tout en manœuvrant le loquet de la porte extérieure, le jeune soldat imaginait sans peine le sol disparaissant sous le blindé. La porte céda enfin, il s'élança, mais il était déjà trop tard. Il bascula dans le vide avec le véhicule.

***

Les derniers cailloux rebondirent mollement sur l'enveloppe d'énergie protectrice. Caroline poussa un grand soupir de soulagement... que nul n'entendit. Tout là-haut, dans une cacophonie de tôles froissées, l'amas de ferraille plongeait vers eux. À la vue du blindé fonçant droit sur l'abri, Vidal termina un rapide signe de croix, Caroline se précipita dans les bras de Nadia et, de nouveau, Steven se concentra. Tout se joua alors en quelques secondes.

Déjà épuisé par l'effort soutenu, le garçon ne put projeter le véhicule au loin. Puisant dans ses dernières ressources, il réussit tout de même à ralentir l'objet et à le stabiliser. La taupe s'immobilisa... à moins d'un mètre au-dessus de leurs têtes.

— Courez! cria Steven. Ne restez pas ici!

Oubliant le danger représenté par les *trogs,* tous s'éloignèrent rapidement et se laissèrent glisser dans une dépression rocheuse. Soulagés par cette fin heureuse, les deux femmes et les trois guides prirent le temps de souffler quelques secondes, mais les soupirs furent de courte durée.

— Nadia, gémit Caroline, Steven est toujours là-bas!

Debout sous la taupe, Steven accusait des signes évidents de fatigue. La masse d'acier n'était plus qu'à cinquante centimètres de sa tête, et ses jambes le supportaient difficilement.

— Mon Dieu, c'est terrible, s'exclama la jeune femme. Il est à bout de force. Il est incapable de bouger et de soutenir cet objet en même temps. Il a besoin d'aide.

Caroline n'en écouta pas davantage et lança aux guides:

— Victor, Vidal, Dalmino, venez avec moi!

Les trois hommes accoururent sans poser de question. Donnant l'exemple, Caroline prit la main de Vidal et celle de Victor.

— Steven a besoin de nous tous. Il faut se concentrer et lui donner toute l'énergie que nous possédons.

Nadia compléta la chaîne en attrapant la main de Victor et celle de Dalmino.

— Il faut maintenant se concentrer très fort sur Steven, rappela Caroline.

— Restez calmes, écoutez-moi et tout se passera bien, précisa Nadia à l'intention des Péruviens.

Celle-ci poursuivit :

— Pensez à une boule d'énergie se créant au cœur de votre poitrine. Fermez les yeux maintenant. Cette boule grossit de plus en plus et devient très brillante. Imaginez que cette énergie remonte en vous et quitte votre corps par le dessus de votre tête. Cette boule d'énergie, projetez-la dans la direction de Steven.

Les deux jeunes femmes fermèrent les yeux. Les trois guides se consultèrent du regard. Sans vraiment comprendre la signification du geste, ils fermèrent les yeux à leur tour.

Lentement, très lentement, Steven retrouva son équilibre. Vidal ouvrit un œil et jeta un coup d'œil discret vers Steven. Il vit alors ce dernier ouvrir les yeux à son tour. Des yeux où l'on devinait une maîtrise retrouvée, un pouvoir renouvelé. Encouragé par la vitalité affichée du garçon, Vidal referma son œil et se concentra consciencieusement sur Steven.

Le garçon fixait toujours le véhicule. Doucement, il le fit glisser de côté, dans la direction opposée au groupe. Lorsqu'il évalua la distance suffisante, il lâcha prise et le véhicule s'écrasa au sol dans un vacarme assourdissant.

Des yeux s'ouvrirent, des mains se délièrent et tous se précipitèrent vers le garçon au moment même où celui-ci, épuisé, s'effondrait sur le sol.

— Merci, articula péniblement le garçon. Vous m'avez sauvé la vie.

— Mais qu'est-ce qu'il raconte, ce gamin ? badina Victor en prenant le groupe à témoin.

S'adressant cette fois-ci au garçon, il ajouta avec sincérité :

— C'est toi qui as sauvé nos vies.

— Et vous le lui avez bien rendu, souligna Caroline. Sans votre aide, Steven n'aurait peut-être pas réussi.

Vidal se grattait la tête, un peu perplexe.

— Vous voulez dire que nous aussi, nous avons donné de notre énergie ?

— Vous en doutez ? demanda la jeune fille avec un sourire amusé.

— Bien..., laissa tomber Vidal, incrédule.

— Nous avons tous cette force en nous, ajouta Nadia. Il suffit de croire et de donner.

Cette idée, si nouvelle pour Vidal, fit lentement son chemin dans son esprit. Timidement, un sourire s'esquissa sur le visage du montagnard.

Victor revint rapidement à des préoccupations plus terre à terre. L'attaque semblait terminée, mais le guide voulut s'en assurer avant de donner le signal du départ. À l'aide de ses jumelles, il observa minutieusement la frange rocheuse. Sur la crête de la montagne, rien ne bougeait, mais sur le flanc de la falaise, un éclat lumineux attira son attention.

— C'est curieux..., laissa échapper l'homme en fronçant les sourcils.

— Vous semblez soucieux, observa Nadia.

— Il y a eu comme une petite explosion... Tenez, en voici une autre !

— Oui, je l'ai vue, confirma la jeune femme. On aurait dit un flash.

— Qu'est-ce qu'il y a à voir ? demanda Steven en se faufilant entre les deux adultes.

— Il n'y a plus rien à voir. C'est fini, répondit le guide. De toute façon, il est préférable de quitter l'endroit. Pas prudent de rester ici.

***

Varlak se releva péniblement. Autour de lui, c'était la désolation. Pris de panique, les hommes couraient dans tous les sens, sauf le lieutenant qui avançait en titubant dans sa direction.

— Capitaine, la falaise peut glisser à tout moment, il faut quitter cet endroit sur-le-champ.

— Il y a des pertes ?

— Le tiers de nos effectifs et deux taupes, capitaine.

L'interpellé fit la grimace. Pour une mission simple et rapide, c'était raté.

— Et les Terriens, où sont-ils ?

— Aucune idée, capitaine.

— Regroupez les hommes et le matériel. Nous évacuons la position.

— Bien, capitaine.

Varlak laissa partir son lieutenant et prit le temps de réajuster son uniforme. De légères vibrations secouaient toujours la montagne, mais il tenait à en avoir le cœur net. D'un pas résolu, il progressa vers le bord de la falaise.

— Trois... cinq... six. Ces maudits Terriens, ils sont tous vivants.

Varlak n'eut pas eu besoin de ses jumelles pour constater l'ampleur de son échec. Il avait perdu le tiers de son commando. En face de lui, le décompte ennemi était demeuré intact et pour comble, progressait de nouveau vers la sortie du canyon. Varlak rageait intérieurement. L'officier retrouva le capitaine.

— Nous attendons vos ordres, capitaine.

Ce dernier évalua rapidement la situation.

— Le temps de redescendre et de contourner la falaise, l'ennemi aura tout le loisir de quitter le canyon. Une seule solution, les prendre de vitesse et les attendre au prochain col. Il n'y a donc plus une minute à perdre.

Jetant un dernier coup d'œil vers le canyon, Varlak serra les poings.

— Sales Terriens, vous ne perdez rien pour attendre !

Revenant sur ses pas, Varlak remarqua, un peu plus à l'ouest, deux militaires examinant le bord de la falaise.

— Soldats ! beugla-t-il. Le repli a été ordonné, rejoignez votre unité !

— Capitaine, nous avons un des nôtres piégé sur des rochers.

Malgré lui, Varlak ne put s'empêcher de jeter un coup d'œil. Il y avait bien un soldat couché sur une corniche, dix ou douze mètres plus bas. D'une main, l'officier ajusta ses jumelles et observa la scène. Il fit la grimace et s'en désintéressa rapidement. Malgré la distance, il l'avait bien reconnu.

— Swilly, cette lavette de *demi-trog*.

Avec dédain, il cracha sans gêne :

— Nous n'avons pas le temps de le récupérer. De toute façon, je ne risquerai pas la vie d'un *trog* pour un sang-mêlé.

***

La progression demeurait lente et pénible à travers les amas de roches. Nadia, soucieuse de l'état de santé de Steven, demanda :

— Alors, Steven, ça va toujours ?

— Bien sûr, Nadia.

Et pour confirmer ses dires, le jeune garçon s'élança vers un piton rocheux et l'atteignit rapidement en trois enjambées en affichant un large sourire.

— Alors, tout va pour le mieux, déclara Nadia, rassurée.

— C'est la grande forme, confirma le garçon.

Son visage s'obscurcit soudainement.

— Mais ne me demandez pas de déplacer un caillou… J'ai le cerveau comme une grosse boule de ouate.

Nadia esquissa un sourire.

— Je crois que tu as fait plus que ta part pour aujourd'hui.

Elle en était là de ses réflexions lorsqu'apparurent, au tournant du sentier, les vestiges de la deuxième taupe. En contournant l'amas de ferraille, les six Terriens furent bien surpris d'y trouver un soldat encore vivant. Tous s'approchèrent lentement.

— Pas d'imprudence, restons à bonne distance, suggéra le guide en gardant son arme pointée vers le militaire.

— Il peut nous comprendre, vous pensez? demanda Steven.

Si le militaire ne pouvait les comprendre, il pouvait tout de même les entendre. Alerté par les voix, il ouvrit les yeux. Dans un ultime effort, il dégagea l'arme de son ceinturon et la pointa en direction de Victor. Tout se passa ensuite à la vitesse de l'éclair.

Le *trog* pressa la détente, Steven se concentra sur l'arme. Le coup partit. Steven, malgré son épuisement, eut tout juste le temps d'exercer une légère pression sur la main tenant l'arme. Au loin, un trait lumineux fracassa un éclat de roche. Trois cliquetis de carabine se firent entendre, mais aucun coup de feu ne fut tiré. Dans les décombres du véhicule, le *trog* lâcha son arme, ferma les yeux et cessa de respirer.

Le groupe était à peine revenu de ses émotions qu'un nouvel événement insolite se produisit. Le médaillon en pendentif fixé sur la poitrine du soldat se mit à scintiller. Accompagné d'un crépitement sourd, un nuage d'étincelles enveloppa le soldat. Sous les yeux médusés du groupe, le *trog* se désintégra.

— Tu parles d'un nettoyage! s'exclama Steven.

— C'était ça, le flash de tantôt? suggéra Caroline.

Nadia opina de la tête.

— C'est bien possible. Voilà qui explique pourquoi, depuis des millénaires, les humains n'ont jamais découvert la présence des gris, observa Nadia. Ils se détruisent avant qu'on les retrouve.

***

Ils avaient à peine dépassé le véhicule éventré que Nadia découvrait une nouvelle victime du cataclysme. À une dizaine de mètres au-dessus de leurs têtes, d'un plateau rocheux accroché à la falaise, pendait un bras immobile.

— Regardez. Il y en a un autre là-haut.

— Tant mieux! Et j'espère qu'il est rendu en enfer, ajouta Victor.

— Pour ça, il faudrait qu'il soit mort, souligna le jeune garçon.

— Steven a raison, dit Nadia. S'il était mort, il se serait déjà désintégré comme l'autre, je suppose.

— C'est vrai, confirma Caroline qui observait attentivement le rocher. Il est peut-être seulement inconscient.

— Alors, tant mieux pour lui, déclara Victor en faisant mine de poursuivre son chemin.

— Mais on ne peut le laisser là, objecta Nadia.

Victor sentit qu'il n'était pas au bout de ses peines.

— Pourquoi pas? C'est un ennemi. Qu'il se débrouille! C'est son affaire.

Sentant l'approbation de ses deux amis, l'homme fit mine de repartir, mais c'était sans compter sur la détermination de la jeune femme. Se plantant bien droit devant le guide, Nadia déclara d'un ton ferme :

— Il est condamné à mourir. Les parois sont pratiquement lisses au-dessus et au-dessous de lui. Dans son état et sans notre aide, il lui sera impossible de descendre sans se tuer.

— *Señora*, nous allons perdre un temps précieux et je n'ai pas le goût de risquer ma vie ou celle de mes amis pour sauver quelqu'un qui a essayé de nous tuer.

Solidaire de la jeune femme, Caroline ajouta :

— C'est l'affaire de quelques minutes.

— Et s'il nous tire dessus? Non, pas question.

— Alors c'est moi qui vais y aller, annonça Steven qui déjà avait rejoint Vidal.

D'un geste de la main, il lui demanda de lui céder un rouleau de corde.

— Steven, tu n'es pas sérieux! s'exclama Caroline. Tu n'es pas en état…

— Je suis en pleine forme, Caroline. Tu me connais, j'adore grimper, ajouta-t-il avec un sourire.

— Mais… Il n'est pas nécessaire de monter. Pourquoi ne pas utiliser ton pouvoir et le faire descendre tout simplement?

Steven se concentra quelques secondes. Caroline se sentit soudainement légèrement chancelante.

— Qu'est-ce que tu fais? demanda-t-elle.

— Tu vois, c'est le mieux que je peux faire. Je peux à peine te faire bouger. Si je tente de le déplacer, je vais l'échapper. La corde, c'est plus sûr.

Joignant le geste à la parole, Steven tendit à nouveau la main vers le porteur. Indécis, Vidal épia une réaction de Victor. Résigné, ce dernier haussa les épaules.

— Et vous allez le laisser faire? s'exclama Nadia en fusillant les trois guides du regard.

— C'est votre ami, à vous de le raisonner, répondit Victor en se concentrant résolument sur le caillou roulant sous sa botte.

✳✳✳

Malgré les prises à peine visibles, Steven avait progressé de près de six mètres lorsqu'il donna les premières sueurs froides à ses amis. Son pied droit se décrocha soudainement d'une fissure. Durant quelques secondes, le garçon se trouva suspendu dans le vide, se balançant dangereusement au bout de ses bras.

Nadia regrettait déjà son insistance à sauver cet inconnu. Comment avait-elle pu le laisser grimper sur cette paroi? S'il fallait que… Elle ne se le pardonnerait jamais. Une main délicate se glissa dans la sienne.

— N'oublie pas, Nadia, tous les guides de Shangrila sont avec nous.

Nadia esquissa un sourire en serrant la main de la jeune fille. Leurs regards se portèrent vers le garçon, qui n'avait pas perdu son temps. À tâtons, son pied décela une assise sur laquelle il s'appuya délicatement. Il retrouva enfin un équilibre… toujours précaire.

Plus bas, trois hommes osaient à peine se regarder. Ils laissaient à un enfant le travail d'un homme. Que penseraient les gens du village s'ils apprenaient une telle histoire? Il n'y aurait pas de quoi pavoiser. Victor n'y tenait plus. Lui, le maire, celui en qui on avait confiance, celui qu'on écoutait, avait cédé sa place à un enfant. Et s'il n'y avait que ça! Malgré les chuchotements de la *señorita,* il avait bien tout compris. «Tous les guides de Shan…la sont parmi nous.» Un frisson remonta l'échine de l'homme imaginant des dizaines, peut-être des centaines de fantômes flottant autour d'eux. Ils étaient là, autour de lui, témoins de sa lâcheté. Non, vraiment, l'homme n'y tenait plus. Résolument, il avança d'un pas, mais la main de Vidal lui retint fermement le bras.

✳✳✳

Malgré ses prétentions, Steven commençait à manquer de souffle. Il n'était plus qu'à quelques centimètres de la main pendant au-dessus du vide. Une distance qui semblait s'étirer sur des années-lumière. Steven examina minutieusement la paroi. Il tendit la main, mais dut se rendre à l'évidence: la prochaine prise était le bord de la corniche elle-même, à moins d'une dizaine de centimètres du bout de ses doigts, centimètres qu'il aurait acquis à la fin de son adolescence. Malheureusement, le garçon n'avait pas cinq ans à patienter. Il lui fallait cette portée dans les prochaines minutes.

L'idée d'utiliser son pouvoir de télékinésie lui avait bien effleuré l'esprit. Ce serait si simple de se soulever un peu! Mais voilà: aurait-il l'énergie de gagner tous ces centimètres? Tomber en panne signifiait une chute de plus de dix mètres sur des blocs de pierre aux arêtes acérées. Sans grande conviction, Steven étira le bras de nouveau et sa main, cette fois-ci, poursuivit sur sa lancée, sa main et tout son corps ! Le garçon atteignit la corniche et bascula sur la plaque rocheuse.

— Fais-toi petit et laisse-moi un peu de place, *por favor*.

Steven se retourna juste au moment où Vidal lui lâchait le pied.

***

L'homme n'était pas armé et, à voir son état, Victor jugea qu'il ne représentait aucune menace pour le groupe. Il permit donc à Caroline de l'examiner et de lui prodiguer les premiers soins. Adossé au rocher, le soldat demeurait immobile et semblait être à tout moment sur le point de perdre conscience. Les tremblements du militaire traduisaient une fièvre importante. Son visage, crispé par la douleur, toucha la sensibilité de la jeune fille agenouillée près de lui.

Consciencieusement, Caroline examina les différentes articulations du blessé en surveillant, à chaque mouvement, les réactions de l'homme. La jeune fille eut donc amplement le loisir de détailler les traits du combattant. À sa grande surprise, elle n'avait décelé aucun des signes de violence ou de barbarie qu'elle s'attendait à retrouver chez un représentant du monde des *trogs*. Peut-être parce qu'il paraissait jeune, à peine la vingtaine. Dans d'autres circonstances, elle aurait pu le croiser dans le corridor d'un collège ou le rencontrer dans une discothèque. Caroline soupira. Pour le moment, elle était loin des discothèques.

— Alors, il va s'en sortir ? demanda Nadia.

Sous l'effet de la surprise, Caroline bredouilla quelques explications.

— À part une douzaine d'ecchymoses et cette vilaine fracture à l'épaule, tout semble aller.

— Tu as besoin d'aide ? s'enquit la jeune femme.

— Non, ça va. Je vais m'occuper de sa fracture et ressouder la clavicule. Pour les autres marques, elles disparaîtront d'ici quelques jours.

Nadia n'insista pas et rejoignit le groupe. Demeurée seule auprès de son protégé, Caroline commença par faire le vide autour d'elle. Elle ferma les yeux, prit trois longues respirations et sentit progressivement l'énergie de son corps s'activer dans chacune de ses cellules. Un léger fourmillement dans les doigts l'informa qu'elle était prête à agir.

Délicatement, elle posa ses doigts sur l'épaule du blessé. La tête penchée vers ce dernier, ses cheveux effleuraient le visage du jeune homme. Tout en se concentrant sur la blessure, elle sentit le souffle court du soldat. L'os avait déjà repris sa position. L'inflammation diminuait rapidement. La douleur fit bientôt place à une chaleur bienfaisante. L'homme retrouva une respiration régulière et ouvrit les yeux. Une impression étrange tira Caroline de sa concentration.

Elle ouvrit les yeux à son tour et croisa le regard du garçon. Quelque peu gênée, elle détourna maladroitement son regard. Pour se donner une contenance, elle ferma de nouveau les yeux et se concentra sur son travail.

Intuitivement, elle sentit l'énergie circuler harmonieusement dans l'épaule du blessé. Elle retira ses mains, ouvrit les yeux et jeta un regard discret vers le jeune homme. Ce dernier fixait toujours Caroline, d'un regard plein de gratitude et peut-être aussi... La jeune fille n'osa en imaginer plus. Le garçon lui sourit. Timidement, elle lui rendit son sourire.

***

Victor tenait difficilement en place. Nadia soupira bruyamment en haussant les épaules.

— Cessez donc de tourner en rond, finit-elle par déclarer. Nous n'avons qu'une demi-heure de retard, après tout.

Le guide s'immobilisa quelques secondes, puis recommença rapidement à faire les cent pas, au grand déplaisir de la jeune femme.

— Le retard n'est pas si grave. C'est la présence du bandit dans notre camp qui me rend nerveux.

— Du bandit?

— Celui que vous appelez un *trog* ou un gris, précisa Victor.

— Ho! fit la jeune femme en jetant un coup d'œil vers le blessé. Je ne crois pas que celui-là soit très dangereux. Souvenez-vous: lorsque nous l'avons trouvé, il ne portait aucune arme.

— Il l'aura probablement perdue en tombant.

— Peu probable..., réfuta Nadia. Vous avez remarqué? Il ne porte même pas de ceinturon.

— Ceinturon ou pas, il est temps de se séparer de lui.

Joignant la parole aux actes, Victor marcha d'un pas décidé vers le nouveau venu. L'attitude du guide ne rassura pas Nadia. Elle décida de l'accompagner.

— Alors? Comment se porte notre blessé? demanda Victor sur un ton qui se voulait courtois.

— *Muy bien, señor. Muchas gracias,* répondit le soldat.

— Vous parlez notre langue?

— *Sí señor, hablo español,* et je me défends très bien en français et en anglais. Je connais les trois principales langues du continent américain.

— Vous êtes un interprète? demanda Caroline, impressionnée par l'érudition du jeune homme.

Swilly prit le temps de choisir ses mots.

— Selon les circonstances, il m'arrive, en effet, de servir d'interprète. Je m'appelle Swilly.

— Et moi, Caroline.

Le visage du jeune homme s'illumina.

— Caroline... C'est un très joli prénom.

Swilly se tourna ensuite vers le guide. Machinalement, ce dernier déclara:

— Moi, c'est Victor.

Retrouvant le but de son intervention, il ajouta :

— Mais cela n'a pas d'importance de connaître nos noms. Puisque vous allez mieux et que vous connaissez notre langue, vous n'aurez pas de difficulté à me comprendre si je vous dis qu'il est grand temps que nous passions aux adieux.

— Mais c'est impossible ! Il ne peut partir ainsi ! objecta Caroline.

Prenant conscience de son emballement, la jeune fille abaissa sa voix d'un ton et tenta de s'expliquer le plus calmement possible.

— Il se sent mieux parce que la douleur est moins forte, mais la fracture est toujours présente. Sa clavicule doit prendre le temps de se solidifier. S'il nous accompagne quelque temps, je pourrai vérifier l'évolution de la guérison…

Nadia se plaça en retrait et fit un clin d'œil discret au guide. Victor comprit le message et accepta à contrecœur.

— Bon, il nous accompagne… quelque temps… mais au premier geste suspect…

Victor arma sa carabine.

CHAPITRE VIII

Les portes d'acier glissèrent silencieusement. Haziella, un pansement autour de la tête, pénétra en clopinant dans l'imposante caverne du Globulus.

— Si votre visite concerne le Moyen-Orient, commença le Globulus, je vous préviens...

— Il n'est pas question du Moyen-Orient, coupa la conseillère. J'ai ici un bilan sommaire des dégâts que votre séisme a occasionnés.

Impassible, le Globulus attendit la suite. Dame Haziella attaqua :

— La faille de San Andreas s'est élargie d'un mètre. En Chine, les récoltes de riz ont été détruites par un typhon. En Europe, fermeture de deux centrales nucléaires, réveil de trois volcans en Amérique centrale et la liste n'est pas terminée…

— C'est le problème des humains, laissa tomber le cerveau.

— … et destruction de deux importantes cités du continent creux, habitées par des Trogoliens, des sujets de l'empereur noyés dans le magma d'un volcan en sommeil, plus ceci, conclut la conseillère en montrant le pansement ceinturant sa tête. Notre capitale impériale n'a pas été épargnée par votre folie.

Le Globulus demeura muet, insensible à autant de désastres.

La grande conseillère leva un bras menaçant.

— Notre souverain est très en colère. Il interdit toute répétition d'un tel exercice, si petit soit-il.

— Ho! Mais il n'est pas question d'arrêter, répliqua le puissant cerveau. J'ai présentement le contrôle parfait de toutes les énergies circulant dans le réseau tellurique. Les réserves sont au maximum. Je serai prêt à frapper encore plus fort, si nécessaire, lors de la prochaine manifestation de Guidor.

Haziella plissa les yeux et demanda calmement :

— Guidor... Parlons-en, de ce fameux Guidor. J'ai fait ma petite enquête, mais il me manque encore quelques détails. Qui est Guidor, au juste?

— C'est une vieille histoire. C'est personnel et cela ne concerne que moi.

Contrairement aux prévisions du Globulus, la conseillère demeura très calme. Elle s'approcha de l'imposante installation et sortit d'un repli de sa robe une petite boîte noire. Elle colla délicatement l'objet à la base du globe de verre protégeant l'immense cerveau. Elle pressa ensuite un bouton disposé sur la boîte. Un point lumineux se mit à clignoter.

— Qu'est-ce que c'est que ça? demanda le maître des lieux.

— Une bombe, répondit simplement Haziella.

— Une bombe! s'écria le Globulus, horrifié. Êtes-vous devenue folle? Il faut enlever ça immédiatement!

Jouant au chat et à la souris, dame Haziella fit mine de se retirer.

— Il n'en est pas question, répondit-elle, amusée. C'est un présent de votre illustre empereur, ajouta-t-elle en marchant calmement en direction de la porte. Vous n'oseriez pas refuser un cadeau de votre souverain?

— Une bombe, un cadeau? Vous avez perdu la tête!

— Moi, non, rassurez-vous. J'ai toute ma tête, mais dans votre cas, ce n'est peut-être qu'une question de temps. Vous risquez de la perdre, votre tête. Du moins ce qu'il en reste, ajouta-t-elle ironiquement.

Retrouvant son petit air méchant, Haziella fit quelques pas en direction de l'écran central du Globulus. Croisant les bras, elle poursuivit avec plaisir :

— Dans sa grande sagesse, notre vénérable empereur avait prévu la possibilité d'un certain manque d'enthousiasme à exécuter ses ordres. Advenant un refus de collaborer, il m'avait chargé d'une petite commission : vous remettre cette boîte.

Pointant l'objet en question, la conseillère poursuivit :

— C'est un petit bijou de haute technologie. Peu encombrant, mais terriblement puissant. C'est un produit japonais, télé-commande incluse.

Ne percevant aucune réaction du Globulus, la conseillère poursuivit :

— Cette télécommande, notre maître la garde à portée de la main, nuit et jour. À la moindre vibration, au plus petit tremblement de terre, au plus petit signe d'in-su-bor-di-na-tion, il pressera le bouton et pfff... Adieu le Globulus ! Vos milliards de petits neurones iront se fracasser sur les parois de cette caverne.

— Si je suis détruit, l'empire perdra à jamais toutes les connaissances que j'ai acquises durant six cents ans, souligna le cerveau sous verre, de plus en plus nerveux.

— Je vous rappelle que l'empire existe depuis plus de huit mille ans. Nous avons fait un grand bout de chemin sans vous. Nous en sommes encore capables.

— Vous n'avez pas le droit, objecta le Globulus, au bord de la panique.

— Moi non, mais l'empereur, lui, a tous les droits.

La conseillère prit le temps de s'asseoir confortablement dans un fauteuil. Sur un ton très détendu, elle déclara :

— Maintenant, je veux tout savoir sur Guidor.

***

Caroline palpa la clavicule du jeune soldat. Son geste ressemblait plus à une caresse qu'à un examen de la blessure. Swilly fit rouler son épaule et ne ressentit aucune douleur. Sa fracture devenait déjà chose du passé.

— Vous avez des doigts merveilleux... Et vous êtes merveilleuse, souffla le garçon en regardant candidement Caroline.

La jeune fille, agenouillée près du garçon, répondit par un léger sourire. Swilly le lui rendit. Il se releva, prit la main de Caroline et l'aida à son tour à se relever. Le garçon perdit son sourire et lâcha la main de Caroline à l'approche de Victor.

— Je crois que c'est le moment, monsieur, dit Swilly.

— Je le crois également, jeune homme. Vous me semblez un garçon fort sympathique, sauf que...

— Oui, je sais, je porte l'uniforme de l'ennemi. Nous allons dans la même direction, mais vu les circonstances, il ne serait pas de mise de fraterniser plus longtemps.

Le guide acquiesça d'un signe de tête et se retira discrètement. Caroline avança timidement vers le garçon.

— Est-ce que je vous reverrai?

— C'est possible. Nous suivons le même chemin... et peut-être bien le même destin, osa-t-il ajouter. Je serai seulement un peu en retrait, pas bien loin derrière vous.

— Je trouve ça stupide, gémit Caroline sur un ton boudeur.

— Qui a dit que la guerre était un acte intelligent? répondit le jeune homme.

Caroline demeura silencieuse.

— Mais il n'y a pas que la guerre dans la vie, avança Swilly.

— C'est vrai, répondit la jeune fille avec un sourire.

Victor ramassa son sac et donna le signal du départ. Le groupe se mit en marche, laissant le jeune soldat sur place. Caroline se retourna une dernière fois et lui fit un signe de la main. Swilly fit de même. Discrètement, Steven se glissa aux côtés de la jeune fille.

— T'en fais pas, Caroline, tu le reverras, ton Swilly, déclara le garçon.

Et sur un ton malicieux, il ajouta :

— Si tu le veux.

— Ce n'est pas mon Swilly, se défendit la jeune fille.

Se reprenant, elle demanda, intriguée :

— Comment, si je le veux ?

Steven haussa les épaules.

— T'as un don de vision à distance.

Un sourire radieux éclaira le visage de Caroline.

— Steven, tu es génial.

***

— Où en êtes-vous présentement ?

Sygrill consulta son détecteur infrarouge. À l'extrême limite, à la droite de l'écran, six points lumineux clignotèrent.

— Je suis environ à quatre heures de l'expédition.

— Si loin derrière eux !

— C'est à cause du tremblement de terre, précisa froidement l'agent. J'ai dû contourner une crevasse sur une distance de plus de deux kilomètres, mais à présent, j'ai retrouvé la piste.

— Excellent ! Qu'avez-vous prévu, maintenant ?

— J'attendais vos instructions, puissant Globulus.

Ce dernier fit une pause et jaugea la terrifiante petite boîte noire collée à son dôme protecteur.

— Considérez que vous avez carte blanche. L'empereur contrôle momentanément... une partie de mes activités. Vous êtes le seul à pouvoir agir. Tout se joue sur vos initiatives.

— Cela ne sera pas facile, il y a toujours le commando de l'empire dans les parages.

— Il n'est plus question de compétition avec les forces militaires impériales. Pour le moment, il faut s'en faire des alliés.

— Et vous connaissez leur position ?

— Voici le dernier relevé reçu ce matin.

Une grappe de taches lumineuses apparut sur l'écran de Sygrill.

— C'est enregistré, confirma Sygrill.

— Un dernier point: méfiez-vous de Varlak, le capitaine du commando. C'est un individu fourbe et sans scrupules. En temps et lieu, il faudra peut-être mettre un terme à ses ambitions.

— Bien compris, puissant Globulus.

— Bonne chance. Avec l'aide de notre glorieux commando, vous ne pourrez échouer.

* * *

Le glorieux commando progressait péniblement sur la piste rocailleuse. Varlak ne pouvait se le cacher, son détachement était dans un triste état. Précédés d'un seul véhicule réservé au transport des armes, il n'était pas facile, pour ces êtres habitués de vivre sous des kilomètres de roche, de marcher ainsi sous un soleil ardent.

— Allez, plus vite, bande de lavettes! aboya Varlak en s'essuyant le front. Nous n'allons tout de même pas nous laisser ridiculiser par une poignée de Terriens!

Marchant au côté de son supérieur, le lieutenant suggéra:

— Capitaine, il faut faire une pause. L'ennemi est sur son terrain, mais pour nos soldats, ce soleil est accablant.

Inflexible, le capitaine poursuivit sa marche.

— Notre mission est capitale. Il faut intercepter ces Terriens et récupérer ce qu'ils possèdent. C'est un ordre impérial.

— Mais pour les arrêter, il nous faut des combattants vivants!

Décidément, ce lieutenant avait le don de lui taper sur les nerfs. Varlak jeta un coup d'œil au commando. Même en faisant abstraction des blessés, les autres ne valaient guère mieux. Plusieurs se supportaient mutuellement et la plupart perdaient régulièrement leur concentration. Dans les rangs, l'anatomie des combattants fluctuait constamment entre la physionomie trogolienne et l'image holographique terrienne, une situation qui donnait une allure burlesque à la colonne. Son second avait raison : à ce rythme, dans quelques heures il n'aurait que des cadavres sur les bras.

— C'est bon. Repos pour tous. Nous repartirons à la tombée de la nuit.

***

Dans le bureau impérial, Krash-Ka bouillait de rage. Près de lui, Haziella écoutait attentivement le rapport du capitaine.

— ... Et nous reprendrons la route dans une heure. En marchant de nuit, il est possible que je puisse conserver tous mes effectifs.

— À ce rythme, vos chances de rejoindre les Terriens sont minces, observa l'empereur.

— Nous n'avons malheureusement pas le choix, mon seigneur. Sans ce tremblement de terre, nous les aurions déjà écrasés.

— Merci, capitaine, conclut Krash-Ka en coupant la transmission.

Durant toute la communication, l'empereur était demeuré impassible. Il avait conservé son calme, du moins en apparence, car maintenant il explosait.

— Ce maudit Globulus ! Sans son intervention, les humains seraient déjà en notre pouvoir, dit-il en écrasant son poing griffu sur la console de communication.

L'impact de son geste fit sautiller la télécommande, ce qui généra une grimace craintive chez la première conseillère.

— Et nous connaîtrions enfin le secret qui se cache derrière cette dague, renchérit cette dernière.

L'empereur ramassa le petit appareil et quitta le grand écran panoramique. Il marcha vers sa table de travail. Appuyé sur le coin du bureau, il rumina, les dents serrées, en agitant la télécommande :

— Tout est la faute du Globulus.

— Mon seigneur… intervint la conseillère.

— Quoi?

— Cette télécommande est très sensible…

Krash-Ka examina l'objet coincé entre ses doigts et retira une griffe qui effleurait dangereusement le bouton de mise à feu.

— Tout est sa faute. C'est donc à lui de réparer les pots cassés.

— Je le préviens immédiatement, mon seigneur, répondit dame Haziella en s'inclinant respectueusement.

— Dites-le-lui en personne. Et faites preuve d'autorité. Mais attention, pas de secousses, pas de vibrations, sinon...

Il agita la télécommande.

✳✳✳

— … Et c'est sans compter les pertes matérielles et le retard du commando.

La conseillère venait de terminer d'énumérer les malheurs de la formation Zébra. Haziella fit une pause et demeura immobile devant le grand cerveau. Avec un malin plaisir, elle se préparait à donner un dernier coup de serre au puissant Globulus.

— Dans sa grande générosité, le très puissant Krash-Ka vous offre une dernière chance de vous racheter pour tous les dégâts occasionnés.

— Tous les dégâts… Je trouve que vous m'en mettez beaucoup sur le dos, grande conseillère.

Celle-ci demeura insensible à cette remarque et poursuivit :

— Vous devez immédiatement ralentir la progression des Terriens afin de permettre à notre commando de prendre position pour sa prochaine attaque.

— Si ce n'est que ça, répondit le Globulus.

Les pompes telluriques se mirent lentement en marche. La grande conseillère cessa de respirer. Un début de panique l'envahit. Instinctivement, elle recula de quelques pas. Agitant les bras, elle s'écria :

— Pas les pompes, non, non, pas les pompes !

Le sifflement s'éteignit... Durant plusieurs secondes, dame Haziella demeura immobile, cherchant à détecter la moindre vibration. Rassurée, elle retrouva partiellement son calme.

— Tout doit se faire en douceur, précisa-t-elle. Il faut récupérer la dague de cristal intacte, sans utiliser les pompes. Au moindre tremblement de terre, l'empereur pressera le bouton... et fera exploser la bombe.

— Mais vous demandez l'impossible ! s'exclama le Globulus.

Ayant retrouvé son aplomb, la conseillère haussa les épaules. Elle conclut sur un ton fataliste :

— Puisque vous refusez, je vais prévenir notre empereur. Il en sera sûrement très irrité. Une simple pression sur un bouton...

Haziella n'en dit pas plus. Elle tourna les talons et se dirigea vers la porte d'acier qui demeura résolument fermée.

— Attendez, il y a peut-être une solution, lança le Globulus.

Haziella s'arrêta près de la porte et se retourna.

— Je vous écoute.

— Vous savez que je vais vivre durant les prochaines semaines des bouleversements physiologiques très intenses.

— Votre val-thorik ? Je suis au courant. C'est pour bientôt ?

— C'est déjà commencé. Dès le début de cette nouvelle phase de croissance, je me suis découvert des pouvoirs psychiques.

— Je ne vois pas en quoi...

— En utilisant ces pouvoirs psychiques, je peux créer des illusions.

— Les illusions n'impressionnent personne...

— Alors, approchez et constatez par vous-même.

La conseillère n'eut le temps de faire que deux pas. Un mur de flammes s'éleva brusquement devant elle et lui barra la route. Haziella tenta de rebrousser chemin. Une nouvelle muraille de feu lui coupa toute retraite.

— Globulus, que signifie cette...

Les murs de flammes disparurent comme ils étaient venus.

— Une illusion, conseillère. Ce n'était qu'une illusion, annonça fièrement le cerveau sous verre.

— Cela sera-t-il suffisant pour le travail exigé? demanda Haziella, à peine remise de ses émotions.

— Il sera difficile de les arrêter avec une simple illusion, mais comme vous avez pu le constater, je peux sûrement ralentir leur progression.

— Et ces fameux pouvoirs n'entraîneront aucune perturbation physique de la planète?

— Je vous le garantis.

***

Le brouillard tomba sur la montagne sans crier gare. En moins d'une minute, les six membres de l'expédition perdirent tout sens de l'orientation. Une grisaille opaque bouchait entièrement le champ de vision. Steven, qui pourtant marchait à moins d'un mètre de Victor, réussissait à peine à deviner la silhouette du guide.

— Victor, où êtes-vous? cria Nadia.

— Je suis ici. Guidez-vous sur ma voix, répondit l'homme.

— On aurait dû écouter la météo avant de partir ce matin, laissa tomber Steven.

— Depuis que nous avons la radio au village, en dix ans, jamais on ne nous a annoncé un tel brouillard, avoua le guide.

— Mais il vous arrive d'avoir du brouillard au Pérou? dit Caroline.

— Sur la côte, c'est fréquent, mais la chaîne de montagnes coupe l'humidité provenant du Pacifique. Ici, un tel brouillard, ce n'est pas normal.

— Pas normal ou peut-être pas naturel, souligna Nadia.

— Tu crois que c'est un coup des *trogs*? demanda Steven, intrigué.

***

Dame Haziella contourna un amas de boyaux alimentant l'imposant globe de verre. Machinalement, elle leva la tête vers l'ensemble des installations en gardant quelques réserves sur la réussite du projet.

— Tout ça est bien beau en théorie, mais comment serons-nous avertis des résultats?

— Mais je vais vous en avertir.

— Et vous croyez que cela est suffisant pour me convaincre? répondit la conseillère sur un ton ironique.

— Sûrement pas, admit le Globulus, mais grâce à cet écran, vous pourrez contrôler toute l'expérience.

Sur ces mots, le grand écran central se divisa en quatre tableaux graphiques. Les trois premiers, verticaux, représentaient une photo des trois victimes. Le quatrième, couvrant la partie droite de l'écran, exhibait une série de lignes brisées fluctuant légèrement.

— Ces Terriens, je ne peux les voir à distance, mais je peux les sentir, sentir leurs émotions. Ces graphiques vont nous illustrer leur état d'esprit. Pendant que nous discutions, leur optimisme moyen est passé de cent à quatre-vingt-cinq pour cent. Maintenant, observez bien le tableau.

Rapidement, un long tracé rouge dégringola jusqu'à quarante pour cent.

— Lorsque la ligne aura atteint le zéro, les Terriens seront complètement perdus. À moins vingt, ils seront en dépression. À moins quarante, certains d'entre eux auront des idées suicidaires.

— Attention, ils ne doivent pas tous mourir, précisa Haziella.

— Soyez sans crainte, conseillère, je contrôle parfaitement la situation.

Comme pour faire mentir le Globulus, un premier graphique présenta des tendances positives. Rapidement, le tableau des moyennes commença à remonter sensiblement lorsque les autres tableaux de référence prirent des allures ascendantes.

Dame Haziella fronça les sourcils.

— Malédiction! lança le cerveau. Je ressens soudainement un sentiment de satisfaction chez le groupe.

Toujours aussi peu impressionnée, la conseillère croisa les bras.

— Votre stratagème n'a donc pas fonctionné.

Sur les écrans, les tracés rouges poursuivirent leur escalade.

***

Ils marchaient maintenant à la file indienne en tenant d'une main la solide corde de montagne. À leur tête, Caroline guidait le groupe. Tout juste derrière Steven, Vidal demanda à voix basse:

— Vous êtes certains que l'on peut se fier à la *señorita*?

— On a rien à craindre, répondit le garçon sur un ton rassurant. Le don de vision à distance de Caroline, c'est mieux qu'un radar.

Le brouillard disparut comme il était venu, mais le groupe n'eut pas le temps de s'en réjouir. Un froid mordant glaça jusqu'aux os les membres de l'expédition.

Aucun vêtement, aucune couverture ne réussissait à procurer la chaleur tant désirée. Maintenant accroupis les uns près des autres, ils tentaient sans succès de se réchauffer mutuellement. Victor fut le premier à réagir. D'un seul trait, il se leva.

— Pour se réchauffer, il faut marcher. Sinon, nous allons mourir de froid sur place.

— C'est inutile. Ce froid n'est pas réel, déclara Nadia.

En claquant des dents, Dalmino demanda, incrédule:

— Pas réel! Alors pourquoi mes dents font tant de bruit?

— Ce brouillard qui disparaît subitement, et ce froid incompréhensible qui le remplace aussitôt... Tout cela ne peut venir que de notre esprit. Quelqu'un de très puissant tente de nous nuire, c'est certain, répondit Nadia.

— Nadia…, réussit à dire le jeune garçon. Tu peux faire quelque chose pour nous?

— Je ne sais pas, Steven. J'ai tellement froid. Ce n'est pas facile de se concentrer.

La jeune femme ferma les yeux en grelottant.

— Que peut-elle faire pour nous? demanda Victor.

— Ce froid, il est dans notre tête, répondit Caroline.

— On essaie de nous faire croire que nous avons froid, précisa Steven.

— Nadia peut influencer notre mental et enlever cette idée de notre tête. Elle va créer une impression de chaleur dans notre esprit, compléta Caroline.

Et pour clore la discussion, elle ajouta:

— Si nous la laissons se concentrer.

Et le silence se fit dans le groupe. Tous les yeux se tournèrent vers Nadia. Tous les espoirs se fixèrent sur cette jeune femme frigorifiée qui ne cessait de grelotter sous ses couvertures.

Peu à peu, les tremblements cessèrent. Chacun respira plus librement. Les couvertures devinrent inutiles et Steven détacha même le premier bouton de sa chemise.

***

Dans le continent creux, on n'avait pas le cœur à rire. Les résultats affichés sur l'écran étaient éloquents. À nouveau, le tracé rouge remonta en flèche sur le grand écran.

— Que s'est-il passé encore? demanda Haziella, debout devant le grand écran et de moins en moins séduite par les performances du puissant cerveau.

— Ces Terriens sont vraiment plus forts que je le croyais, avoua le Globulus.

— Je crois qu'il n'y a rien à ajouter, déclara la conseillère d'une voix monotone.

— C'est à n'y rien comprendre, avoua le Globulus.

— Et je n'ai malheureusement pas le temps d'attendre des explications.

Dame Haziella se leva et poursuivit :

— Sa grandeur sera informée de ce double échec et...

— Attendez ! coupa le cerveau sous verre. Il y a sûrement un moyen efficace d'atteindre ces étrangers. Ce n'est qu'une question de temps.

— Mon temps est précieux et à mon avis, je vous en ai consacré déjà beaucoup trop.

— Donnez-moi une dernière chance, supplia le Globulus. Ces étrangers sont très forts, mais ils ne pourront contrer ma prochaine attaque.

Un léger sifflement monta des pompes telluriques. Haziella ne put s'empêcher de jeter un coup d'œil vers la petite boîte collée au globe.

— Attention, Globulus, surtout pas de secousse, rappela la conseillère. Rien ne doit bouger ! ajouta-t-elle en s'éloignant prudemment du globe.

— Il n'y aura aucune vibration, je vous le garantis. Par contre, je peux vous assurer qu'aucun don ou pouvoir possédé par ces Terriens ne pourra freiner cette offensive.

La conseillère demeura muette et se tourna vers l'écran. Lentement, la petite ligne rouge se remit à descendre.

***

Le rythme de la marche s'était sensiblement ralenti. Steven s'arrêta et prit le temps de souffler.

— C'est encore loin, le pic des Dents du chien ? demanda-t-il sans enthousiasme.

— Il y a encore un bon bout de chemin, répondit Victor sans se retourner.

— C'est à se demander si nous y arriverons un jour, murmura Nadia en regardant fixement les cailloux du sentier.

Caroline s'arrêta à son tour et ferma les yeux. Elle avoua sans gêne :

— Si j'avais su que le voyage serait aussi exténuant, je crois que je serais demeurée à la maison.

Vidal, marchant nonchalamment sur les pas de la jeune fille, n'eut pas le cœur de la contourner. Il s'arrêta derrière celle-ci et attendit. Ce fut à son tour de se vider le cœur.

— Depuis le début, je le répète à Dalmino : ce voyage, c'est de la folie.

— Ce voyage est un véritable cauchemar, renchérit Caroline.

— Ouais. C'est pas le voyage rêvé, ajouta Steven qui ne se décidait pas à repartir.

Nadia fut la première à prendre conscience de la situation.

— Eh ! Attendez. Qu'est-ce que nous sommes en train de dire ?

— Que ce voyage, c'est de la folie, un vrai cauchemar, répéta Steven en détachant son sac à dos.

— C'est ça ! Un rêve... ou plutôt un cauchemar, corrigea Nadia.

— Tu viens juste de trouver ça ? On en parle depuis dix minutes, répliqua Steven.

— Et tu trouves normal de dire de telles énormités ? reprit la jeune femme.

— Pourquoi ? C'est la vérité, admit Caroline.

— Caroline, Steven. Réveillez-vous ! Nous sommes dans un rêve. Un très mauvais rêve.

Steven prit quelques secondes pour faire le point.

— Quand je rêve, il y a du poulet sur la table. T'es certaine de ton coup ?

Prise de vertige, Nadia ferma les yeux.

— Je ne sais. Je ne sais plus, avoua la jeune femme.

— Si nous sommes venus jusqu'ici, c'est que nous avions une bonne raison, suggéra Caroline. Une raison importante, je suppose.

Steven fit un effort de mémorisation et réussit finalement à résumer leur mission.

— On doit utiliser la dague de cristal pour détruire les *trogs*.

— Les *trogs!* Voilà l'explication! s'exclama Nadia. Nous sommes encore une fois manipulés par les gris. Il faut résister, insista Nadia sans démontrer toutefois une grande conviction.

Le jeune garçon était loin d'être convaincu.

— Résister à quoi, puisque tout va mal... depuis le début?

— Peut-être qu'en faisant le vide par une méditation... suggéra timidement Nadia.

— Tu sais bien que cela ne fonctionnera pas, souffla Caroline.

— C'est toujours pareil, y a rien qui marche, marmonna le garçon.

— Tu as probablement raison...

Une larme coula doucement sur sa joue. Nadia se cacha la tête dans les mains.

***

La petite ligne rouge n'était jamais descendue aussi bas et poursuivait sa chute bien au-dessous de zéro.

— Je les tiens enfin, tonna le Globulus. Et ce n'est qu'un début, ajouta-t-il, triomphant.

— Ce qui m'intéresse, c'est la fin, rappela Haziella.

— Je vous le répète, tout n'est qu'une question de temps. Cette fois, ils sont à ma merci.

La conseillère croisa les bras et laissa tomber :

— Nous verrons bien...

***

Tout à leur apitoiement, ils ne remarquèrent pas la fine lumière se glissant parmi eux. Silencieusement, une lueur bleutée apparut au milieu du groupe. Peu à peu, une silhouette se dessina. L'Ermite était de nouveau avec eux. Les réactions furent très partagées. Chez les trois montagnards, ce fut la panique, les cris et les grincements de dents.

— *¡ Santa Madre!* gémit Vidal.

— Le fantôme est de retour! cria Victor.

Dalmino ne cria pas, ne bougea pas, la stupeur le paralysant sur place. Chez les initiés, Steven fut le premier à se manifester.

— Salut, l'Ermite, je suis désol... Je veux dire, je suis content que tu sois avec nous, dit-il sur un ton accablé.

Nadia et Caroline esquissèrent un sourire.

— Bonjour, mes amis. Vous avez eu une excellente idée de penser à faire une méditation.

— Mais nous n'y arrivons pas. Impossible de faire le vide dans nos têtes. Trop d'images tristes traversent nos esprits, déclara Nadia en essuyant discrètement ses larmes.

— Je sais. Je suis venu vous aider à retrouver la paix intérieure.

— Et ça va marcher? demanda Steven.

Sans tenir compte du ton défaitiste de ses amis, l'Ermite poursuivit:

— Premièrement, étendez-vous sur le sol et laissez-vous guider par ma voix.

Sans rien ajouter, le garçon et les deux jeunes femmes s'exécutèrent. L'Ermite se tourna alors vers les trois Péruviens.

— Étendez-vous également par terre et fermez les yeux.

Les trois hommes demeurèrent immobiles. Pour rien au monde, ils n'auraient voulu déplaire au fantôme, mais leurs jambes, paralysées par la peur, refusaient d'obéir. L'Ermite répéta sa demande en avançant d'un pas.

— Étendez-vous par terre et fermez les yeux.

Un cri d'effroi jaillit des trois poitrines. Cette fois-ci, ce fut la débandade et les trois hommes se précipitèrent sur le sol.

— Merci, se contenta d'ajouter le vieil homme.

Le guide et les deux porteurs n'en menaient pas large. Victor, le visage crispé, observait l'Ermite du coin de l'œil et s'attendait à mourir à tout moment. Dalmino prit la demande à la lettre. Il s'écrasa les paupières dans une grimace ridicule. Vidal, les mains croisées sur la poitrine, récitait, à une vitesse folle, toutes les prières apprises dans son enfance. Il trouva même le temps d'en inventer de nouvelles.

✳✳✳

Le Globulus prit conscience de la situation bien avant que la petite ligne rouge eût commencé à tracer un plateau sur l'écran graphique. Délicatement, il augmenta le régime des pompes telluriques. Une légère vibration, malgré tout perceptible, ébranla la grotte.

— Globulus, qu'êtes-vous en train de manigancer? D'où provient cette vibration?

— C'est un simple ajustement, conseillère.

— Vous ne respectez pas la consigne, rappela Haziella en se levant brusquement.

Sans autre commentaire, elle fit mine de quitter la grotte.

— Attendez, où allez-vous? demanda le Globulus, surpris par une telle réaction.

— Notre empereur a peut-être ressenti cette vibration, il peut à tout moment presser un certain bouton.

Pointant du doigt la petite boîte noire, elle ajouta:

— Vous tenez à ce que cette bombe explose, c'est votre affaire, mais il est inutile qu'il y ait deux victimes.

Le message fut bien reçu. Rapidement, les pompes telluriques redevinrent silencieuses.

✳✳✳

D'une voix douce et harmonieuse, l'Ermite guida ses protégés.

«Votre corps est détendu, calme. Par la pensée, vous décontractez les endroits que vous ressentez un peu crispés... Maintenant, une vibration sonore va parfaire le calme en vous.»

Trois petits coups de triangle se firent entendre. L'Ermite laissa le dernier tintement s'éteindre et poursuivit.

«En gardant les yeux fermés tout au long de la visualisation, vous utiliserez la pensée... et votre imagination... Observez maintenant avec le regard intérieur le nuage d'énergie qui s'est créé au-dessus de vous... Ce nuage semble attiré par votre corps. Portez toute votre attention sur ce nuage qui vient vers vous et commence à envelopper votre corps... Progressivement, le nuage vous entoure et vous recouvre entièrement. Vous le ressentez comme un doux duvet qui vous enveloppe.»

Nadia, Caroline et Steven respiraient lentement. Chez Victor et ses deux compagnons, le calme était également revenu. Satisfait, l'Ermite poursuivit.

«La douceur, le bien-être s'installent déjà en vous. Prenez bien conscience de cette légèreté et de ce calme qui sont en vous. Par une inspiration profonde, imaginez-vous que vous inspirez également une partie de ce nuage. Inspirez profondément, lentement et par votre regard intérieur, suivez la brume de nuage qui se dirige en vous et se réfugie au centre de votre poitrine... Là où il y a une petite flamme, comme une flamme de bougie.»

«Cette flamme bouge, elle vit. Concentrez-vous sur elle. Cette petite flamme brille intensément. Elle est votre vie, votre force, elle est divine... Toujours concentré sur elle, vous allez voir comment elle peut grandir à volonté. C'est pourquoi, par la pensée, vous allez la regarder grandir de plus en plus et ainsi éclairer entièrement votre être... Éclairé par cette lumière, vous devenez cette flamme, vous devenez une lumière dorée.»

«Dans ce doré dans lequel vous vous trouvez, voyez maintenant un petit point bleu qui apparaît. Votre attention se porte maintenant sur lui. Il est la force et il grandit de plus en plus... Progressivement, ce point bleu grossit, s'élargit, prend du volume et devient une bulle, une bulle magnifique qui grossit au point de vous dépasser et de vous envelopper totalement... Cette bulle devient un écran qui vous protège de toutes les vibrations négatives venant de l'extérieur. Vous retrouvez la paix et la quiétude.»

***

Sur l'écran graphique, le trait rouge plafonnait à cent pour cent de satisfaction et un voyant lumineux signalait maintenant une saturation des données. Chez le Globulus, c'était la consternation.

— Non, ce n'est pas possible ! Comment ont-ils fait ?

La conseillère se désintéressa de l'écran suspendu au-dessus de la grande porte d'acier. Elle fit pivoter sa chaise d'un demi-tour et se retrouva face au super cerveau.

— Je viens d'informer le Krash-Ka de ce troisième échec. Voici donc le verdict de notre vénérable empereur.

— Le verdict ! Quel verdict ? s'étonna le Globulus.

Dame Haziella prit le temps de se lever et c'est sur le ton d'une sentence qu'elle déclara :

— Dans sa grande sagesse, Krash-Ka, notre illustre monarque, avait prévu une possibilité d'échec, et c'était votre dernière chance.

— Mais il y a sûrement une explication...

— Voici donc ses instructions, trancha la conseillère. Plus aucune activité avec les événements du Pérou. Nos gens sur le terrain vont poursuivre le travail.

— Mais cet ordre est une plaisanterie, lança le puissant cerveau.

La première conseillère de l'empereur ne releva pas le commentaire désobligeant et poursuivit :

— Si cet ordre n'est pas respecté...

Haziella ne termina pas sa phrase, mais son regard se porta vers la bombe toujours collée au globe de verre.

— Écoutez, gémit le Globulus, ces trois Terriens mettent tout l'empire en péril. Je peux vous être très utile.

— Après vos trois tentatives infructueuses, j'en doute.

Sortant un scryptobloc de sa poche, elle ajouta :

— Voici vos nouvelles tâches de la semaine : une inondation aux Pays-Bas, la chute du dollar au Canada et une augmentation de l'inflation au Japon.

CHAPITRE IX

Cette fois-ci, le groupe était sur ses gardes. À l'entrée de la gorge, Nadia, attentive à la moindre vibration psychique, ressentit sans hésitation la présence des *trogs*.

— Arrêtez! N'allez pas plus loin, lança-t-elle.

Avec un trou dans son chapeau, Victor fut le premier à s'immobiliser. Il arma sa carabine et se prépara au pire. Imitant leur patron, Vidal et Dalmino en firent autant.

— Qu'est-ce qui se passe, Nadia? demanda Steven. Tu as un caillou dans ton soulier?

— Pas dans mon soulier, dans ma tête.

— Un caillou dans ta tête? répéta Steven en ouvrant de grands yeux curieux.

— Hum, hum. Un caillou... gris.

— Oh! s'exclama le garçon. Ils sont près d'ici? Y en a beaucoup?

Les yeux fermés, les mains sur les tempes, Nadia cherchait à préciser son impression.

— Ils ne sont pas loin... mais ils ne nous ont pas repérés, je le sens. Pour le nombre... (elle fit la moue) peut-être que Caroline peut nous aider, acheva-t-elle en se tournant vers cette dernière.

— Donnez-moi quelques minutes et je vous rapporte un inventaire complet, répondit la jeune fille avec assurance.

À son tour, Caroline se concentra. À la vue de la jeune fille en pleine action, Dalmino se frappa le front, découragé.

— ¡ *Santa Madre!* Jamais je ne pourrai m'habituer aux manières de ces étrangers.

— Bah! Tu sais, Dalmino, intervint Steven posément, c'est juste une question de temps. On s'y fait, à la longue.

Dalmino jeta un coup d'œil au garçon. Steven profitait de ces quelques minutes de répit pour s'étendre sur le sol et relaxer. S'adressant au garçon sur un ton envieux et impatient, le guide au chapeau rond ajouta:

— Moi aussi, j'aimerais bien m'étendre et me reposer, mais avec toute cette magie, les fantômes et les canons, ce n'est pas possible!

***

Tel un ballon, la vision de Caroline s'éleva au-dessus du groupe. La jeune fille s'orienta mentalement. Par une suite de déplacements accélérés, elle explora le décor environnant, puis s'élança vers les contreforts encaissant le défilé. Prenant de l'altitude, elle découvrit le foyer d'activités trogoliennes. Différentes images mentales apparurent successivement. Quatre soldats descendaient avec précaution des caisses attachées sur le toit d'un étrange véhicule, ressemblant vaguement au tas de ferraille rencontré plus tôt sur la piste, mais en un seul morceau.

Un peu plus loin, elle devina la présence d'un officier donnant, semblait-il, des directives à deux soldats qui manipulaient d'étranges petits appareils ovoïdes flottant à quelques centimètres du sol. C'est à ce moment que la jeune fille déplora de ne posséder qu'un don de voyance sans la connaissance de la langue trogolienne. Elle aurait bien aimé connaître le sujet de la discussion. Ne pouvant en apprendre plus de ces derniers, elle concentra sa vision sur la frange du plateau. Une dizaine de militaires bien armés montaient la garde sans relâche. Un peu plus loin, un soldat laissait glisser le long de la falaise les curieux œufs flottants découverts plus tôt. Caroline en avait assez vu.

***

Elle ouvrit les yeux. Pointant du doigt la falaise, elle annonça :

— Ils sont là-haut, un peu plus à l'ouest, sur le plateau. Il y a une vingtaine de soldats. Ils sont fortement armés et ils nous attendent.

À l'aide de ses jumelles, Victor examina le terrain. Le guide secoua la tête d'un air pessimiste.

— Tenter de traverser la gorge serait du suicide, concéda Victor. Tout le passage est à découvert. Nous serions à la merci de leurs armes, sans compter les chutes de pierres.

À la simple mention de cette dernière possibilité, Caroline frissonna d'effroi. Toujours étendu sur le dos, Steven soupira :

— Ils sont nombreux, y en a vraiment trop. Comment on va faire pour passer ?

Pour toute réponse, Victor haussa les épaules en se grattant la tête. Steven en était toujours là de ses réflexions lorsqu'il sursauta violemment.

— Eh ! Qu'est-ce que c'est que ça ? cria-t-il, étonné.

Le garçon se leva promptement et se mit à gesticuler dans un ballet comique qui dérida l'assemblée. De son chandail sortit subitement un petit lézard cherchant désespérément le salut dans la fuite. Par réflexe, Vidal ramassa son arme et tenta d'atteindre la bête à l'aide de la crosse de sa carabine. Sans l'intervention de Caroline, la petite bête n'aurait probablement pas atteint sa cachette.

— Vidal ! Qu'est-ce que vous faites ? s'exclama la jeune fille, offusquée par un geste aussi gratuit.

— ¿Como ? dit l'homme en arrêtant son geste.

— C'est un petit animal qui ne faisait aucun mal, protesta la jeune fille.

— Bah! Un de plus, un de moins, ça ne fait pas une grande différence, se défendit le porteur. Ce genre de lézards, il y en a pratiquement sous chaque pierre de cette montagne.

— Il y en a autant que cela? demanda Nadia, intéressée.

— Vidal exagère peut-être un peu, avoua Victor, mais c'est vrai, il y en a beaucoup. Sûrement des centaines au kilomètre carré.

Nadia esquissa un petit sourire et devint songeuse.

— À quoi tu penses, Nadia? T'as une idée? demanda Steven.

— Peut-être, dit simplement la jeune femme.

Steven attendit quelques secondes, mais la patience n'étant toujours pas sa principale vertu, il revint rapidement à la charge.

— Alors, c'est quoi, ton idée?

Nadia hésita un peu avant de répondre.

— Elle est un peu folle...

— Au point où nous en sommes... murmura Caroline.

Nadia se jeta à l'eau.

— Ces petits lézards, il y a sûrement un déva qui les dirige.

— Tu veux dire comme pour les moustiques? s'exclama Steven en grimaçant.

Pour toute réponse, Nadia accentua son sourire.

— Le déva des lézards? Mais qu'est-ce que tu attends de si petits lézards? demanda Caroline.

— Si Vidal n'a pas trop exagéré, nous compterons sur le nombre plutôt que sur la taille.

— Tu es vraiment sérieuse? vérifia Caroline, séduite par l'idée. Tu veux obtenir l'aide d'un déva pour déjouer le plan des *trogs*?

— Qui ne risque rien n'a rien, répondit la jeune femme sur un ton badin.

Victor suivait de loin la conversation. Il s'approcha lentement et commença à craindre le pire. Tous ces sous-entendus ne lui inspiraient rien de bon.

— *Un momento, por favor.* Vos dévas, c'est quoi? Encore de la magie?

— Mais on fait jamais de magie, protesta Steven.

— Alors les dévas, c'est quoi? insista l'homme.

— Steven a raison, intervint Nadia. Il n'y a aucune magie. Par contre, je ne suis pas certaine que mon explication va vous plaire.

Victor hésita une seconde, consulta du regard ses deux compagnons avant de lâcher dans un soupir :

— Je suis prêt à tout écouter. Maintenant, plus rien ne peut me surprendre venant de mes amis étrangers.

— Ça, c'est pas certain, laissa tomber Steven en s'appuyant sur un coude.

Nadia prit le temps d'ordonner ses idées. Elle tenait à dire la vérité aux trois montagnards, mais elle savait, malgré les propos rassurants de Victor, que tout devait se passer en douceur.

— Nous, les humains, nous avons le libre arbitre, commença-t-elle. Ce qui veut dire que chaque homme et chaque femme de la Terre a le privilège d'orienter sa destinée. Nous pouvons être bons ou méchants, devenir un saint ou un criminel. Quand nous sommes sur le point de faire une mauvaise action, nous savons que c'est une mauvaise action et nous avons le choix de la faire ou de ne pas la faire.

Jusque-là, Victor considérait les explications de Nadia très sensées et acquiesça sans hésitation. Près de lui, ses deux compagnons manifestèrent le même sentiment. Encouragée, Nadia poursuivit :

— Chez les animaux comme chez les plantes, c'est différent. Les dévas sont des êtres invisibles qui guident la destinée des animaux, des poissons, des fleurs, des arbres et de bien d'autres choses.

Le maire de Pequos commença à montrer des signes d'incrédulité. Il fronça légèrement les sourcils. Nadia chercha un exemple simple et reprit ses explications.

— Un seul déva, un seul esprit guide la destinée d'une espèce. Tous les castors font des barrages et il ne viendrait pas à l'esprit d'un castor de creuser un terrier ou de vivre dans le trou d'un arbre comme le font les écureuils.

Le niveau de compréhension de l'homme baissa d'un cran. La roche plate sur laquelle il était assis semblait devenir de plus en plus inconfortable. Nadia le remarqua.

— Bon, c'est vrai, vous ne connaissez peut-être pas les castors.

Cherchant autour d'elle, Nadia remarqua un petit lézard immobile sur une pierre. Il profitait paisiblement des chauds rayons du midi. Elle pointa l'animal du doigt.

— Vos petits lézards, ils aiment tous se faire chauffer au soleil et aucun n'aurait l'idée de tenter de s'envoler tel un oiseau.

La remarque fit sourire les trois Péruviens et amena quelques éclats de rire. Vidal ajouta même :

— Un lézard volant, j'aimerais bien voir ça !

Nadia poursuivit :

— Et c'est la même règle qui régit la transformation de la chenille. Elle ne peut refuser de faire un cocon et de devenir un joli papillon. Les dévas tracent des lignes de conduite et tous les animaux de la même espèce les suivent. Il en est ainsi de ces lézards. En communiquant avec leur déva, nous pourrons peut-être avoir leur collaboration.

— Vous allez parler à ce lézard ? s'exclama Dalmino qui avait sûrement perdu une partie des explications.

— Pas directement, répondit patiemment Nadia. Nous allons communiquer avec le déva des lézards, le guide qui dirige l'ensemble des lézards.

***

— Ceci est un appel prioritaire, me recevez-vous ?

Varlak n'attendit pas la réponse et arracha le microphone des mains de l'opérateur.

— Ici le capitaine Varlak avec un ordre de mission impérial. Je désire parler à la grande conseillère Haziella, première conseillère de l'empereur.

Dame Haziella avait dû donner des instructions bien précises, car elle fut rapidement en ligne.

— Ici la conseillère Haziella. Alors, capitaine, où en sommes-nous avec ces Terriens?

— Jusqu'à présent, aucun signe des étrangers, grande conseillère. Ils doivent progresser lentement, mais ils ne perdent rien pour attendre.

— Votre empereur attend des résultats, et c'est un homme peu patient, rappela la conseillère.

— Demain matin, au lever du soleil, nous irons à leur rencontre et je vous le garantis, dès six heures demain matin, tout sera terminé.

***

Nadia étendit sur le sol une grande couverture de laine.

— Caroline, Steven, vous allez m'aider, déclara la jeune femme en s'assoyant sur le grand carré d'étoffe.

— Bien sûr, s'empressa de répondre Caroline qui déjà se cherchait une place près de la jeune femme.

— Et toi, tu viens? insista Nadia en s'adressant au garçon.

Steven marcha lentement vers le groupe, peu emballé par l'expérience.

— Qu'est-ce qui se passe? demanda Caroline. Tu ne veux pas nous aider?

Le garçon, les mains dans les poches de sa veste, haussa les épaules.

— Pas convaincu de pouvoir vous aider. Les dévas, c'est pas ma branche. Si ça n'a pas marché avec le déva des moustiques, j'vois pas pourquoi ça marcherait avec des lézards…

Steven n'en dit pas plus. Malgré son optimisme mitigé, il finit par s'asseoir aux côtés des deux jeunes femmes. En silence, tous les trois prirent de grandes respirations et firent le vide autour d'eux. Un peu à l'écart, les deux porteurs observaient la scène, incrédules. Tout en continuant d'observer le petit lézard perché sur sa roche plate, Dalmino s'approcha de son compagnon.

— Ils sont fous, ces étrangers. Ils espèrent parler avec ce petit lézard. C'est ridicule.

Pour toute réaction, Vidal jeta un coup d'œil à la petite bête, délaissa une seconde ses amulettes et se signa discrètement.

Les ombres portées par les cimes montagneuses commencèrent à s'étirer vers l'est. Victor regarda dans la direction de la roche plate. Le petit lézard était toujours là, mais il ne semblait pas le moins du monde intéressé à lier conversation avec les étrangers. Victor s'étira et s'approcha du trio en se raclant la gorge. Nadia ouvrit les yeux.

— Il se fait tard, madame, déclara le guide. Nous trouverons une autre solution demain matin.

***

La traversée s'annonçait calme lorsque soudain, une puissante bourrasque gonfla les voiles de la frêle embarcation. Le navire tangua violemment. Sans avertissement, les vents changèrent subitement de direction. Dans la fraîcheur du matin, les mâts gémissaient sous l'effort. On n'entendait que le sifflement du vent dans les cordages, à peine couvert par le claquement sec et répété de la voilure. À mi-chemin dans le grand mât, un moussaillon aux traits féminins cria à pleins poumons :

— Steven, lève-toi !

Le voilier plongea entre deux vagues. Les cordages s'entremê-lèrent. Le garçon, coincé sous les gréements, se débattit violemment et se retrouva subitement assis dans son sac de couchage. Encore endormi, il remarqua à peine le mouvement de vague secouant la toile de sa tente. Il ferma les yeux et retomba lourdement.

— Steven, tu m'entends ? chuchota la jeune fille.

Les yeux fermés, le garçon se contenta de quelques gro-gnements comme réponse. Caroline insista. Elle se glissa la tête sous la tente et secoua énergiquement l'épaule du garçon.

— Lève-toi vite et viens nous rejoindre.

Steven réussit enfin à soulever sa tête. Il attrapa le bras de Caroline et chercha, les yeux mi-clos, la montre-bracelet de la jeune fille.

— Quatre heures du matin! s'exclama Steven. Victor commence vraiment à exagérer sur les départs matinaux.

Lorsque, de peine et de misère, Steven réussit à se traîner à l'extérieur, une surprise colossale l'y attendait. Sur les pierres, sur les tentes, sur les sacs à dos, partout, des centaines de petits reptiles immobiles fixaient patiemment le campement.

— Ça par exemple, c'est super! s'écria le garçon.

— Pas si fort, intervint Caroline. Tu vas les effrayer... et tu risques de déconcentrer Nadia.

Assise à même le sol dans la position du lotus, Nadia poursuivait sa communication avec le déva des reptiles. Vidal, n'y tenant plus, se glissa silencieusement auprès de Caroline.

— Qu'est-ce qu'elle attend pour parler aux lézards?

— Mais elle leur parle présentement ou plutôt, précisa la jeune fille, elle communique par la pensée avec le déva des lézards.

— Ho! fit le porteur, faussement impressionné. Et qu'est-ce qu'elle raconte?

— Elle explique son plan et ce qu'elle attend des reptiles.

Nadia ouvrit les yeux. Au même moment, des centaines de petites bêtes commencèrent à s'agiter. Calmement, ils amorcèrent un mouvement de vague. Le temps s'annonçait clair et on les voyait très bien progresser vers la falaise. Un tout petit lézard, agrippé au sommet de la tente de Steven, sauta sur l'épaule du garçon.

— Eh! Qu'est-ce que c'est? s'exclama Steven, un peu surpris par cette visite inattendue.

— Je crois que tu t'es fait un nouvel ami, annonça joyeusement Caroline.

— Salut, toi, déclara Steven, le cou tordu vers la petite bête. Tu vas participer à l'expédition?

Pour toute réponse, le reptile longea la nuque du garçon et se retrouva sur l'autre épaule.

— Vous avez vu ça? Il lui manque un bout de queue, fit remarquer le garçon.

— Hooo, pauvre petite bête, gémit Nadia, devenue très sensible à la condition de ses nouveaux amis.

Victor, amusé, se fit rassurant.

— Ne vous en faites pas pour lui, dit-il. C'est fréquent chez ces animaux. Ils peuvent en perdre un petit bout quand un prédateur les attrape par la queue. C'est leur façon de se dégager et de demeurer en vie.

Steven se tourna vers son nouvel ami.

— Je te remercie pour l'aide que tu nous apportes. Sois prudent et fais attention de ne pas perdre un autre bout de queue.

Pour toute réponse, l'animal sortit sa longue langue râpeuse et sauta par terre. Rapidement, il rejoignit ses congénères et se perdit dans la cohorte.

Victor enleva son chapeau. Après avoir replacé les quelques cheveux garnissant son crâne, il avoua :

— À mon retour au village, personne ne voudra croire une telle histoire. On nous accusera sûrement d'avoir bu trop de *chicha*.

***

Tout là-haut, sur le plateau, c'était le calme plat. La longue marche forcée, due à la perte des deux taupes, avait eu raison des plus solides gaillards. Dans le camp trogolien, tous les gris dormaient. Même les sentinelles n'avaient pu résister à l'appel du sommeil et affichaient leur physionomie véritable.

Sur le sol rocailleux, la vague grise et verte coula silencieusement à travers le campement. Partout, les reptiles envahirent le terrain dans ses moindres recoins. Les plus gros et les plus âgés coupèrent, avec leurs petites dents acérées, les ceintures de pantalon ainsi que les ceinturons portant les armes. Certains s'attaquèrent directement à l'armement et grugèrent toutes les parties tendres leur tombant sous la dent. D'autres firent un véritable festin. Ils arrachèrent consciencieusement la semelle des bottes traînant aux abords des tentes.

Rien ne fut épargné. Tout ce qui ressemblait à une attache subissait l'assaut des reptiles. Les plus jeunes s'amusèrent à percer la peau tendre des vestes et des pantalons à l'aide de leurs petites griffes. Les bidons de plastique ne furent pas oubliés. Rongées, déchirées, renversées, les réserves d'eau disparurent rapidement dans le sol.

***

Steven ne tenait plus en place. À travers une brume naissante, il scrutait anxieusement le pied de la falaise. Faisant les cent pas, il s'arrêta près de Caroline et jeta un coup d'œil à la montre de cette dernière.

— Qu'est-ce qu'ils font ? Ils devraient être de retour !

— Calme-toi un peu et donne-leur une chance, lui répondit Caroline.

Peu enclin à se calmer, Steven se mit à tourner en rond, au grand désespoir de Nadia.

— Et si les *trogs* les découvrent et les massacrent, ce sera terrible ! ajouta le garçon.

— Steven, s'il te plaît, intervint la jeune femme sur un ton autoritaire. Tu fais de la programmation négative. Ce n'est pas avec ça que tu vas les aider.

— C'est vrai... T'as raison. La mission est un succès et ils reviennent tous sains et saufs. La mission est un succès et ils reviennent tous sains et saufs. La mission est un...

Steven poursuivit sa litanie en faisant de nouveau les cent pas. Plusieurs grands soupirs se firent entendre dans le campement. Tous auraient apprécié que Steven se calme et s'assoie quelque part. Mais puisque sa litanie demeurait positive et que tous espéraient secrètement qu'elle se réalise, personne n'osa intervenir.

Vidal fut le premier à remarquer le retour de la marée vivante.

— Regardez! Ils reviennent.

— C'est vrai? s'écria Steven tout excité.

Sans attendre la réponse, le jeune garçon grimpa sur un pic rocheux et scruta la direction indiquée par le porteur.

— Ils sont là! Ils sont tous là, affirma Steven en dansant sur son piédestal.

— Tu en es certain? Tu les as comptés? demanda Caroline avec un brin d'humour.

Steven n'aurait pu l'affirmer. Il y en avait tant! Profitant d'une faille offrant une inclinaison douce, des centaines, des milliers de reptiles dévalaient, en rangs serrés, la pente menant au fond de la gorge. Se confondant avec la couleur des rochers noyés dans une brume de plus en plus présente, l'immense coulée donnait vie à la montagne. Telle une bouche ouverte, la faille rocheuse offrait une énorme langue qui semblait prise de convulsions.

Nadia ferma de nouveau les yeux et se concentra. Au bout de quelques secondes, après avoir remercié le déva pour son aide, elle annonça joyeusement à la troupe:

— J'ai de bonnes nouvelles pour vous. Le déva tient à rassurer Steven. Il n'y a aucune perte de vie chez nos nouveaux amis.

La nouvelle fut accueillie avec bonheur et tous se mirent à chahuter gaiement. Tous sauf Caroline qui, suivant l'exemple de Nadia, se concentra sur sa tâche. Steven s'en aperçut et rejoignit la jeune fille. Caroline avait toujours les yeux fermés, mais son visage s'illumina d'un grand sourire.

— Nos petits amis ont fait du bon travail, dit-elle.

Ouvrant les yeux, Caroline annonça fièrement:

— L'opération lézards est une réussite.

***

Au fond de la gorge, Victor avait atteint le point de non-retour. Il fallait maintenant remonter l'escarpement opposé, une ascension qui s'annonçait ardue, car elle devait se faire dans le silence le plus complet. Avec cette brume de plus en plus envahissante, Victor devinait avec peine les passages peu rocailleux.

Droit devant, une langue de brume léchait le sol et généra soudain un frisson d'effroi. Dans les replis de la brume se traçaient, par moment, de longues flèches lumineuses.

— Qu'est-ce que c'est que cela? demanda Victor.

— Sûrement des détecteurs au laser, répondit Steven. Faut surtout pas toucher ces lignes rouges.

Le garçon remonta le rayon et en découvrit la source. Flottant au ras du sol, un ballon de métal ovoïde crachait silencieusement son trait de lumière à peine visible.

— Les œufs, souffla Caroline, consternée, j'ai oublié de vous mentionner l'existence des œufs.

— Et c'est maintenant que tu nous parles de ton omelette, grogna Steven.

— Cette brume est une bénédiction, déclara Nadia. Sans elle, nous n'aurions jamais détecté ces rayons.

Coupant court aux discussions, Victor enjamba le premier trait tout en évitant de mettre les pieds sur des roches instables. Durant plus de vingt minutes, le groupe progressa très lentement dans cette double course à obstacles. Une huitième trace rubis venait d'être évitée lorsque le pied de Victor dérapa sur un caillou.

Steven fit un saut de côté et réussit du bout des doigts à retenir la pierre. Il se pencha et la déposa délicatement sur le sol. Toujours accroupi, un index sur la bouche, il invita le groupe à garder le silence. Demeurant tous immobiles, ils attendirent une réaction des gris qui ne vint pas. Soulagé, Steven se redressa. Mais son geste coupa un faisceau invisible. Ce fut la détection immédiate.

Une sirène hurla, une longue plainte déchirante relayée par les multiples échos de la montagne alerta le camp tout entier. Provenant du plateau, on entendit rapidement les bruits du réveil, puis des commandements et bientôt des cris de consternation.

Pour le groupe piégé au fond du ravin, il devenait maintenant inutile de prendre des précautions. Adoptant un pas de course rapide, la petite troupe plongea dans la grille lumineuse et attaqua les trois cents derniers mètres de sentier sous le couvert de quelques rochers protecteurs. À mi-chemin, Caroline éclata de rire.

— Qu'est-ce qui te prend, Caroline ? demanda Steven, surpris. C'est pas le temps de s'amuser !

La jeune fille leva les bras en signe d'impuissance. Son hilarité brisait le rythme de sa course et de sa respiration. Steven lui prit la main et accéléra le pas. Malgré tous ces inconvénients, Caroline ne parvenait pas à retrouver son sérieux.

— Je m'excuse, mais c'est plus fort que moi, réussit-elle à dire entre deux éclats de rire.

***

Varlak se réveilla au premier hurlement de la sirène. Rapidement, il enfila sa première botte. Déchirée sur toute sa longueur, elle lui glissa des mains. Dans un geste rageur, il ramassa sa deuxième botte. Son pied s'y glissa facilement mais ne s'arrêta pas en fin de course, faute de semelle pour le retenir. En colère, le capitaine se leva et courut en clopinant vers le bord de la falaise. À l'aide de ses jumelles télémétriques, il scruta le fond du ravin. À travers la grille de détection et le tapis de brume, il devina les six silhouettes courant vers la sortie de la gorge. Varlak lâcha ses jumelles en jurant. La courroie suspendue à son cou, à moitié rongée, céda sous le choc. Dans un bruit de verre brisé, des éclats de l'instrument se répandirent sur le sol.

— Tirez, mais tirez donc ! hurla-t-il avant de se rendre compte qu'il était pratiquement seul sur le bord du gouffre.

— Mais où sont-ils tous passés ?

En maudissant le sort, il se tourna vers ses troupiers. Tenant leur arme d'une main et leur pantalon de l'autre, quelques soldats tentaient péniblement de le rejoindre. Quant aux autres, la plupart n'avaient plus grand-chose à retenir, les pantalons et les vestes tombant en lambeaux au moindre geste.

Quelques traits d'énergie fusèrent vers la gorge. Des tirs sans précision, les mires étant absentes ou partiellement tordues. Au bord de la crise de nerfs, Varlak mit la main à son ceinturon, mais n'y trouva pas son arme. L'étui, coupé par le milieu, était vide et ne soutenait maintenant qu'une magnifique signature : deux marques de crocs acérés. Plus loin sur sa gauche, des cris de panique attirèrent son attention. La dernière taupe, telle une toupie, tournait sur elle-même à vive allure. Le souffle court, la veste en morceaux, le premier officier s'approcha du capitaine et lui annonça la dernière mauvaise nouvelle :

— Les conduits hydrauliques du véhicule ont été sabotés, mon capitaine.

— Alors réparez-les et faites vite.

— Nous avons perdu Swilly, vous savez, le sang-mêlé.

— Oui, je sais. Et alors ? demanda-t-il avec impatience.

— C'était notre meilleur mécanicien. En fait, c'était le seul… Sans lui, il faudra au minimum trois à quatre heures pour tout réparer.

Varlak, les épaules basses, semblait avoir vieilli de dix ans en quelques minutes. Il regarda son chrono. Il était six heures et tout était terminé.

***

L'alerte passée, le groupe pouvait de nouveau souffler. À l'abri sur l'autre versant de l'escarpement rocheux, Victor annonça la pause. Profitant de la halte, il évalua sommairement la situation.

— Nous avons un répit d'environ vingt-quatre heures. Pour redescendre du plateau, ces bandits devront faire un détour qui les retardera grandement.

— Et c'est sans compter les désagréments qu'ils auront à vivre, grâce à nos amis les lézards, ajouta Caroline.

— C'est un facteur à ne pas négliger, concéda le guide en riant.

Le rire du guide éveilla un souvenir chez le garçon. Se tournant brusquement vers Caroline, il demanda :

— À propos, qu'est-ce qui te faisait tant rigoler ?

La question de Steven ramena des images dans la tête de la jeune fille. De nouveau, elle fut prise de fou rire.

— C'est à cause des *trogs*. Tu aurais dû les voir... J'ai capté des images extraordinaires.

— Ah oui ! Raconte vite, dit le garçon toujours aussi curieux.

— J'ai vu des soldats perdre leur pantalon et des pieds traverser des chaussures. Et ce n'est pas tout...

Le groupe se remit en marche gaiement. Pendant près d'une heure, la montagne fut parsemée d'échos joyeux.

CHAPITRE X

Un clac! retentissant éclata sur la cuisse de Steven.

— Fichues bestioles, la fumée les éloigne même pas, maugréa le garçon en frottant ses yeux irrités par le nuage de cendre. Je croyais qu'on en avait fini avec les moustiques et les marches dans la jungle.

— Nous sommes loin d'être dans la jungle, rétorqua Victor, la bouche pleine.

Assis sur une souche, Victor extirpa, sans se presser, une nouvelle poignée de noisettes de la poche de sa chemise. Il prit le temps d'avaler et précisa.

— Ce n'est qu'une petite savane au creux d'une vallée. Demain, nous serons en vue du pic des Dents du chien.

— Ça sera pas trop tôt, gémit Steven en lançant une poignée d'herbes vertes dans le feu.

Un nouveau nuage de fumée s'éleva du foyer.

Nadia se leva et vida les restes de son assiette dans le brasier. Tout en essuyant le plat, elle suggéra au garçon:

— Pourquoi ne fais-tu pas comme Caroline, essayer de te détendre un peu?

Steven jeta un œil terne vers la jeune fille. Elle semblait en effet très détendue. Peut-être un peu trop, de l'avis du garçon. Assise à l'écart sur une couverture, le dos appuyé à un arbre, Caroline semblait évoluer dans un autre monde. Les yeux fermés, elle affichait un joli sourire désarmant. La belle image inspira le garçon. En silence, il se glissa en silence auprès de la jeune fille et murmura discrètement à son l'oreille :

— Pis ? Comment va l'épaule ? Y a plus de douleur ?

— Tout est pour le mieux, il va très bien, répondit candidement la jeune fille.

Soudain, elle ouvrit les yeux et prit conscience de la curieuse question. Caroline reconnut Steven. Le teint rosé de la jeune fille s'accentua légèrement. Affichant un petit air complice, Steven demanda :

— Tu le vois ?

Caroline répondit simplement par un sourire et un léger signe de tête.

— Il est où ? insista le garçon.

— Pas très loin. Quelque part à la lisière de cette jungle.

— Ho ! Mais c'est pas une jungle. C'est juste une petite savane, précisa le garçon, en connaisseur.

***

Swilly appréciait grandement le cadeau de Victor. Grâce aux jumelles offertes par le guide, il parvenait à suivre sans difficulté le périple de ses nouveaux amis. Dans le moment, il ne pouvait les voir directement, la densité de la végétation les cachant à sa vue. Par le filet de fumée s'élevant de la forêt, il avait toutefois identifié leur position. Et par les images défilant dans sa tête, il retrouva Caroline.

Afin d'échapper à un vague à l'âme envahissant, Swilly reprit ses jumelles et fit un tour d'horizon. Loin derrière lui, en direction du sud, progressaient lentement, très lentement les vestiges du commando de l'empire. L'ex-soldat *trog* fronça soudainement les sourcils. Une épaisse colonne de fumée traçait un trait noir dans le ciel. Un léger sourire aux lèvres, Swilly se permit les pires suppositions.

— Est-ce possible que notre bon capitaine ait pris feu ?

✳✳✳

— Je vous avais prévenu, se défendit le premier lieutenant. Il n'y a que Swilly qui aurait pu effectuer une véritable réparation.

Maintenant, il n'était plus question de réparer le véhicule. Avec cet incendie dans le moteur, la dernière taupe venait tout juste de rendre l'âme. Près du capitaine, un grognement suivi d'un gémissement et d'un soupir se firent entendre. Un soldat, couché sur le sol, ferma les yeux. Une petite explosion provenant de son médaillon s'ensuivit et le corps du militaire se désintégra. Le lieutenant annonça sans émotion :

— C'est le troisième que nous perdons depuis ce matin.

— Je sais, lieutenant ! aboya Varlak. Figurez-vous que je peux compter jusqu'à trois sans votre aide !

Le lieutenant demeura insensible aux sarcasmes de son supérieur. Il avait soif, il avait chaud. Il était impératif de trouver de l'eau rapidement, sinon le capitaine aurait de nouveau à démontrer ses talents en mathématique.

La colonne s'était remise en marche. Supportant sur leurs épaules les quelques caisses de munitions récupérées du dernier véhicule, les soldats avançaient péniblement. Découragés et exténués, plusieurs soldats délaissèrent leur masque holographique, retrouvant ainsi leur physionomie d'origine. Varlak s'en aperçut, mais n'en fit pas de cas. En d'autres temps, en d'autres lieux, il aurait gueulé à en faire frémir les montagnes. Mais ici, en ce moment, il n'en voyait vraiment pas l'utilité.

✳✳✳

Swilly ne fut pas le seul à remarquer les deux panaches de fumée zébrant le ciel. Perché sur une colline, Sygrill observait attentivement la colonne blanchâtre provenant du campement des Terriens. À l'aide de ses jumelles, il avait également repéré, un peu plus loin vers le sud, la fumée produite par le véhicule de ses compatriotes. Ajustant ses jumelles au maximum de grossissement, il parvint à détailler les membres du commando déambulant à découvert sur un escarpement rocheux. Ce qu'il découvrit fut loin de l'impressionner.

— Eh bien ! Comme renfort, je vais être servi !

Durant les dernières quarante-huit heures, Sygrill n'avait pas chômé. Profitant de l'arrêt du groupe à l'entrée de la gorge, l'agent l'avait largement devancé. Malgré quelques imprévus et inconvénients de dernière minute, il avait eu tout le loisir de préparer sa prochaine embuscade. Devant son communicateur, il attendait fébrilement une réponse de son puissant maître. L'écran clignota, le Globulus était en ligne.

— Par tous les volcans de la terre, s'exclama le puissant cerveau, votre tenue est loin de faire honneur à notre glorieux empire ! Ce n'est tout de même pas un de vos déguisements ?

— Cet air fatigué, j'aimerais bien qu'il ne soit qu'une façade, Globulus. Malheureusement, c'est la triste réalité, avoua l'agent.

— Vos vêtements sont dans un triste état, observa l'autre.

— Et je ne peux vous donner d'explication. Ce matin en me réveillant, tous mes vêtements tombaient en loque. On a même grignoté la crosse de mon pistolet.

— Le capitaine Varlak est un triste sire plutôt sévère, souligna le Globulus. Lorsque vous le rencontrerez, il n'appréciera sûrement pas votre tenue.

— Ma tenue !

L'agent ne put rien ajouter. Il éclata de rire.

***

Le décor était à couper le souffle. Bien des touristes en mal de sensations fortes auraient donné une fortune pour contempler un tel spectacle. Mais pour le moment, Nadia et ses compagnons étaient, et de loin, un très mauvais public.

— *Las puertas del infierno*, annonça Victor.

— Les portes de l'enfer, traduisit la jeune femme.

Nadia, Caroline et Steven n'eurent aucune peine à le croire. Juste devant eux plongeaient, dans le vide, des trombes d'eau provenant d'une rivière en furie. Steven examina le gouffre et retint un frisson.

— Tu tombes là-dedans juste une fois…

— Je suis bien de ton avis, Steven, admit Caroline. Une chute dans cette cataracte serait mortelle.

— Un chemin direct pour l'enfer, ajouta Dalmino.

— Remontons la rivière, proposa Victor. Nous trouverons sûrement un passage plus accessible.

***

Le contingent trogolien se réduisait d'heure en heure. Progressant à la file indienne, Varlak et l'officier d'intendance ouvraient la marche. Six militaires, portant péniblement deux par deux les trois caisses d'explosifs encore intactes, suivaient à peu de distance. À l'aide de longues lanières passées autour du cou, les couples de porteurs marchaient l'un devant la caisse et l'autre derrière. Fermant la marche, deux soldats au pas hésitant tentaient de se supporter mutuellement.

Un bruit sourd attira l'attention du capitaine. Varlak se retourna vivement. Le second soldat portant la première caisse venait de trébucher. Le contenant avait frappé le sol violemment et l'homme, affalé sur le coffre, semblait totalement épuisé.

— Sombre crétin! hurla le capitaine, tu veux tous nous tuer!

— Capitaine, intervint l'officier. Je crois…

Varlak n'avait rien à faire des croyances de son second. Lui coupant la parole, il poursuivit à l'intention du soldat fautif :

— Il y a assez d'explosifs dans cette caisse pour nous envoyer en orbite.

— Capitaine, insista l'officier. Il est...

— Fermez-la ! aboya Varlak à l'adresse de son lieutenant. Et vous, levez-vous, ordonna-t-il au soldat toujours étendu. Nous n'avons pas de temps à perdre.

Le militaire ne bougea pas. Son médaillon s'illumina et le corps du soldat se désintégra. Varlak en demeura bouche bée. Avec un plaisir à peine dissimulé, l'officier s'expliqua :

— C'est ce que je voulais vous souligner, capitaine. Depuis plusieurs minutes, vous discutez avec un cadavre.

✳✳✳

— Mais je ne vous demande qu'une toute petite vibration...

— Et je vous répète que c'est impossible, soutint le Globulus, de plus en plus impatient.

Sygrill fit une pause. Il pianota quelques données sur sa calculatrice et revint à la charge.

— Une toute petite vibration sismique d'une magnitude de 1,7 durant trois secondes ; ce n'est tout de même pas trop vous demander pour en terminer avec Guidor !

Le Globulus s'offrit quelques secondes de réflexion. Il n'était vraiment pas très chaud à cette idée, surtout avec le terrifiant cadeau de l'empereur collé à son globe.

— Et vous croyez que cela sera suffisant ? finit-il par demander.

— Amplement suffisant, assura l'agent. Et c'est la seule façon de placer le trio en situation de péril tout en simulant un incident naturel. Guidor ne se doutera de rien. Il n'hésitera pas à se manifester.

Le Globulus demeurait indécis.

— C'est très dangereux. Dans cette histoire, je ne tiens pas à perdre la tête. N'oubliez pas que c'est tout ce qu'il me reste.

— Le risque est minime en comparaison de la possibilité d'avoir celle de Guidor, souligna l'agent.

***

La rivière demeurait terriblement menaçante. Tout en se rapprochant l'une de l'autre, les rives s'étaient sensiblement surélevées au-dessus du cours d'eau. Le rétrécissement naturel créait ainsi un goulot où les flots tumultueux s'engouffraient avec violence. À quelques mètres en amont de l'étranglement, un bouquet de vieux arbres agonisait en travers du torrent.

Victor les examina un à un. Il s'arrêta finalement devant le plus gros. Comme tous les autres, il était recouvert d'un épais tapis vert s'effilochant au-dessus des eaux. Le guide y grimpa et en inspecta la stabilité.

— Ici, le bois est dur, mais plus loin au milieu, il n'y a rien de certain. Je vais passer le premier et en vérifier la solidité.

Frottant son pied sur l'écorce, il ajouta :

— Attention à la mousse, la bruine rend le passage très glissant.

Avec précaution, Victor fit les premiers pas sur le pont improvisé.

***

La perspective de devoir créer une secousse sismique, aussi faible soit-elle, enchantait peu le Globulus. Il y avait toujours cette bombe, ce mécanisme diabolique déposé par la conseillère, qui pouvait exploser à tout moment, selon les humeurs ou les caprices de l'empereur.

Une idée saugrenue traversa l'esprit du puissant cerveau. Le projet semblait peu réalisable, mais…

— Et si cela pouvait fonctionner…

Avec les plus grandes précautions, le Globulus activa les pompes telluriques à leur plus bas régime. Tout se passait bien, aucune vibration n'alertait ses senseurs. Il augmenta progressivement le débit des pompes, et toujours aucune réaction alarmante ne se manifesta. Le Globulus était satisfait. Il conservait toujours le contrôle de la situation. Il ne lui restait plus qu'à tenter l'expérience.

Il s'agissait, dans un premier temps, de rétablir les conditions propices à la création du curieux phénomène observé quelque temps plus tôt : la colère. Le Globulus n'avait qu'à se remettre en colère. Cela ne fut pas très difficile lorsqu'il se remémora la communication de Sygrill lui annonçant la perte de la dague de cristal au profit des trois Terriens.

Oui, ce puissant ressentiment remontait en lui. Oui, il était de nouveau dans une terrible colère. Les pompes telluriques augmentèrent d'un cran et le courroux du Globulus s'accrut d'autant.

Les effets du val-thorik se firent rapidement sentir. Ses neurones drainèrent un nouvel afflux d'énergie. À la surface du cerveau, des fluctuations incessantes redessinèrent les circonvolutions de ses méandres neuraux. Bref, le plus gros mal de tête de l'histoire prenait forme lentement. C'est alors que le phénomène attendu se produisit. Une nuée lumineuse enveloppa la masse de chair sous verre et envahit tout l'espace libre de la coupole. Le Globulus augmenta de nouveau le régime des pompes. Progressivement, la nuée déborda les limites du globe et se mit furtivement à glisser le long de la paroi de verre en direction d'une minuscule boîte noire.

En touchant le sol, le nuage lumineux aux formes mouvantes se densifia et devint un cocon de deux mètres de haut, partiellement translucide. Le registre sonore des pompes gravit d'une nouvelle octave. D'aspect intangible, la forme devint silhouette fluide avant de prendre une ligne définitive. Voilà donc à quoi ressemblait le Globulus six cents ans auparavant, selon ses souvenirs. La forme s'approcha de la petite boîte noire et tenta de la déloger, mais ses mains ne purent la contenir et la traversèrent sans résistance. À plusieurs reprises, la forme tenta rageusement de s'accaparer de l'objet, mais ce fut peine perdue.

Dans la caverne, une longue plainte se fit entendre. Un gémissement à peine couvert par le sifflement des pompes s'étira dans l'écho de la grotte. Le Globulus tenta bien d'augmenter le régime de ces dernières, mais une faible vibration du sol le ramena à l'ordre.

Les pompes agonisèrent dans un sourd ronflement. La nuée se dissipa comme elle était venue. La petite boîte noire continuait de narguer le plus puissant cerveau de la planète.

***

La pente s'annonçait raide et les points d'ancrage devenaient de plus en plus distants. Le sol rocailleux faisait place lentement à une végétation rabougrie où il était difficile de progresser sans perdre pied. Quelques centaines de mètres plus bas commençait la savane, synonyme d'une halte très attendue par les quelques rescapés du commando.

Le lieutenant était peut-être celui qui souhaitait avec le plus d'impatience cette pause bien méritée. Depuis le décès du dernier soldat, Varlak l'avait obligé, malgré ses protestations, à fournir son effort de guerre dans le transport des munitions. Pour son grand malheur, le coffre dont il avait hérité semblait le plus lourd du lot. De plus, il en connaissait le contenu et cette information était loin de le rassurer.

À l'instar de ses congénères, ses bottes l'avaient abandonné depuis plusieurs heures déjà. Inconsciemment, il calculait à chaque pas la distance qu'il lui restait à parcourir avant de pouvoir enfin reposer ses pieds endoloris. Deux cents mètres… Non, peut-être cent cinquante seulement avant la pause si le capitaine s'arrêtait aux premières broussailles. Tout à ses calculs de descente, le lieutenant négligea une règle essentielle : regarder où l'on met les pieds. Malgré ses griffes mordantes, son pied dérapa sur la piste sablonneuse. L'homme de tête, incapable d'assurer seul la retenue de la lourde caisse, glissa à son tour sur le dos en direction du capitaine. L'avertissement vint trop tard : les pieds du soldat atteignirent violemment les jambes de son supérieur. Malgré lui, le soldat planta ses griffes acérées dans les mollets du capitaine. Fou de rage, l'officier hurla de douleur et chercha derrière lui le coupable de cette sauvage attaque.

— Pardon, mon capitaine, c'est le lieutenant qui…

— Oui, je m'en doutais déjà, coupa l'agressé.

— Désolé, monsieur, le sol est friable et…

— Lieutenant, vous savez ce que contient cette caisse ?

— Naturellement, mon capitaine, en tant qu'officier…

— Si votre grade vous rend incapable de transporter cette caisse de façon sécuritaire, laissez votre place à d'autres, trancha l'officier tout en se massant les mollets et en désignant d'un coup d'œil les deux soldats fermant la marche.

En d'autres circonstances, le lieutenant aurait facilement cédé ce travail indigne d'un officier de son rang, mais il transportait cette caisse depuis des heures déjà et il n'était plus question qu'il soit remplacé par deux loques à peine capables de se tenir debout à quelques mètres de la pause.

— Ces moribonds ne pourront jamais…

— Lieutenant, ce n'est pas une demande, mais un ordre, répondit le capitaine, trop heureux de remettre à sa place ce jeune officier je-sais-tout.

Varlak donna le signal du départ. Les deux soldats, harnachés à l'arrière du caisson, firent quelques pas hésitants.

— Capitaine, je crois que c'est une erreur…, commença le lieutenant qui, maintenant, fermait la marche.

Écrasés par le poids de leur chargement, les deux agonisants n'allèrent pas plus loin. Le coffre frappa durement le sol. Sous l'impact, un scellé de la boîte céda et laissa échapper une légère fumée âcre, présageant un désastre imminent.

Par un long cri d'épouvante, le porteur de tête alerta la troupe. Rapidement, il se libéra de sa courroie et détala à toute vitesse. Prisonniers de leur sangle coincée sous la caisse, les deux malheureux porteurs de queue, faibles et en état de panique, ne parvenaient pas à se dégager.

Varlak arriva en courant, et du pied, poussa sans hésitation la caisse vers l'abîme, entraînant avec elle les deux militaires toujours prisonniers de leur courroie. Porteurs et caisse dévalèrent la pente sur une centaine de mètres. En haut, tout le monde se précipita au sol. En bas, l'explosion fut terrifiante.

***

Sur la rive opposée, Victor attendait patiemment le passage de Nadia. La jeune femme s'apprêtait à grimper sur le tronc vermoulu lorsque la vibration sonore de l'explosion les atteignit. Instinctivement, Caroline ferma les yeux et chercha une image.

— Les *trogs* ne sont pas loin, il faut se dépêcher, annonça-t-elle.

Nadia monta rapidement sur l'arbre tandis que Caroline poursuivait son exploration mentale.

— L'explosion est due à un accident, précisa-t-elle. Une caisse d'explosifs ou une bombe a sauté.

Steven, heureux de voir les gris en difficulté, demanda sur un ton espiègle :

— Y avait un *trog* assis sur la caisse, quand ç'a explosé ?

Caroline, les yeux toujours fermés, grimaça de dégoût et dit posément :

— Non, ils n'étaient pas assis dessus.

— L'Ermite ne serait pas fier de toi, mon garçon, répliqua Nadia, outrée par l'intervention du garçon.

Steven mit ses mains dans ses poches en haussant les épaules.

— Mais ces *trogs* veulent notre peau. Pourquoi je ne pourrais pas m'amuser un peu ?

— L'Ermite nous l'a maintes fois répété : aucun geste malveillant de la part d'autrui, quelle qu'en soit l'importance, ne peut nous excuser. Aucune action négative ne doit nous inciter à nous abaisser à leur niveau.

Sans attendre la réponse du garçon, Nadia tâta du bout du pied la mousse recouvrant le tronc et entreprit la traversée. Steven, un peu boudeur, laissa passer Caroline avant de s'engager à son tour sur le pont improvisé. Nadia était à mi-chemin lorsqu'elle posa son pied droit sur une épaisse plaque de mousse. Telle une éponge imbibée d'eau, l'amas végétal se déforma en crachant sa masse liquide. Sur une surface aussi glissante, le pied de Nadia ne trouva aucune prise et la jeune femme se voyait déjà plonger dans les eaux tumultueuses du torrent. Victor se précipita sur la bille de bois et attrapa énergiquement la main de la jeune femme. Retrouvant son équilibre, la respiration haletante, Nadia poursuivit à petits pas jusqu'à la rive. À peine remise de ses émotions, elle lança d'un seul souffle :

— Caroline, sois prudente, au milieu c'est très dangereux.

Victor se fit toutefois encourageant. S'agrippant à une branche émergeant du tumulte, il avança de quelques pas et tendit sa main libre vers la jeune fille.

— Allez-y, *señorita,* et attrapez ma main.

Pas très loin du guide, dans un fourré, Sygrill souriait de satisfaction. Il savait maintenant quand donner le signal. Sur le tronc, Caroline avança d'un pas hésitant. Lentement, elle déposa son pied sur la plaque de mousse. Dans le fourré, une petite phrase fut murmurée.

— C'est le moment, Globulus. Allez-y.

Au signal de l'agent, le cerveau sous verre dévia un courant tellurique secondaire et provoqua la légère vibration demandée, une toute petite secousse sismique très localisée. Sous les pieds de la jeune fille, le pont improvisé vibra dangereusement. À quelques mètres de la rive, Victor cherchait désespérément à retrouver son équilibre en s'appuyant à sa branche.

Caroline n'eut pas autant de chance. L'arbre roulait de plus en plus. L'épaisse mousse n'offrait aucune prise et le sac à dos de la jeune fille faussait tout sens de l'équilibre. Malgré ses efforts, Caroline perdit soudainement pied et bascula dans le torrent bouillonnant.

Horrifié, Steven laissa tomber son sac sur la berge. Mû tel un ressort, il plongea dans l'écume blanche. Vidal en fit autant de son bagage et sauta à son tour. Sur la rive opposée, Nadia compta les secondes qui semblèrent devenir des heures. Victor vit apparaître une première tête.

— Là-bas, regardez, s'exclama-t-il en pointant du doigt le centre de la rivière.

Pleine d'espoir, Nadia fouilla les vagues. Steven refit surface en crachant des tasses d'eau. Plus loin, sous un escarpement s'affaissant dans le torrent, une main s'agrippa à un rocher. Une deuxième tête apparut. Péniblement, Vidal reprenait son souffle et cherchait à s'orienter. Il plongea de nouveau. Steven l'imita dans la direction opposée. Le fort courant entraîna rapidement les deux nageurs.

Steven passa sous un arbre effleurant l'écume et tenta de s'y accrocher, mais les grosses branches demeuraient loin de sa portée. En quelques secondes, Vidal le rejoignit et coinça son poignet gauche dans une fourche de l'arbre. De l'autre main, il attrapa le garçon et le souleva jusqu'à ce que celui-ci découvre une prise solide.

— Tu as trouvé Caroline? demanda Steven, le cœur plein d'espoir.

Pour toute réponse, Vidal offrit un visage fermé.

— Alors, il faut y retourner! s'écria Steven en tentant de rebrousser chemin.

D'une poigne solide, Vidal interdit au garçon tout retour vers le torrent. Le cœur meurtri, Steven progressa de branche en branche sur plusieurs mètres avant de trouver pied sur le bord de la rivière. Derrière lui, Vidal suivait de près, assurant ainsi la sécurité du garçon.

De son poste d'observation, Sygrill jubilait en silence.

— Beau travail, mon seigneur, souffla-t-il dans son communicateur. La jeune fille est éliminée… ou presque. Attendons la réaction de Guidor maintenant.

***

Swilly avait quitté sa colline depuis un bon moment déjà. Il atteignit la savane en un peu moins d'une heure. Bien que rabougrie, la végétation coupait grandement le champ de vision. Les jumelles n'étaient maintenant d'aucune utilité. Swilly consulta sa boussole. Sa nouvelle amie marchait plein sud. Utilisant son talent de pisteur, Swilly demeurait attentif aux branches cassées, aux herbes piétinées. Sans aucune difficulté, il identifia des signes du passage du groupe. Il était toujours sur la piste de son amie.

***

Malgré le pessimisme de Victor, Nadia demeurait catégorique.

— Caroline est toujours vivante. Je le sens. Il faut redescendre le courant et explorer les deux côtés de la rivière.

Le guide n'insista pas et organisa le plan de recherche. On se divisa en deux groupes. Rejoints par Dalmino qui avait récupéré les sacs de Steven et de Vidal, Nadia et Victor demeureraient sur la seconde rive. Sur la rive opposée, Vidal et Steven reviendraient sur leurs pas, jusqu'aux Portes de l'enfer si nécessaire.

De son poste d'observation, Sygrill n'entendait pas l'échange entre Nadia et le guide, mais la réaction de la jeune femme était sans équivoque. Elle croyait la jeune fille encore vivante. Cette certitude de la part de la femme ne troubla nullement l'agent. Un kilomètre plus bas, c'était la cataracte. Compte tenu de la force du courant, le destin de la jeune fille était scellé.

— Vous perdez votre temps, mes bons amis. La fille n'a aucune chance sans le secours de Guidor, conclut Sygrill.

Ce qui ramena rapidement l'agent au but de l'opération : une intervention imminente de Guidor. Mais l'intervention tardait à venir, jugea Sygrill au bout de quelques minutes d'attente. Impatient, il consulta sa montre.

— Qu'est-ce qu'il attend ? La fille n'est plus très loin de la chute, maintenant.

Levant les yeux au ciel comme s'il s'attendait à voir l'être de lumière descendre d'un nuage, il marmonna, les dents serrées :

— Allons, Guidor, montre-toi.

Une tonalité discrète se fit entendre. Il activa rapidement son communicateur. Le Globulus était déjà en ligne.

— Mes hommages, Globulus. Alors, vous avez repéré Guidor ?

— Négatif, annonça le puissant cerveau. C'est le silence total sur tous les niveaux vibratoires. Sur votre proposition, insista le Globulus, j'ai risqué ma tête inutilement.

— Je n'y comprends rien, mon seigneur. Un tel incident aurait dû le faire réagir.

— Ce qui ne semble pas être le cas, observa Globulus.

— Soyez assuré que je mets tout en œuvre pour l'amener à se manifester. C'est ma priorité.

— Alors, vous devrez changer vos priorités.

— Comment ! s'exclama l'agent.

— J'ai découvert, dans les archives de Trogol, une vieille histoire de centre énergétique. Vous trouverez sur votre scryptobloc les détails de votre nouvelle mission. En ce qui a trait à Guidor, j'ai ma petite idée. Je m'en occupe personnellement.

Sygrill coupa la communication et leva les yeux. Il avait perdu de vue Nadia et ses deux guides. Sur l'autre rive, il devina dans le feuillage la présence de Steven et du troisième guide.

— Cherchez toujours si ça vous chante, mais vous perdez votre temps. C'est terminé pour la fillette.

Catégorique sur l'issue du drame, il délaissa son poste d'observation. Il avait un rendez-vous important à préparer.

***

Le choc fut violent. La jeune fille perdit conscience durant plusieurs secondes. Lorsqu'elle revint à elle, Caroline cracha, toussa et réussit enfin à prendre une grande bouffée d'air. Ballottée par les vagues, elle se laissa porter par le courant, le temps de retrouver tous ses esprits. Sur sa droite, au tournant de la rivière, apparut une longue bille de bois coincée dans les rochers.

Se laissant dériver, elle atteignit le billot et se crut sauvée. Elle s'y agrippa et tenta d'y monter. Son poids déstabilisa l'épave gorgée d'eau. La bille plongea sous les eaux, se libérant ainsi de son carcan. Caroline n'osa pas lâcher sa prise et se retrouva rapidement de nouveau dans le courant. Le périple fut de courte durée: droit devant, une dent de pierre mordait les vagues. L'épave percuta le rocher. Caroline ne put retenir un cri d'épouvante, juste avant de lâcher prise.

Le gémissement aurait dû se confondre aux rugissements des flots, mais le cri de détresse lancé d'une voix claire atteignit la lisière de la forêt. La voix éveilla un souvenir familier chez le jeune demi-gris. Pris d'un mauvais pressentiment, Swilly courut vers la rive. Scrutant les flots avec appréhension, il ne vit que les vagues et l'écume léchant les rochers.

Caroline refit surface et aperçut le garçon qui déjà s'était glissé dans l'eau jusqu'aux genoux. Du bout des doigts, elle griffa l'épave. Épuisée, dans un ultime effort, elle réussit à hurler «à l'aide!» avant de se laisser couler sous les eaux. Swilly n'eut que le temps de voir la petite main blanche disparaître dans les flots. Il s'élança et nagea vers le billot, puis plongea sous ce dernier. Rapidement, la tête du garçon réapparut. Il chercha à gauche, à droite, cria le nom de Caroline et replongea de nouveau dans les eaux tumultueuses.

***

Victor manifestait de plus en plus son pessimisme. Déjà le grondement de la cataracte se faisait entendre et le guide imaginait le pire. Osant à peine regarder la jeune femme, il laissa échapper :

— La chute n'est plus très loin et il est possible...

— Caroline est vivante ! hurla Nadia. Elle a besoin de nous ! Si elle était morte, je le saurais !

Se frappant la poitrine de la main, elle ajouta :

— Elle est vivante. Je le sens.

Le guide n'insista pas et haussa les épaules. Avec ces étrangers, tout était possible. Il reprit l'exploration de la berge.

✳✳✳

Tout en soutenant la jeune fille, Swilly détacha le sac à dos de Caroline et le pendit à une branche émergeant des eaux. Épuisé, marchant d'un pas hésitant et portant toujours la jeune fille dans ses bras, il atteignit enfin le rivage. Délicatement, il s'agenouilla et la déposa sur le sol. La jeune fille était pâle, inerte. Il se pencha lentement vers elle et commença à lui faire le bouche-à-bouche. Caroline toussa et se vida les poumons. Elle ouvrit les yeux et reconnut le jeune gris. Elle lui sourit tendrement.

— Swilly, murmura-t-elle avec douceur.

Le garçon n'avait jamais apprécié son prénom outre mesure. Depuis des siècles, on le réservait aux demi-gris et il ne traduisait rien de bien prestigieux. Mais aujourd'hui, dans la bouche de Caroline, il prenait une toute nouvelle valeur. Pour la première fois, Swilly aimait son prénom.

Il replaça une mèche blonde traînant sur le visage de la jeune fille et lui rendit son sourire. Il l'aida ensuite à s'asseoir et l'encouragea à s'appuyer sur sa poitrine. Caroline se laissa guider. Elle goûta en silence la chaleur du garçon lorsqu'il l'entoura de ses bras. Elle ferma les yeux. Pour la première fois depuis des années, Caroline se sentit bien.

Peut-être à cause de l'effort déployé, peut-être à cause de l'état de bien-être ressenti, les deux adolescents s'assoupirent l'un près de l'autre.

***

— Caroline...

La jeune fille reprit conscience et colla sa tête sur l'épaule de Swilly.

— Oui, qu'y a-t-il? demanda-t-elle à mi-voix.

— Mais je n'ai rien dit, répondit le garçon en sortant de son état de somnolence.

— Caroline...

Cette fois-ci, tous les deux avaient bien entendu l'appel. Caroline reconnut la voix aussitôt.

— C'est Steven! s'exclama-t-elle.

Caroline se souleva sur les genoux.

— Steven! Par ici! cria-t-elle, tout excitée.

Un coup de machette tailla les broussailles. À travers le feuillage apparut Vidal, suivi de Steven. À la vue de la jeune fille, Steven bouscula le guide et courut vers son amie.

— Caroline! C'est super de te voir saine et sauve.

Les retrouvailles furent émouvantes, mais de courte durée.

— Et Nadia, où est-elle? s'enquit la jeune fille.

— C'est vrai! Elle est sûrement morte d'inquiétude, répondit le garçon en se frappant le front. Elle est avec Victor et Dalmino sur l'autre rive. Faut que je retourne vite à la rivière les prévenir, sinon ils vont nous dépasser et marcher jusqu'à la chute. Tu viens Vid... Mais où est-ce qu'il est passé?

Le porteur n'avait pas attendu la suggestion de Steven pour réagir. Dès le début des effusions, Vidal courut vers la rivière, récupéra le sac à dos de la jeune fille et attendit le passage de Victor. Lorsque Caroline, Swilly et Steven atteignirent la berge, un comité d'accueil les salua de l'autre rive.

***

Victor jugea inutile de remonter jusqu'à l'étranglement rocheux. On lança deux cordes par-dessus les flots. De chaque côté de la rivière, elles furent attachées solidement à des arbres bien robustes. La première corde était tendue à un mètre au-dessus du torrent, la deuxième à trois mètres.

Vidal se porta volontaire pour éprouver la solidité du pont de fortune. Aguerri aux activités de brousse et de montagne, il se permit une tâche supplémentaire en passant sur ses épaules le sac à dos de Caroline. Par mesure de sécurité, il inséra le nœud coulant d'un petit bout de corde dans le filin supérieur du pont improvisé et attacha l'autre extrémité à sa ceinture. Il mit pied ensuite sur la corde inférieure en levant les bras vers la seconde, tendue au-dessus de sa tête. Les cordes étaient solides et les arbres servant d'ancrage, en bon état. La traversée se fit donc sans anicroche. Caroline observait le guide avec anxiété.

— Jamais je ne pourrai faire une telle chose, avoua-t-elle en sanglotant.

Swilly la prit tendrement par les épaules et la rassura.

— Caroline, nous sommes sortis de cette rivière ensemble. C'est ensemble que nous la traverserons.

Prenant la main de Caroline, il l'amena près des cordages. Il glissa une corde sous les fesses de la jeune fille et la passa ensuite sur ses propres épaules avant de l'attacher solidement à la taille de sa protégée. Caroline enlaça le garçon et s'accrocha à ses épaules. Swilly monta sur la première corde. Il plongea son regard dans celui de la jeune fille et demanda doucement :

— Tu es prête ?

Calmement, comme si on lui avait proposé gentiment une balade dans un parc, Caroline hocha la tête. Dans les bras de Swilly, elle se sentait en totale sécurité et ferma les yeux. Lentement, Swilly se laissa couler le long des cordes. Au milieu de la rivière, Caroline ouvrit les yeux et jeta un coup d'œil autour d'elle. Malgré le bouillonnement coulant sous ses pieds, elle ne ressentait aucune crainte. Calmement, elle ferma de nouveau les yeux et appuya son front sur la nuque du jeune homme. En quelques minutes, le couple se retrouva de l'autre côté, sur la terre ferme.

— Tu as été très courageuse, souligna Swilly.

Courageuse? Caroline se demandait bien en quoi. Elle se souvenait à peine de la périlleuse traversée.

Utilisant une souche comme marchepied, Steven monta à son tour sur la corde, mais il se rendit vite compte d'un problème délicat. Ce pont de fortune avait été construit par un adulte, pour des adultes. Avec une distance de deux mètres entre les cordes, le jeune garçon avait un sérieux handicap. Sur l'autre rive, c'était la consternation et Vidal acceptait de bonne grâce les reproches de Victor.

Oubliant la première corde, Steven se donna un élan et attrapa la corde supérieure. En se balançant vigoureusement, ses pieds accrochèrent la corde. Il passa ensuite ses jambes autour de celle-ci et opta pour faire le trajet sur le dos. Sous les encouragements du groupe et le regard anxieux de Nadia, à bout de bras, Steven se glissa le long du filin. En peu de temps, il rejoignit ses compagnons d'aventure.

Caroline et Swilly étaient maintenant sains et saufs. Tout le monde le savait sauf eux, peut-être. Depuis ce qui lui semblait une éternité, Nadia avait espéré ce moment où elle pourrait enfin serrer Caroline dans ses bras. Mais à la vue de ce couple tendrement enlacé, la jeune femme se résigna à patienter encore un peu. Pour le moment, Victor terminait de délier les deux corps. Il ramassa la corde et s'éclipsa discrètement. C'est à ce moment précis que Steven décida de quitter son perchoir et sauta sur la berge. Avec sa belle délicatesse si appréciée, il apostropha la jeune fille:

— Hé, Caroline, t'es rendue.

Il n'en fallut pas plus pour briser le charme et sortir Caroline de sa rêverie. Un peu gênée, elle retira ses mains des épaules du garçon. À regret, Swilly abandonna la taille de la jeune fille.

— Merci. Merci pour tout, soupira Caroline.

— Me remercier! Pourquoi? Je n'ai jamais rien fait d'aussi agréable de ma vie, avoua le garçon.

Steven marcha négligemment vers le couple. Considérant que Steven en avait déjà assez fait pour la journée, Nadia partit à sa rencontre et l'intercepta en le prenant par l'épaule.

— Tu t'es bien débrouillé, souligna-t-elle.

Simulant une mimique dédaigneuse, elle effleura du doigt la chemise du garçon et ajouta sur un ton de connaisseur:

— Tu ne devrais pas garder ces vêtements humides. Je te conseille de te changer. Ensuite, tu pourrais aider Vidal à ramasser du bois mort. Un bon feu, vous en aurez tous besoin pour vous réchauffer et faire sécher ces vêtements détrempés.

Et sur un ton complice, elle ajouta:

— Et je vais vous préparer un bon bouillon.

N'ayant rien compris au manège de la jeune femme, Steven s'exécuta docilement pendant que Nadia jetait un nouveau coup d'œil vers le jeune couple.

Steven découvrit son sac près des bagages de Vidal. Nonchalamment, il commença à déboutonner sa chemise détrempée tout en fouillant le fond de son sac. La journée avait été pleine de rebondissements, mais une dernière surprise attendait le jeune garçon.

— Eh! Mais qu'est-ce que tu fais là, toi? s'exclama Steven.

Du sac à dos, un petit lézard sauta sur le sol, un petit lézard à la queue coupée.

***

Depuis plusieurs heures déjà, le soleil avait pris congé derrière les montagnes. À la lueur du feu de camp, Steven racontait sa journée à son nouvel ami. Bien installé sur l'épaule du garçon, le petit reptile demeurait imperturbable et acceptait toutes les confidences de Steven.

— Je vais t'apprendre la lévitation. Je vais faire de toi le premier lézard volant d'Amérique du Sud… et peut-être du monde !

Un peu plus loin, à l'écart du foyer, Caroline et Swilly, collés l'un à l'autre, profitaient d'une tout autre technique pour se réchauffer.

CHAPITRE XI

À travers les nuages, la lune dévoilait timidement le début de son dernier quartier. Dans la lueur blafarde de la nuit se faufilait une ombre discrète et silencieuse. Écartant doucement les feuillages, marchant à pas de loup dans les hautes herbes humides, la silhouette aux gestes fluides progressait lentement dans la savane. Près d'une clairière, elle s'immobilisa et se confondit dans la végétation.

— Il ne me reste que mon lieutenant, deux combattants, une seule arme, celle-ci, et une caisse d'explosif, avoua Varlak.

Le bilan du capitaine se révélait peu reluisant, mais il ne semblait pas en être gêné. Debout à ses côtés, le lieutenant demeurait muet. Devant eux, leur interlocuteur ne brillait pas non plus par sa prestance.

Varlak observa le visage de son vis-à-vis, dansant à la lueur des flammes du foyer. Il attendit patiemment les commentaires de son visiteur. Ce dernier se permit un court silence avant de réagir. Il lança quelques brindilles dans le feu et prit la parole.

— J'ai deux charges dans mon arme.

— C'est tout?

— C'est tout, dit-il stoïquement.

Varlak ne cacha pas sa déception. Bien sûr, à la vue de cet individu dans ses vêtements défraîchis et usés, le capitaine ne s'attendait pas à une aide très importante, mais il avait tout de même espéré un peu plus.

— Deux charges, finit-il par dire, cela ne sera pas d'un très grand secours.

Le nouveau venu examina ses bottes en peau de crocodile rongées par la vermine. Toute l'extrémité de la chaussure avait disparu et laissait maintenant poindre le bout de ses orteils. Sygrill avait donc conservé son image holographique terrienne. Ce n'était vraiment pas par plaisir puisque cela lui demandait un surcroît de concentration. Et c'était justement pour cette raison qu'il conservait son image humaine. Son pouvoir de concentration démontrait sa puissance intérieure. Varlak, ne pouvant demeurer en reste face à ce civil, en avait fait autant. Seul le lieutenant, témoin de la discussion, avait cédé à la tentation de retrouver son image originelle. L'agent Sygrill sortit de son mutisme.

— Vous m'en voyez désolé, dit-il sur un ton ironique, mais il aurait été plus normal que ce soit à moi d'obtenir de l'aide d'un puissant commando et non le contraire.

— C'est vrai, concéda Varlak sans réagir au sarcasme de son visiteur, mais nous avons subi des pertes importantes. Je vous rappelle que nous vivons normalement sous terre. Depuis six jours, nous sommes exposés à ce satané soleil.

Sur un ton défaitiste, il ajouta :

— Sans arme, je ne vois pas comment nous viendrons à bout de ces maudits Terriens.

— Ils sont en effet plutôt coriaces, confirma Sygrill.

Sur le ton de la confidence, Varlak ajouta :

— Je crois même qu'ils ont des pouvoirs magiques.

Sygrill sourcilla.

— Et depuis quand un *trog* croit-il à la magie ?

— Depuis qu'il a rencontré ces Terriens, répondit le capitaine sans se démonter.

L'agent gris retrouva son sérieux. Méthodiquement, il lança une première ligne...

— Des pouvoirs magiques, c'est à voir... à moins qu'ils possèdent une arme, une arme très puissante et secrète.

— Une arme secrète ! lança le capitaine.

De la main, Sygrill l'invita à baisser le ton en jetant un coup d'œil du côté des deux soldats endormis.

— Une arme secrète ? répéta le militaire, tout excité par une telle révélation. Elle ressemble à quoi ?

Sygrill éluda la question par une nouvelle confidence susceptible d'aiguiser l'intérêt de son interlocuteur.

— Ceux qui rapporteront cette arme à notre glorieux empereur recevront les plus grands honneurs et la reconnaissance de notre puissant souverain.

Cette fois-ci, le capitaine tomba dans le panneau. Un sourire méchant tenta de s'inscrire sur son visage. En fin de compte, dans cette mission, tous les espoirs n'étaient pas encore perdus.

Sygrill était vraiment fier de lui, mais n'en laissa rien paraître. De par sa formation d'agent de surface, il était rompu à toutes les formes de manipulation. Lorsque l'on mordait à son hameçon, il le savait instinctivement. Et Varlak n'avait pas simplement mordu, il avait avalé tout l'appât. Cela se voyait dans ses yeux. Le capitaine avait une soif de gloire intarissable, une soif qui n'acceptait sûrement aucun partage. L'agent en prit bonne note. Sitôt la dague en sa possession, le capitaine devrait rejoindre ses congénères dans le néant.

— Je vous propose d'unir nos forces et d'anéantir ensemble ces misérables Terriens, finit-il par ajouter.

— Vous avez un plan ?

— Ces humains marchent présentement vers un important centre énergétique, une source de puissance qui met en péril tout notre empire. Notre mission est donc capitale. Il faut détruire ce centre d'énergie.

Varlak opina de la tête et attendit la suite, la suite et quelques détails sur l'arme secrète. Sygrill continua :

— Suivons le groupe. Découvrons l'accès de cette forteresse et détruisons-la en totalité. Du même coup, éliminons les Terriens après avoir récupéré l'arme secrète.

— Qui ressemble à quoi? tenta de nouveau le capitaine.

Sygrill haussa bêtement les épaules. Avec l'innocence de l'enfant qui vient de naître, il déclara naïvement:

— Difficile à dire, puisqu'elle est secrète.

Satisfait, Sygrill se leva. Il ramassa sa couverture, trouva un coin tranquille et se prépara pour la nuit. Sitôt Sygrill parti, le capitaine retrouva rapidement son image originelle en laissant échapper un long soupir. Frustré, Varlak lança du bout de ses griffes un peu de sable sur les braises agonisantes. Un simple signe de tête invita son lieutenant à s'approcher.

— Nous avons perdu pratiquement tous nos miliciens, trois puissantes taupes et presque la totalité de notre équipement, mais grâce à l'arrivée inopinée de cet agent de surface prétentieux, nous pouvons envisager un retour glorieux.

— Il ne nous reste plus qu'à découvrir la nature de cette puissante arme secrète et la gloire sera pour nous, ajouta le lieutenant.

— Une gloire que je ne suis pas prêt à partager avec cet hypocrite, avoua Varlak, en pointant du menton l'agent déjà enroulé dans sa couverture.

Discrètement, l'ombre tapie dans les fourrés glissa silencieusement vers le cœur de la savane.

***

Steven s'amusait follement avec son nouvel ami. Le reptile arriva par derrière, plongea vers le groupe à toute vitesse et passa en rase-mottes au-dessus des têtes. Le lézard à la queue coupée grimpa ensuite de quelques mètres, fit une double vrille horizontale et amorça un grand cercle autour du groupe.

Ils s'étaient mis en marche dès le lever du jour. Malgré un ciel offrant de belles percées de soleil, une brise fraîche soufflant depuis leur réveil les obligeait à s'habiller chaudement et à se protéger le visage des bourrasques.

Ces conditions météo n'avaient en rien altéré les ardeurs de Steven. Bien que l'astre du jour n'eût pas encore atteint le zénith, l'animal cumulait déjà plusieurs heures de vol. Les exercices de déplacement à distance du garçon avaient sérieusement évolué. On était loin de l'époque des jongleries avec quelques roches ou des bouts de bois. Par sa volonté, il utilisait avec assurance le lézard comme un simple avion télécommandé. Avec un malin plaisir, il s'ingéniait à développer sans cesse de nouvelles figures de vol acrobatique reptilien.

Marchant côte à côte, Caroline et Nadia se désintéressaient totalement des activités du garçon et semblaient échanger de très profondes confidences. Victor, à la tête du groupe, en avait pris son parti et regardait droit devant lui. Sa seule préoccupation : arriver le plus tôt possible et en finir rapidement avec cette aventure. Fermant la marche, les deux porteurs devenaient de plus en plus nerveux à chaque passage du reptile. Vidal crut même nécessaire de confier à son collègue :

— Je vivrais cent ans avec eux, je ne pourrais jamais m'habituer aux pouvoirs de ces étrangers.

— Pour ma part, je ne voudrais pas vivre cent ans avec eux, renchérit Dalmino.

Les deux hommes n'étaient pas les seuls à se faire des confidences. À quelques pas devant eux, Caroline ne savait plus quoi dire ni quoi faire. Chez Nadia, les mots manquaient.

— Il y a une explication à tout, commença-t-elle sur un ton hésitant. Tu t'inquiètes peut-être sans raison.

— Sans raison ! s'exclama Caroline en se contenant difficilement. Ce matin au réveil, Swilly n'était plus là. Il est parti avec toutes ses affaires sans laisser le moindre petit mot.

Dans la tête de Caroline, tout se mit à tourner à vive allure. Soudain, elle prit le bras de Nadia.

— Est-ce que j'aurais dit quelque chose qui aurait pu le froisser ?

Devenant toute pâle, elle ajouta :

— Oh ! Mais ce serait terrible !

Nadia déposa sa main sur celle de la jeune fille. Avec un léger sourire, elle se fit rassurante :

— Ma chère enfant, tout ce qui sort de ta bouche est une douce musique à ses oreilles.

Caroline esquissa à son tour un sourire rassuré qu'elle perdit toutefois rapidement.

— Il désirait peut-être simplement explorer les environs... Nous aurions dû l'attendre un peu plus longtemps.

— Victor n'aurait jamais accepté, souligna la jeune femme. De toute façon, Swilly est un garçon débrouillard. Il nous retrouvera...

Nadia fit une pause et corrigea sa phrase.

— Il te retrouvera, où que tu sois.

Le teint rosé de la jeune fille s'accentua, mais déjà elle échafaudait de nouvelles hypothèses toutes aussi négatives les unes que les autres. Elle haussa les épaules dans un long soupir. Heureusement, le passage du lézard volant au ras de ses cheveux lui coupa toute inspiration. Nadia prit le temps de remercier le ciel de cette diversion avant de s'intéresser aux performances du petit lézard.

Tandis que la bête grimpait en flèche vers le ciel bleu, Steven accompagna la montée de l'animal d'un «wwwinnnn» sonore qui commençait à irriter dangereusement les nerfs de tout le petit groupe. Nadia se désigna porte-parole de l'assemblée :

— Steven, tu ne pourrais pas placer un silencieux à ton moteur d'avion ?

Demeurant sourd à la question, le garçon fit monter le lézard plus haut, toujours plus haut. Soudain, ce fut la panne. Le moteur cala. Dans une série de «wwinnnn... winn... winn...» saccadés, l'animal décéléra rapidement et amorça un début de chute libre. Toujours accompagné d'une illustration sonore de plus en plus aiguë, le lézard commença une longue descente en vrille vers le groupe. À bout de patience, Nadia avertit Steven :

— Cet animal, tu vas finir par le rendre fou ou le blesser.

— C'est pas juste un animal, c'est Zéro, objecta Steven.

Le dénommé Zéro effectua un dernier passage au-dessus des têtes et réussit un double looping sur la queue avant d'atterrir en douceur sur l'épaule de Steven.

— Zéro, c'est pas un nom pour un lézard, déclara Caroline avec humour.

— Zéro, c'est son vrai nom et voilà pourquoi, dit le garçon.

Lentement, l'animal quitta l'épaule de Steven et se mit à flotter sur place devant le groupe réuni.

— Vous voyez bien : il flotte, zéro gravité, fit observer fièrement le garçon.

Caroline haussa les épaules et ne put s'empêcher d'ajouter :

— De toute façon, Nadia a entièrement raison. Cet animal, tu vas finir par le rendre fou ou le blesser.

Songeur, le garçon observa son petit ami quelques secondes et annonça avec enthousiasme :

— C'est vrai. Je fais preuve d'irresponsabilité. Je vais lui fabriquer un parachute.

On aurait cru que Zéro avait tout compris. D'un petit coup de langue sur la joue du garçon, il démontra sans conteste son assentiment à cette brillante idée.

✳✳✳

Le pic des Dents du chien portait bien son nom. Devant Nadia, Caroline, Steven et les trois habitants du pays se dressait l'imposante formation rocheuse. Nadia sonda mentalement l'environnement. Après un court instant, elle fut rassurée. La jeune femme ouvrit les yeux.

— Il n'y a ni sentiment agressif ni présence négative sur les lieux, finit-elle par annoncer.

Les yeux mi-clos, Caroline confirma :

— Le commando est toujours sur nos traces... Ils ne sont plus qu'une poignée de soldats... Assez loin derrière nous, d'ailleurs.

Elle ouvrit les yeux et ajouta avec un sourire :

— Si vous pouviez les voir danser pieds nus sur les roches chaudes et pointues ! C'est tordant.

Victor s'approcha de Nadia et demanda :

— Nous sommes au pic des Dents du chien, *señora*. Qu'est-ce que nous devons faire maintenant ?

Dans un geste de gratitude, Nadia déposa sa main sur le bras de l'homme.

— Vous avez déjà fait beaucoup, Victor, plus que nous pouvions l'espérer. Pour vous, c'est terminé. Il n'y a plus rien à faire. C'est maintenant à notre tour de jouer.

Les deux porteurs s'étaient approchés discrètement de leur patron. Vidal demanda :

— Nous pouvons vous aider ?

— Je ne le crois pas, répondit la jeune femme. Grâce à la puissance du son, nous allons maintenant ouvrir une brèche dans le flanc de la montagne.

Dans un signe de fatalisme, Victor et Dalmino haussèrent les épaules et se mirent à regarder ailleurs. Vidal grimaça ouvertement. Il tourna rapidement les talons et murmura avec une pointe de mépris :

— ¡ *Santa Madre* ! Encore de la magie.

***

Étendus à même le sol, près de leur caisse d'explosifs, les trois derniers soldats de Varlak n'en menaient pas large. Un peu plus loin, appuyé à un grand arbre, valsait un étrange totem.

— Alors, qu'est-ce vous voyez ? grinça Varlak, le souffle court.

— J'en verrais peut-être un peu plus si vous cessiez de bouger, maugréa Sygrill.

— Taisez-vous et regardez. Sinon nous échangeons nos places, lança le capitaine dans un ultimatum.

Sygrill n'était vraiment pas intéressé à intervertir les rôles. Juché sur les épaules de l'officier, il tentait difficilement de conserver son équilibre. Se retenant d'une main à la branche la plus proche, il essayait, de l'autre, de faire la mise au point de ses jumelles télémétriques.

L'instrument rendit enfin une image claire, mais une image totalement dépourvue de sens pour l'agent. La femme et les deux enfants étaient assis côte à côte sur une couverture dépliée sur un îlot d'herbes rêches. Un peu plus loin, à l'écart, les trois Péruviens demeuraient debout et semblaient se contenter d'observer la scène.

Sous les pieds de l'agent, le point d'appui se mit à valser. Varlak venait de fournir son dernier effort. Épuisé, il se laissa choir sur le tapis de brindilles de conifères. Sygrill lâcha ses jumelles et attrapa de justesse une seconde branche. Tandis qu'il était ainsi suspendu à son arbre, il entendit le bruit clair de ses jumelles se brisant sur le sol. Toujours accroché à son perchoir, il en examina les restes. Avec un brin de philosophie, il se dit à lui-même :

— De toute façon, il n'y avait plus rien d'intéressant à regarder.

Avec un sourire méchant, il ajouta :

— Et très bientôt, il n'y aura rien à voir du tout.

***

Un peu à l'écart, les guides observaient la scène en silence. Face à la montagne, les trois étrangers demeuraient immobiles. Faisant le vide en eux, ils tentaient humblement de retrouver une paix, une harmonie intérieure.

Après de longues minutes de méditation, Steven regarda la montagne, prit une grande inspiration et, sur un ton solennel,

commença à émettre les premiers sons. Par une série de « aaa »
continue, il reproduisit les cinq notes si familières du film
« Rencontre du troisième type ». Choquée par la plaisanterie,
Nadia en perdit sa concentration.

— Steven ! Un peu de sérieux, s'il te plaît. Il faut suivre les
instructions de Guidor à la lettre.

Sur un ton faussement boudeur, le garçon se défendit à mi-
voix :

— C'était juste pour m'éclaircir la gorge et me détendre les
nerfs.

— L'Ermite t'a enseigné d'autres façons de te détendre. Mets-
les en application immédiatement.

Steven n'insista pas. S'ajustant au rythme de ses deux amies, il
commença de longues respirations, ce qui l'amena rapidement
dans un profond état de méditation.

Nadia entonna le premier son en donnant la note.

— Kéééiii...

Tous ensemble, à l'unisson, ils répétèrent le même son.

— Kéééiii...

Il en fut ainsi durant une dizaine de minutes, où différents
sons conservés et perpétués depuis des millénaires résonnèrent
devant le pic des Dents du chien.

— ... AOOMM...

Le dernier son se perdait en écho entre les collines lorsque
soudain, la montagne s'éveilla. Dans un grondement sourd, un
gigantesque pan de roc glissa de côté. Le bruit attira l'attention des
trois Péruviens. Ils n'osèrent pas s'approcher, mais se permirent
tout de même d'observer avec curiosité l'étrange phénomène. Le
morceau de falaise ne glissait pas réellement. Tout en se déplaçant,
il semblait se fondre dans l'ensemble de la montagne. Victor et
Dalmino demeurèrent immobiles. De nouveau, Vidal se signa sur
le cœur en toute hâte et ne lâcha plus ses amulettes.

Nadia, Caroline et Steven se levèrent. Ils marchèrent lentement
mais résolument vers la brèche créée dans la montagne. Ils avaient

beau être à l'origine du phénomène, ils n'en demeuraient pas moins impressionnés. Le garçon, plus rapide que les jeunes femmes, atteignit l'entrée le premier. Jetant un coup d'œil à l'intérieur, il ne put s'empêcher de dire :

— Y fait noir comme chez le diable, là-dedans.

Cette fois-ci, les trois hommes ouvrirent de grands yeux et se signèrent à l'unisson.

Arrivée près de l'entrée, Caroline se tourna vers les trois Péruviens.

— Vous venez avec nous ? demanda-t-elle innocemment.

Les trois hommes se consultèrent du coin de l'œil. Dalmino brisa le silence.

— Et s'il y a des fantômes dans la grotte ?

— Des fantômes ! répéta Vidal, pas très rassuré, en regardant dans la direction de Victor.

Sur un ton plus prosaïque, Victor résuma la situation :

— À l'intérieur, il y a peut-être des fantômes, souligna-t-il, mais dehors, il y a des soldats armés qui approchent.

— Les soldats vont nous massacrer, annonça Vidal tout tremblant.

Dalmino se tortilla sur place.

— Les fantômes, ils sont copains avec nos amis étrangers, concéda-t-il sur un ton dubitatif.

La consultation était terminée, la décision était prise.

***

À moins de cent mètres de la montagne, Sygrill n'eut pas besoin de jumelles pour découvrir l'ouverture dans le rocher. Accroupi au sommet d'une butte, l'agent obtenait une vue imprenable sur tout le paysage.

— Je crois qu'ils sont tous entrés. À mon avis, ils n'ont pas laissé de sentinelle.

— Il faudrait en être certains avant de passer à l'offensive.

Varlak avait émis le commentaire tout en se massant les pieds. Ses membres inférieurs enfin reposés, le cerveau de l'officier se remit à fonctionner.

— Vous devriez y aller en éclaireur et tout vérifier de près, suggéra-t-il à l'adresse de l'agent de surface.

— Y aller en éclaireur ? Pourquoi moi ? demanda Sygrill, peu porté sur le volontariat.

— Parce que vous êtes le seul à porter encore des bottes. À moins que vous préfériez prêter vos bottes à un autre volontaire, suggéra malicieusement le capitaine.

— Personne ne touchera à mes bottes, s'insurgea l'agent.

Sur ce, Sygrill quitta le commando et marcha résolument en direction de la montagne.

***

Les membres du groupe avancèrent d'une quinzaine de mètres et s'arrêtèrent, le temps de permettre à leur vision de s'adapter à ce nouvel environnement. Progressivement, ils distinguèrent la voûte et les parois de la grotte, mais cette capacité n'était due à aucun phénomène physiologique. Caroline, la première, en devina l'origine.

— Vous avez remarqué ? Les murs sont recouverts de la même substance qui tapisse le passage menant au vieux temple.

— Ça veut dire qu'on sert encore de bougies, conclut le garçon.

Tandis que les trois Péruviens examinaient avec stupeur la texture particulière des murs, le trio d'initiés découvrait, à la lueur phosphorescente des parois, deux avenues s'ouvrant dans des directions différentes. Nadia fouilla son sac et en sortit un petit cahier bleu. Steven, toujours aussi curieux, demanda :

— C'est Guidor qui t'a donné ça ?

À la mention du nom de Guidor, les trois porteurs retirèrent leur main de la paroi. Le jeu ne les amusait plus. Faisant abstraction de leur réaction, Nadia confirma par un simple signe de tête et ajouta :

— Il me l'a confié juste avant de nous quitter. Il a dit que nous allions trouver l'arbre de vie et que ce cahier donnait des explications sur cet arbre.

— Depuis quand les arbres poussent dans les cavernes ? demanda le garçon, incrédule.

Nadia ouvrit le cahier à la première page, où figurait une étrange illustration. On aurait dit le dessin d'une pierre précieuse allongée présentant de multiples facettes. Le croquis remplissait la feuille. Les intersections de certaines lignes étaient jointes par de petits cercles. Dans chacun des cercles, un mot était inscrit.

— Je ne crois pas que Guidor parlait d'un arbre véritable, mais bien d'un arbre symbolique, allégua Nadia. C'est l'arbre de vie de la tradition cabalistique, précisa la jeune femme.

Elle pointa le premier cercle au bas de la feuille. Il y était inscrit « MALKOUT ». Nadia tourna la page et lut quelques explications.

— « Par la puissance du son, vous avez ouvert la porte du royaume représenté par la dixième séphira Malkout. C'est le lien entre la matière compacte de la terre et les plans supérieurs et célestes. »

— Pas facile de débrouiller tout ça, avoua le garçon en se grattant la tête.

— Ça fait référence à l'exercice des sons fait à l'extérieur et à l'ouverture de la grotte, intervint Caroline. Tais-toi et laisse parler Nadia.

— « En poursuivant votre chemin, vous passerez sous l'arche du fondement : IÉSOD, la neuvième séphira qui est le gardien du seuil. »

Tous levèrent la tête à la recherche du gardien du seuil. Il était bien là : Iésod, gravé au-dessus de leur tête dans la pierre de l'arche. Nadia reprit sa lecture.

— «Vous découvrirez bientôt deux nouveaux passages. À votre gauche, la huitième séphira : HOD, représentant la gloire. À votre droite, la septième séphira : NETZACH, représentant la victoire.»

Tel que prédit par Guidor, le groupe rencontra Hod et Netzach. Ce furent ensuite les sixième, cinquième et quatrième séphirot : Tipheret, la beauté, Gebourah, la force, et Hesed, la miséricorde.

— Ce sont des mots bien étranges pour un arbre de vie, fit remarquer Dalmino sur un ton suspicieux.

— Ce sont peut-être des mots magiques, pour un arbre de mort, répondit Vidal, toujours aussi peu rassuré.

Offusquée, Caroline répliqua :

— Si ce cahier provient de Guidor, cela ne peut être qu'un arbre de vie.

Vidal demeura sur ses positions.

— Un cadeau offert par un fantôme ne peut rien apporter de bon.

— Mais Guidor n'est pas un fantôme, commença Caroline, c'est... un être de lumière.

Caroline aurait voulu en dire beaucoup plus sur la merveilleuse nature de leur ami, mais Nadia l'interrompit.

— Cela serait trop long à expliquer, Caroline. Nous avons encore beaucoup de travail à faire.

***

Malgré l'apparente absence de guetteur, Sygrill progressait avec prudence. En trois sauts, il se faufila entre les rochers et atteignit l'ouverture de la grotte. Il tendit l'oreille : aucun son, aucun bruit suspect. Délicatement, il vérifia l'état de son arme. Deux charges, il y avait bien seulement deux charges électrostatiques dans la réserve. Lentement, il se glissa la tête dans l'ouverture.

— Bon sang! Il fait noir comme chez le diable, là-dedans.

Sygrill jeta un coup d'œil vers les fourrés. La tête du capitaine apparut à travers la végétation. De la main, il invita l'agent à poursuivre son exploration. L'arme au poing, Sygrill pénétra dans la grotte. Contrairement aux membres du groupe, son corps ne dégageait pas l'énergie positive nécessaire à l'illumination des parois de la grotte. Il décrocha de sa ceinture une minuscule lampe de poche et commença l'exploration.

***

Deux nouveaux passages s'offrirent aux six membres de l'expédition. Nadia consulta son cahier.

— « Voici la troisième et la deuxième séphirot. BINAH, c'est le chemin de l'intelligence. C'est une région terrible, implacable, où règnent les vingt-quatre vieillards, les seigneurs du karma, qui ont la connaissance absolue de toutes les destinées. C'est également la porte étroite. Celui qui passe par cette porte abandonne sa peau, comme le fait le serpent qui mue, en se faufilant dans une fissure entre deux pierres rugueuses. »

— Brrr..., fit Steven. Pas très réjouissant comme aventure. Passe tout de suite à la suivante.

Dans un soupir de soumission, Nadia sauta une page.

— « C'est en HOKMAH que l'homme devient tout-puissant parce qu'il connaît chaque nombre, chaque lettre, chaque son ainsi que leurs pouvoirs. Dans HOKMAH s'ouvrent les trente-deux chemins de la sagesse. »

— Les trente-deux chemins de la sagesse, répéta Caroline, méditative. Cette séphira Hokmah n'a sûrement pas été créée pour Steven.

— Très drôle, madame. Alors, suivez-moi dans le passage de Binah.

Sur un ton mystérieux accompagné de grands gestes théâtraux, il ajouta :

— Dans le passage étroit où le serpent perd sa peau.

Avec un sourire amusé, Caroline prit un air de défi et suivit le garçon. Chez Victor et les deux porteurs, la blague fut beaucoup moins appréciée. Vidal et Dalmino gémirent en même temps :

— Écorché vif entre deux pierres rugueuses...

***

Dans le cercle lumineux de sa lampe de poche, Sygrill suivait sans difficulté les traces laissées par le groupe. Le cône de lumière balaya une imposante construction de pierres. Au centre de l'arche, juste au-dessus de sa tête était gravé un mot : HESED.

***

Le long couloir semblait s'étirer sans fin. Aucune nouvelle arche ne se dessinait dans la pénombre.

— T'es certaine qu'on est pas perdus ? demanda Steven qui commençait à trouver le périple fastidieux.

— Il y a encore un passage à traverser : Kéther, annonça Nadia sur un ton catégorique. Cette séphira représente la couronne.

— Et ce sera long avant de la trouver ? risqua Caroline.

La jeune femme n'eut pas le temps de répondre. Derrière elle, une voix autoritaire s'éleva.

— Cela sera très court...

Surpris, les membres du groupe se retournèrent tous. Une silhouette se détacha du pan d'ombre. Horrifiés, tous reconnurent le faux botaniste.

— Vous n'irez pas plus loin, car vous êtes rendus.

Dalmino tenta d'armer sa carabine, mais l'agent remarqua son geste et laissa apparaître son arme.

— Inutile de jouer les héros. Lâchez vos armes et placez-vous tous contre le mur.

À regret, les trois hommes déposèrent leurs armes sur le sol et marchèrent dans la direction indiquée par la pointe du pistolet. Demeurée immobile, Nadia ne put contenir sa fureur.

— Pourquoi nous avoir suivis jusqu'ici? Qu'espérez-vous de nous?

Le *trog* demeura sourd à la question. Dans un mouvement d'impatience, il bouscula sans ménagement la jeune femme en répétant:

— J'ai dit: tous au mur.

Nadia s'écrasa sur la paroi rocheuse. Steven, outré par un tel geste, s'élança vers l'agent.

— Espèce de sauvage! cria-t-il.

Sygrill eut tout juste le temps de le voir venir. Du bout du pied, il arrêta la course du garçon. En étirant la jambe, il repoussa Steven qui fut projeté vers l'arrière. Le garçon fit quelques pas incertains et perdit l'équilibre. Il roula sur le sol, son sac à dos amortissant heureusement la chute. Le havresac avait bien protégé le garçon, mais le choc violent de la roulade avait également occasionné un réveil brutal chez Zéro. Sous le rabat du sac, une petite tête de reptile en colère sortit brusquement. La bête menaça le *trog* de ses petits crocs blancs acérés.

— Je veux la dague. Je la veux sur-le-champ.

— Quelle dague? risqua Nadia.

Ignorant la question et poussant l'audace, il ajouta avec ironie:

— Et c'est Caroline qui va me l'apporter.

Caroline sursauta à la mention de son nom. En fait, tous étaient surpris par une demande aussi précise.

— Vous connaissez mon nom, dit-elle.

— Je connais ton nom et je connaissais également tes parents. Des gens très bien... peut-être trop, ajouta-t-il avec ironie. Il était impossible de les acheter ou de les corrompre.

— Mes parents étaient des gens formidables! s'écria Caroline, en pleurs.

— Malheureusement, être formidable ne vous rend pas immortel. Avec la disparition de ton père, il me sera enfin possible de mettre la main sur un des plus importants empires financiers du monde de l'électronique. Et aujourd'hui, de la main de sa fille, je vais obtenir un pouvoir incontestable sur toute la planète.

Retrouvant son sérieux, Sygrill tendit la main vers Caroline.

— Allez, apporte-moi la dague. Cela t'évitera peut-être un malheureux accident comme en ont connu tes parents.

— Alors, vous... vous avez...

L'émotion étreignit la jeune fille qui ne put en dire davantage.

— Hé! Oui, dit-il avec un sourire plein de sous-entendus.

Sur un ton condescendant, il ajouta :

— Mais j'ai eu de l'aide. La précieuse collaboration de deux personnes que tu connais très bien.

— Son oncle et son horrible tante! s'exclama Steven.

— Le monde est petit, n'est-ce pas?

Fier de la réaction horrifiée du groupe, Sygrill éclata de rire.

Sur l'épaule du garçon toujours étendu par terre, Zéro émit un râle menaçant. Profitant de l'hilarité du *trog* et de son manque d'attention momentané, Steven utilisa sans hésiter son pouvoir de télékinésie. Il lança le lézard au visage de l'agresseur. Le reptile semblait n'attendre qu'une telle occasion. Il attaqua sauvagement Sygrill et le mordit au visage. L'agent tenta bien d'éviter les assauts furieux de la bête, mais il fut pris au dépourvu lorsque Zéro esquiva les coups en virevoltant tout autour de lui. Dans une série de vrilles acrobatiques, le lézard attaquait dans toutes les directions. Sygrill ne parvenait plus à suivre les mouvements erratiques de la bête.

Steven maîtrisait son art à la perfection et son petit ami s'amusait follement. Le garçon déposa subitement l'animal sur l'épaule de l'agent *trog*. Zéro profita de ce point d'appui et prit son élan. Il sauta sur la main tenant l'arme et planta ses crocs dans la paume de l'agent. Sous l'effet de la douleur, Sygrill perdit momentanément sa concentration et sous les regards horrifiés du groupe, il retrouva sa véritable identité. Le visage et la main de l'agent étaient tout autres maintenant, mais Zéro n'y voyait aucune différence. Avec ardeur, il replongea ses crocs dans la nouvelle peau écailleuse de l'agent. Ce dernier gémit en levant le bras et pressa la détente à deux reprises, le canon de son arme pointé vers la voûte. Une première pluie de gravier tomba sur l'agent tandis que de plus gros blocs commençaient à s'effriter. Steven eut juste le temps de se concentrer et de ramener le lézard vers lui. Déjà, de lourds pans de roche s'affaissaient sur le *trog*.

La poussière retomba. Tous surveillaient avec appréhension le moindre geste de l'être monstrueux. À leur grand soulagement, l'agent demeura inanimé, le corps partiellement recouvert de pierres. Un peu plus loin, son arme gisait sur le sol, le canon tordu sous une grosse roche. De retour sur l'épaule du garçon, le lézard s'agitait nerveusement.

— Vous avez vu ça! clama fièrement le garçon. Mon petit lézard a écrasé ce gros lézard.

Déjà Victor s'était approché prudemment du *trog*. Lentement, du canon de sa carabine, il tourna la tête de ce dernier. Une coulée de sang vert maculait sa joue.

— Ce n'est pas un lézard, c'est…

Victor chercha ses mots.

— Un monstre, compléta Caroline.

— Et vous avez vu? Il s'est transformé lorsque Zéro l'a mordu!

— C'était sûrement une question de concentration, répondit Nadia, dubitative. La douleur a dû lui faire perdre ses moyens. Il s'est oublié…

Chez Caroline, ce fut un double choc. Muette, elle recula de quelques pas. Steven, toujours aussi prévenant, compliqua la situation.

— Eh bien! Si Swilly est du même modèle, on a un drôle de crapaud parmi nos connaissances. Quand je pense, Caroline, que tu… Aïe! fit le garçon.

La grosse main de Victor venait de tordre avec énergie l'oreille du garçon. Sans lâcher sa prise, il amena ce dernier à l'écart.

Nadia avait beau faire, elle ne réussissait pas à trouver les mots. Sur son épaule, la tête de Caroline mouillait sa blouse. Une nouvelle chute de pierres attira leur attention. Nadia leva la tête. Derrière Caroline, de nouvelles pierres venaient d'ensevelir le visage de l'agent gris. Une lumière éblouissante jaillit du médaillon de l'agent. Caroline se retourna. En quelques secondes, le corps du *trog* se désintégra. Caroline appuya sa tête sur la poitrine de Nadia. Dans un court soupir de la jeune fille, Nadia crut deviner un mot : Swilly.

∗∗∗

Rampant sur un monticule de sable, le *demi-trog* avait, lui aussi, repéré l'ouverture de la grotte. Soudain, son cœur se serra. Là-bas, le capitaine et trois soldats portant une caisse d'explosifs marchaient vers la fissure.

CHAPITRE XII

Varlak atteignit la grotte juste au moment où retentissait l'écho des deux détonations. Le capitaine tendit l'oreille. C'était de nouveau le calme plat. Braquant son arme vers l'ouverture, Varlak plongea dans l'obscurité. Derrière lui, les trois militaires imitèrent son geste en traînant misérablement la lourde caisse d'explosifs. Le capitaine ignorait tout des sentiments, mais était passé maître dans l'art de tout détruire. D'un œil expert, il évalua l'endroit et donna ses premières instructions.

— Ouvrez le caisson. Toi, dit-il en pointant une griffe vers le soldat le plus proche, tu me places deux mines juste sous cette arche. Vous deux, suivez-moi. Je veux deux nouvelles mines à tous les deux cents mètres. Ce sera un très joli feu d'artifice, ajouta-t-il avec un sourire sadique.

Le premier militaire sortit délicatement deux disques épais de trois centimètres et de quinze centimètres de diamètre. Sur le dessus de la charge étaient disposés un voyant jaune, un bouton d'amorce ainsi qu'un rectangle fluorescent. Varlak se pencha vers le caisson et ramassa un petit disque ovale. Outre sa forme et sa dimension, il possédait toutes les caractéristiques des autres mines. Le capitaine pressa un bouton. Les écrans de toutes les mines s'illuminèrent, affichant chacun trois rangées de points lumineux réparties sur dix colonnes.

— Je conserve la charge maîtresse, déclara Varlak. Quand j'aurai récupéré l'arme secrète, je déclencherai le compte à rebours de toutes les mines. Vous deux, par ici.

Les deux soldats agrippèrent la caisse. À petits pas, ils marchèrent de peine et de misère sur les traces de l'officier.

***

Coincée dans la fissure, la mine était à peine visible. Le militaire s'assura de la stabilité de l'engin avant de s'attaquer au deuxième dispositif.

Il venait de prendre la deuxième mine lorsqu'il arrêta son geste. Un léger bruit venait d'attirer son attention. Durant quelques secondes, il demeura attentif. De sa lampe de poche, il balaya le tunnel. Rien ne bougeait. Le silence régnait à nouveau dans le passage.

L'ombre n'était plus qu'à quelques mètres du soldat. Sans bruit, une botte laissa son empreinte sur le sol humide de la caverne. Un pas, deux pas, trois pas. Cette fois-ci, le soldat en fut certain : il n'était pas seul dans le passage. Lentement, il déposa la mine sur le sol, tout près d'un caillou. Dans un geste qui se voulait naturel, il délaissa la mine et ramassa discrètement le caillou. Il était prêt à attaquer. Il pivota brusquement sur lui-même en levant un bras menaçant. Son geste survint une fraction de seconde trop tard. Il eut à peine le temps de voir l'immense gourdin fondre vers lui. Le coup fut terrible. Il tomba par terre, inconscient.

Dans sa chute, le soldat lâcha sa pierre. Celle-ci rebondit mollement sur le sol avant de percuter le petit bouton situé sur le rebord de la mine. Sur l'écran luminescent, les points lumineux disparurent. Une main fébrile fouilla la fissure. Un deuxième indicateur s'éteignit.

***

Varlak progressait rapidement. De temps à autre, il s'arrêtait et vérifiait la présence de traces de pas laissées par le groupe. Elles étaient bien là. Il reconnut même les marques laissées par Sygrill. La signature était évidente. Le dessin de la semelle gauche était complet, bien rond. Celui de la botte droite se terminait en carré, garni de quatre griffes.

***

— Psst, psst, fit une voix derrière le deuxième militaire.

Le poseur de mines se retourna sans méfiance. Son air ahuri en disait long sur sa surprise. Il réussit tout de même à articuler :

— Toi ! Mais qu'est-ce que tu fais ici ?

La réponse fut rapide et douloureuse pour le curieux. Un coup de pied dans la mâchoire répondit d'un seul trait à toutes ses questions. Le garde s'affala sur le sol, inerte. De nouveau, une main s'empara des deux mines et désactiva les mécanismes. Les écrans lumineux moururent dans la seconde.

***

— Hesed, Binah... C'est sûrement un code secret, pensa Varlak.

À l'aide de sa lampe de poche, il avait beau scruter chaque pierre de l'arche, le *trog* ne trouvait rien d'autre que le mot Binah, gravé profondément dans la pierre. Varlak en prit son parti, haussa les épaules et poursuivit son périple en fouillant périodiquement la voûte de la grotte. Toujours à l'affût d'un nouveau mot clé, il délaissa temporairement l'examen du sol. Une négligence qu'il paya brutalement.

Son pied gauche buta sur un tas de pierres, ce qui força le capitaine à émettre un « ouille ! » de douleur. Tout en se massant le bout du pied, Varlak avança de quelques mètres en sautillant sur sa jambe droite. Son pied rencontra un nouvel obstacle. Il perdit l'équilibre et s'étendit violemment de tout son long sur le sol. Après avoir émis quelques jurons typiquement trogoliens, le capitaine examina la source de ses ennuis.

Un monticule de pierres bloquait partiellement le passage. Le faisceau de sa lampe rencontra un objet inusité, l'arme de Sygrill tordue sous une pierre. Un grand sourire fendit le visage de l'officier.

— Ces étrangers ont vraiment fait tout le travail à ma place. Je serai donc l'unique propriétaire de l'arme secrète. Et toute la gloire sera pour moi.

Les échos lointains de voix déformées sortirent Varlak de sa rêverie. Il tendit l'oreille plus attentivement et sonda le silence apparent. Un nouveau sourire fissura son visage. Le groupe n'était plus bien loin, ainsi que l'arme secrète. Avec optimisme, il reprit l'exploration de la grotte.

***

Devant eux, la dernière arche de pierre entourait l'entrée. Ensuite, c'était l'impasse. Le passage était scellé par une imposante plaque d'acier. Sur la plaque, tous reconnurent le grand diagramme finement ciselé: l'énigmatique symbole de l'arbre de vie. Au-dessus de la porte, un seul mot: Kéther.

— Je crois que nous y sommes, annonça Nadia.

***

La voix de la jeune femme était toute proche, à quelques mètres, de l'autre côté du coude du conduit rocheux. De sa position, le capitaine ne pouvait apercevoir le groupe, mais la lumière irradiée par les parois de la grotte trahissait leur présence. Délicatement, Varlak dissimula sa mine entre deux pierres et pressa le mécanisme de mise à feu. Sur le petit écran, un premier point luminescent disparut. Lentement, les secondes s'égrenèrent.

***

Près de la grande porte d'acier recouverte de motifs et de symboles cabalistiques trônait un délicat lutrin taillé dans une pierre de granit rose. Sur ce pied unique scintillait un support de cristal en forme de diadème. Nadia ouvrit son cahier.

— « Kéther signifie couronne. La couronne est au-dessus de la tête, elle désigne donc une région subtile qui n'est plus le corps physique, la tête, mais plutôt l'aura, la lumière. Pour entrer dans la région de Kéther, il faut être absolument pur, rayonnant et posséder une telle maîtrise de la matière qu'on a le pouvoir de passer à volonté de l'état de corps dense à celui de corps subtil. »

— Alors là, avoua Steven, j'ai absolument rien compris.

— Tu peux toujours placer la dague dans la couronne de cristal, suggéra Caroline. Pour la suite, nous verrons bien.

Steven fouilla son sac et en sortit la précieuse dague de cristal. Tous devinèrent qu'un grand moment se préparait. Tenant la dague à bout de bras, c'est avec émotion que le garçon marcha lentement vers le réceptacle.

Il se préparait à déposer la dague sur la couronne lorsqu'un cri de stupeur immobilisa son geste. Tous se retournèrent en même temps. Avec effroi, ils découvrirent Varlak, sorti de l'ombre. Il tenait solidement Caroline, un bras puissant autour du cou de la jeune fille. Il colla sans ménagement son arme sur sa tempe.

Victor et ses deux compagnons réagirent rapidement. Ils pointèrent leurs armes vers l'intrus, mais n'osèrent bouger. Se servant de son otage comme bouclier, le gris devenait une cible difficile à atteindre sans mettre en péril la vie de la jeune fille. Se considérant enfin en position de force, Varlak ouvrit la discussion.

— Alors, mon garçon, voilà donc la fameuse arme secrète. Je crois qu'il est temps de penser à faire un échange.

***

Le lieutenant travaillait nerveusement. Il lui restait encore une mine à installer et déjà, six nouvelles marques lumineuses avaient disparu de l'écran. Un bruit feutré attira son attention. Il jeta un coup d'œil rapide derrière lui et fouilla le passage sombre. Il demanda :

— Kravoc, c'est toi ?

N'obtenant pas de réponse, il se concentra sur sa tâche. Il n'avait pas une minute à perdre, car un nouveau point venait tout juste de s'éteindre. Accroupi sur ses talons et profitant d'une faille, il commença à creuser une niche dans la paroi à l'aide d'un petit pic. Une silhouette sortit de l'ombre. Sans se retourner, le militaire demanda :

— Kravoc, viens m'aider. Il faut élargir cette fiss...

Pour toute réponse, un pied percuta le dos du soldat. Le lieutenant bascula, sa tête s'écrasant sur le mur de pierres. Prudemment, une main ramassa la mine.

***

Varlak n'était pas d'humeur à patienter. Augmentant la pression sur le cou de Caroline, il aboya :

— Je veux cette dague sur-le-champ.

Steven, hésitant, consulta Nadia du regard, mais cette dernière n'avait d'yeux que pour la jeune fille. L'officier serra encore plus fort. Caroline laissa échapper un gémissement de douleur.

— Je compte jusqu'à trois, avertit le capitaine. Un...

Steven amorça un premier pas. S'accrochant au bras du *trog,* Caroline trouva l'énergie de murmurer :

— Steven, ne fais pas ça !

Steven s'arrêta. L'officier grimaça :

— Deux...

... Et tout s'arrêta net. Varlak demeura silencieux, les yeux exorbités, la bouche grande ouverte. Caroline sentit la pression se relâcher sur son cou. Elle tira violemment le bras, se dégagea et courut vers Nadia. Derrière elle, Caroline entendit le bruit sourd de la chute du gris.

Ils en étaient tous à chercher une explication à ce revirement de situation quand Swilly sortit de l'ombre à son tour. Tout heureux d'avoir sauvé la vie de sa tendre amie, Swilly courut vers la jeune fille sans remarquer, au passage, la petite mine ovale coincée dans la fissure. Dans l'ombre de la grotte scintillaient seize points brillants.

— Tout va bien, Caroline ? demanda-t-il encore inquiet.

La réaction de la jeune fille décontenança le garçon. Au lieu de lui tendre les bras ou de lui faire le moindre sourire, Caroline recula d'un pas, une lueur de crainte dans le regard. Swilly n'y comprenait rien. Il fit mine d'avancer ; Caroline recula brusquement de nouveau et se blottit dans les bras de Nadia. Le jeune sang-mêlé s'arrêta, interdit.

— Caroline, c'est moi, Swilly. Tu n'as rien à craindre.

Le jeune homme balaya le groupe du regard et prit conscience, tout à coup, de la réaction de réserve de tous ceux qu'il croyait ses amis. C'est à ce moment qu'il se rendit compte qu'il tenait encore deux pierres dans les mains, la troisième ayant atteint sa cible, en l'occurrence la tête du capitaine. Il jeta rapidement les deux pierres par terre et présenta ses deux mains ouvertes. Tentant de détendre l'atmosphère par une note d'humour, Swilly annonça sur un ton jovial :

— Vous n'avez rien à craindre, je n'ai rien d'autre sur moi.

Malheureusement, Steven n'entendait pas à rire. Il lança sèchement :

— Plus rien sur toi ? Et ta forme, change de forme !

Sans crier gare, Steven s'élança, le poing fermé, vers le jeune militaire, avec la ferme intention de lui occasionner de la douleur. Dans sa fureur, il oublia la dague qu'il tenait toujours à la main. Steven sauta au visage du garçon et le martela de coups de son autre poing.

— Allez, change de forme, change de forme! hurla le garçon.

Dans son élan, la pointe de la dague écorcha la joue du jeune sang-mêlé. De l'autre main, Steven lui tira le nez, la peau des joues. Épuisé, son assaut se solda par un échec. Swilly réussit enfin à se dégager.

— Hé! Mais tu me fais mal! Je n'ai pas d'autre forme.

— Tous les gris changent de forme! cria le garçon.

— Tous les gris, comme tu les appelles, si. Mais pas les demi gris, précisa le jeune homme.

— Il y a une différence? demanda Nadia sur un ton suspicieux.

— Une énorme différence! s'exclama Swilly.

À la réaction du groupe, Swilly constata qu'il ne les avait pas convaincus. Il prit quelques secondes pour rassembler ses idées.

— Dans les années quinze cent... au tout début de la colonisation...

Ainsi débuta une longue explication mettant en évidence les premiers contacts entre les deux races, la tentative de création de mutants et l'échec du projet.

— Depuis des générations, les membres de ma famille se sont liés à des humains ou à d'autres demi-gris. On nous appelle en réalité des sang-mêlé, parce que nous sommes nés dans le continent creux, mais aujourd'hui, je n'ai de trogolien que le nom.

Comme pour confirmer ses dires, de l'entaille de sa joue coula une goutte de sang rouge.

— Mais tu saignes! gémit Caroline en émoi.

Elle s'élança vers Swilly pour examiner la plaie. Son doigt toucha la goutte de sang. Surprenant tout le monde par sa réaction, Caroline se tourna vers Steven, la fureur dans les yeux.

— Steven, qu'est-ce que tu as fait? Tu aurais pu le blesser grièvement.

Pris au dépourvu, Steven ne savait plus que dire. Swilly plaça délicatement ses mains sur les épaules de Caroline et tenta de la calmer. Il la ramena doucement vers lui et la serra tendrement.

— Pourquoi ne m'as-tu pas laissé un message avant ton départ, ce matin? murmura Caroline.

— Mais je t'ai laissé un message. Il était près de toi, écrit dans le sable.

Devant l'air ahuri de la jeune fille, il ajouta, gêné:

— Je n'avais pas de papier.

Caroline se souvint alors de la forte brise qui les avait assaillis au réveil... Honteuse de son accusation, elle baissa les yeux. Nadia observa la scène avec un sourire attendri, mais ramena rapidement tout le monde à la réalité.

— Je vous rappelle qu'il y a une raison à notre présence en ce lieu.

— C'est vrai, j'ai pas fini mon travail, admit Steven sur un ton très sérieux. Ça fait des siècles que j'attends ce moment.

De nouveau, Steven marcha vers le réceptacle et piqua la dague dans le support de cristal. Une lueur éblouissante enveloppa la dague. Lentement, le panneau d'acier glissa de côté.

Un peu plus loin, derrière le groupe, dans une certaine fissure, les secondes glissaient également. Onze points scintillants témoignaient de la catastrophe imminente.

***

L'instant était chargé d'émotions. Malgré leur piètre connaissance de la nature de cette étrange mission, Victor, Dalmino, Vidal ainsi que Swilly prenaient conscience du moment privilégié qu'il leur était donné de vivre. Nadia donna le signal en amorçant un premier pas vers la porte maintenant grande ouverte. Steven retira la dague de son support et la plaça délicatement dans son sac, puis à l'unisson, Caroline et Steven marchèrent sur les traces de Nadia. Sur le seuil, Caroline se retourna vers Swilly.

— Tu nous accompagnes?

Swilly hésita. Non pas qu'il craignait un danger quelconque, car une telle idée l'aurait poussé à marcher au côté de sa douce amie. Non, c'était autre chose. De ce lieu émanait une intense force d'harmonie, de paix et d'amour. C'est avec émotion qu'il avoua:

— L'endroit semble tellement sacré… Ai-je vraiment le droit de pénétrer dans un lieu aussi noble? Je crains de profaner un tel temple.

À son tour, Nadia se retourna et insista:

— Venez tous, je vous en prie.

Swilly n'attendit pas une nouvelle invitation et rejoignit Caroline avec bonheur. Par contre, Victor et ses deux compagnons n'étaient pas très chauds pour cette nouvelle expérience. Dans un signe de fatalité, le guide haussa les épaules:

— Au point où nous en sommes...

Il avança. Les deux porteurs grimacèrent.

— Cela ressemble à un immense cercueil, murmura Vidal.

— Tu préfères demeurer seul dans la grotte? demanda Dalmino.

À cette pensée, un frisson grimpa tout le long de l'échine de Vidal. Sans enthousiasme, les deux porteurs suivirent leur ami, mais tout comme Victor, ils s'arrêtèrent tout juste de l'autre côté de l'ouverture et demeurèrent près du seuil.

La progression des quatre explorateurs dans le temple activa la luminescence des parois. Bientôt, tous purent admirer l'intérieur de l'imposante construction d'acier. Une rampe légèrement inclinée donnait accès à un vaste plancher carré, limité par quatre murs se rejoignant au centre de la pièce à une trentaine de mètres de hauteur. Le temple était donc une pyramide, une immense pyramide de métal. Au centre, un large cercle doré rehaussé de multiples formes géométriques dessinait une imposante rose des vents sur le sol. Sur le pourtour de l'anneau d'or, douze tables de cristal, les têtes orientées vers le centre de la pyramide, complétaient la figure. Au cœur de la rose, tout près d'un deuxième lutrin coiffé d'un réceptacle doré, trônait un cristal d'une pureté remarquable. Haut de plus de trois mètres, il s'élançait vers le sommet de la pyramide.

Durant ce temps, dans un repli de la grotte, d'autres petits cristaux, liquides, lançaient leur message. Quatre au total...

Le trio poursuivit son exploration. Fortement impressionné, Swilly suivait les trois initiés à quelques mètres de distance. Nadia invita ses amis péruviens à pénétrer plus avant, mais ceux-ci avaient fourni leur dernier effort. Ils ne quittèrent pas le seuil de la porte. Respectant leur décision, Nadia leur sourit et rejoignit les deux enfants. Les prenant par les épaules, elle les encouragea à pénétrer dans le cercle. Ils traversèrent ensemble l'anneau doré et se glissèrent entre les tables de cristal.

La curiosité maladive de Steven l'emporta sur la solennité du moment. Avec intérêt, il examina les curieuses tables de verre.

— Vous avez vu? La surface est creuse. On dirait la forme d'un corps humain.

Toujours aussi touche-à-tout, Steven fit le geste d'y glisser la main.

— Steven! Ne touche pas à cette table! s'entendit crier Nadia.

— Ben quoi? J'vais pas la manger, se défendit Steven. Et à part ça, j'ai les mains propres, ajouta-t-il en bougonnant. Pourquoi tu t'énerves comme ça?

Encore sous l'effet de la surprise et incapable d'expliquer sa réaction, elle se contenta de dire:

— Je ne sais pas, Steven. Excuse-moi pour cet emportement. Quand je t'ai vu approcher la main de cette table, j'ai eu un pincement au cœur comme si de toucher cet objet évoquait un sacrilège... ou quelque chose du genre. Excuse-moi encore.

Peu rancunier, Steven retrouva rapidement le sourire et marcha vers Nadia. Il ajouta même:

— Si t'as paniqué autant, t'avais sûrement une bonne raison. C'est peut-être une bonne chose de ne pas y toucher.

Nadia prit le garçon dans ses bras et le serra tendrement. Relâchant son étreinte, elle enjoignit aux deux jeunes de poursuivre leur mission. Ils dépassèrent le cercle des tables et s'immobilisèrent devant la tour de cristal. D'une voix claire et posée, Nadia apporta quelques explications.

— Selon les instructions de Guidor, pour activer le grand générateur cosmique, nous devons créer et projeter vers le capteur énergétique une grande quantité de vibrations positives, des vibrations d'amour. Mais auparavant, je crois que Chitaya a encore une tâche à accomplir.

— C'est vrai, déclara Steven en ressortant la dague de son sac à dos.

Steven s'avança vers le socle d'or situé à la droite du cristal. Il ferma les yeux et la mémoire de Chitaya traversa des siècles de souvenirs retrouvés. Steven inséra la pointe de cristal dans le socle. Une légère lueur bleue se dégagea du cristal. Se laissant toujours guider par la mémoire de Chitaya, Steven poussa la seconde partie de la dague à fond dans le socle. Cette fois-ci, le cristal dégagea une lumière d'une pureté sans pareil.

— Suivons les instructions de Guidor, maintenant.

Tout était clair et les enfants ne posèrent aucune question. Cette fois-ci, le trio ne ferma pas les yeux et fixa résolument le cristal. Ils se concentrèrent et commencèrent à émettre de douces pensées d'amour. Une légère lueur bleue se dégagea du cristal.

Dans la fissure de la grotte, un seul cristal affichait sa présence.

Caroline détacha son regard de la colonne de lumière. Elle se tourna dans la direction de son nouvel ami demeuré à l'extérieur du grand cercle doré. Levant le bras vers le garçon, elle l'invita à la rejoindre. Swilly, ému, traversa avec respect le cercle d'or, dépassa les tables de cristal et rejoignit son amie. Il lui tendit la main. Leurs mains se rejoignirent ainsi que leurs regards. Un grand filin d'amour lia alors leurs deux cœurs. Lentement, la lueur entourant le cristal se gonfla et enveloppa tous les participants présents dans le cercle. Une vague d'harmonie et de paix envahit Nadia, Caroline et Steven.

Contrairement aux trois initiés, l'expérience prit une tout autre tournure chez le jeune sang-mêlé. Au contact de la nuée, son regard devint livide. Il perdit soudainement conscience, ses jambes l'abandonnèrent. Tenant toujours la main de Caroline, Swilly se laissa choir sur le sol.

— Mon Dieu! Qu'est-ce que j'ai fait? gémit Caroline.

— Tu n'as rien fait. Il est tombé, c'est tout, répondit nerveusement Nadia.

— Il n'était pas prêt. Il n'a pas reçu notre formation. Et moi, comme une imbécile…

— Cesse de dire des bêtises, Caroline, insista la jeune femme. D'ailleurs, je crois qu'il revient à lui.

Swilly, en effet, ouvrit les yeux, au grand soulagement de Caroline.

— Qu'est-ce qui vous arrive? demanda-t-il, légèrement hébété.

Observant tour à tour ses trois amis, il ajouta:

— Vous êtes lumineux.

— Lumineux? répéta Nadia.

— Oui… c'est comme un nuage qui vous enveloppe. Un nuage coloré qui change constamment de teinte. C'est magnifique, mais…

— Qu'est-ce que tu racontes? demanda Caroline, de plus en plus inquiète.

— Ton corps, il brûle! s'écria Swilly en observant l'aura de Caroline. Non, pas des flammes, des étincelles, précisa-t-il. Elles sortent de partout.

— C'est à peine croyable! s'étonna Nadia. Tu n'as rien à craindre, Caroline. Swilly observe simplement nos auras.

— Il voit mon aura! s'exclama la jeune fille, incrédule.

Exténué, Swilly ferma les yeux et prit de grandes respirations. Lorsqu'il les ouvrit à nouveau, toute trace du phénomène s'était dissipée.

— Qu'est-ce qui vous est arrivé? Les nuages ont disparu.

Nadia se préparait pour une longue explication lorsque de sourdes vibrations secouèrent la pièce. La lueur devenue éblouissante s'intensifia de nouveau et emplit la totalité de la pyramide.

Victor agrippa ses deux compagnons par les épaules en leur suggérant un repli stratégique vers la grotte, mais ce fut une seconde trop tard. La porte érafla le dos des guides en se refermant brusquement. À dix mètres derrière la porte, le délai fatal était expiré. Le dernier témoin s'éteignit.

***

Le sol frémit durant de longues minutes. À l'extérieur, le sommet de la montagne s'effrita avec fracas, laissant tomber de monstrueux blocs de roc. Peu à peu apparut du même coup la pointe d'une pyramide rutilante. De cette pointe jaillit soudainement un puissant rayon de lumière qui s'élança vers le firmament.

La montagne semblait déchaînée. De plus en plus de pierres glissaient le long des parois de la pyramide. Telle une graine plantée en terre et réchauffée par le soleil, la pyramide se frayait un chemin vers la lumière.

À l'intérieur de la pyramide, noyé dans une nuée éblouissante, le cristal semblait être devenu pure lumière. Par son extrémité supérieure, il s'étirait en un faisceau de lumière blanche atteignant le sommet de la pyramide. À la base, son rayonnement se divisa en douze traits brillants qui se prolongèrent jusqu'aux têtes des douze tables de cristal. Celles-ci irradièrent alors une lueur rosée jusqu'au moment où les douze faisceaux s'estompèrent progressivement.

Tout là-haut, à la jonction des quatre faces de la construction, la lumière gonfla. Une sphère aux reflets azurés se créa et descendit le long de la colonne d'énergie. À un mètre du sol, elle s'immobilisa. L'éclat devint matière et prit rapidement une forme humaine. Du rayon de lumière sortit un être radieux. Guidor était de retour, souriant comme toujours.

— Bonjour et bienvenue à vous tous, déclara-t-il simplement.

Il eut même un geste amical dans la direction des trois Péruviens qui, à la vue du fantôme, tentèrent désespérément de se fondre dans la porte d'acier. Il gratifia Swilly d'un large sourire et s'adressa ensuite plus particulièrement à Nadia.

— Bon retour chez toi, Nadia.

— Chez moi?

La jeune femme le regarda d'un air interrogateur, mais l'être de lumière n'émit aucun autre commentaire. Il se contenta de faire quelques pas en direction des tables de cristal. Levant les bras, il engloba l'ensemble du complexe.

— Vous êtes ici dans l'un des plus importants centres énergétiques conçus par les membres de la fraternité cosmique. Il y a plus de huit mille ans, durant l'âge d'or du continent de l'Atlantide, les grands prêtres et les grandes prêtresses de cette civilisation disparue utilisaient cet endroit comme centre de transition de l'âme.

— Un centre de quoi? demanda Steven.

— … de transition de l'âme, souffla Caroline, impatiente. Tu sais, cette petite chose qui te donne vie et qui te rend si agaçant.

Discrètement, Swilly serra les doigts de la jeune fille.

— Les hauts dignitaires religieux de cette époque étaient des êtres très évolués. Pendant de longues périodes, leur corps reposait sur ces tables tandis que leur âme transitait par différents plans cosmiques. Durant la civilisation atlantidéenne, lorsqu'une situation dramatique nécessitait une aide spirituelle de certains grands prêtres, ceux-ci répondaient à l'appel. Ils quittaient alors le plan astral et retrouvaient intact leur corps de chair dans ce lieu saint. Ils pouvaient ainsi guider la population lors d'une période d'agitation. Ces missions pouvaient durer deux ans, cinq ans ou même plus.

— Et ensuite, ils repartaient? demanda Caroline.

— Ils revenaient ici. Chacun et chacune avait sa table de transition. Ils se libéraient de leur corps et laissaient monter leur âme vers un plan de vie supérieur.

— Ils travaillaient sur appel seulement, conclut Steven.

— C'est un peu ça, mon garçon, admit Guidor, souriant.

— Mais j'y pense, s'exclama la jeune fille. À l'époque de l'Atlantide, Nadia était bien une grande prêtresse?

— En effet, confirma Guidor, arborant un sourire amusé.

— La table! s'exclama Steven à son tour en se frappant le front.

Sans attendre, il se précipita vers la couchette de cristal qu'il avait failli toucher quelques minutes plus tôt. Cette fois, il demeura respectueusement à près d'un mètre du support.

— Cette table, c'était celle de Nadia, pas vrai?

— Tu as tout deviné...

— Wow! C'est super! s'écria Steven en contournant avec respect la dalle de cristal. Tu as entendu, Nadia? C'est ta table, ta couchette d'il y a dix mille ans.

La jeune femme avait bien entendu, mais n'était plus certaine d'avoir bien compris. Elle marcha vers le support de cristal et avança une main tremblante. S'adressant à Guidor, elle demanda:

— Je peux?

— Bien sûr! Elle est à toi. Durant plus de deux mille ans, personne d'autre que toi n'y a touché.

Avec déférence, Steven recula de quelques pas, à moins d'un mètre de la table voisine. Les doigts de la jeune femme caressèrent délicatement le cristal. Lorsqu'elle glissa sa main dans la grande cavité, une douce luminescence bleutée colora le cristal.

— Excuse-moi pour tout à l'heure, je savais pas, murmura le garçon tout penaud.

Nadia répondit par un sourire. Elle retira sa main. Le cristal perdit immédiatement sa couleur.

— Et pourquoi Nadia a-t-elle oublié l'existence de sa table de transition? demanda Caroline. Elle ne l'a plus jamais utilisée?

— Lors de l'attaque des Trogoliens, la chaîne a été brisée, précisa Guidor. Les gris détruisirent le cristal de l'Atlantide et la grande prêtresse perdit son corps en se noyant dans l'océan.

Bien que navré d'avoir effleuré la table réservée à Nadia, Steven n'en demeurait pas moins touche-à-tout. Inconsciemment, il glissa sa main dans la cavité de la table voisine.

— Cette table ne présente aucun intérêt pour toi, mon garçon, déclara Guidor, imperturbable.

Pris en flagrant délit, Steven stoppa son geste sous les regards courroucés de Caroline et Nadia.

— … mais je te suggère d'explorer les autres tables. Peut-être en trouveras-tu une plus intéressante.

— Je peux les toucher?

— Bien sûr! Elles sont garanties à vie, répondit Guidor avec humour.

Sans attendre, Steven contourna la stèle de cristal. Il suivit le grand cercle doré et laissa glisser machinalement sa main sur l'extrémité extérieure de chacune des tables rencontrées. Au toucher de la huitième table, une faible lueur rosée illumina le cristal. Surpris, Steven retira sa main et consulta du regard Guidor, demeuré près de ses amis.

— C'est quoi? J'ai rien fait…

Avant qu'il ait pu terminer sa phrase, une forme lumineuse se dessina dans le creux de la table. La nuée se densifia, ouvrit les yeux et sourit.

— Tu ne croyais tout de même pas que j'allais rater le point final de cette mission?

— L'Ermite! s'exclama Steven.

Le vieil ami se leva, prit le jeune garçon par les épaules et rejoignit le groupe.

— Votre mission est terminée et les Maîtres de Shangrila sont très fiers de vous, annonça-t-il. Grâce à votre détermination et à la pureté de votre âme, ce centre énergétique redonne un nouvel espoir à l'humanité.

Guidor acquiesça et dit:

— La suite de la mission est de mon ressort: mettre à l'abri de la domination des *trogs* l'ensemble de la population de la Terre. Cela sera l'ultime confrontation.

CHAPITRE XIII

Au cœur de la cordillère péruvienne, le pic des Dents du chien n'était plus qu'un souvenir toponymique. En lieu et place, l'impressionnante pyramide d'acier brillait de tous ses feux sous le soleil rasant de cette fin d'après-midi. À son sommet, le pilier de lumière perçait les nuages et se perdait dans le firmament azuré. Un immense dôme énergétique couvrait maintenant la pyramide et englobait un vaste espace incluant les collines avoisinantes.

À l'intérieur de la cloche protectrice, confortablement assis sur un gros rocher, Steven caressait machinalement Zéro. Le lézard, étendu à côté de son grand ami, terminait sa sieste en profitant des derniers rayons du soleil.

— J'me demande bien de quoi ils peuvent parler, finit par avouer le garçon.

— Échanger, communiquer seraient des mots plus appropriés, souligna l'Ermite, demeuré au pied du rocher en compagnie de Nadia.

Steven en convenait facilement. Depuis près d'une heure, Guidor était là-bas, avec les quatre étrangers, tout juste à la limite de la zone de protection de la coupole, et ils discutaient. Du moins, Steven le supposait car de temps en temps, le halo lumineux enveloppant ces étrangers devenait plus brillant, lorsque l'un d'entre eux levait un bras ou se tournait vers un autre participant. Mais là s'arrêtait toute manifestation extérieure. Aucun des personnages, Guidor compris, ne remuait les lèvres. Cette longue conversation demeurait entièrement télépathique.

Leur forme de dialogue n'était pas la seule source d'étonnement. Lorsqu'on observait les visiteurs plus attentivement, on remarquait une fluidité dans leur silhouette. De plus, sous certains angles par rapport au soleil, leur corps apparaissait partiellement translucide. L'expérience était saisissante et Steven appréciait la performance en connaisseur.

— Si Victor et compagnie assistaient à ça, ça leur causerait des cauchemars durant des semaines.

Redevenant plus sérieux, il se pencha dans la direction de Nadia et demanda :

— Qu'est-ce qu'ils font présentement ?

— Ils discutent entre eux et cela semble très important. Ils ont décidé d'écrire un livre sur leur aventure.

— Écrire un livre ! Y vont parler de moi ? Je veux dire… de nous ?

— Avec tout ce que tu leur as fait subir, je serais très surprise qu'ils t'oublient.

— Pourquoi ? J'ai rien fait de spécial.

Peu intéressée à poursuivre dans cette veine, Nadia ignora le commentaire.

— Ils ont même déjà trouvé un titre : « Les Fantômes de la pyramide ».

— C'est pas vrai ! s'exclama Steven. Avec un titre pareil, y vont faire peur aux enfants.

— C'est peu probable, mon garçon, souligna l'Ermite. Les jeunes, aujourd'hui, sont capables d'en prendre beaucoup plus que dans mon temps. Tu en es même un exemple vivant.

Steven ne fut pas certain d'avoir tout bien compris, mais il décida tout de même de considérer l'ensemble comme un compliment. Le garçon consacra peu de temps à flatter son ego. Déjà, une nouvelle source de babillage pointait à l'horizon.

— Tiens, voilà nos deux amoureux maintenant.

Caroline et Swilly semblaient avoir toute la vie devant eux. Marchant main dans la main, ils rejoignirent lentement Nadia et l'Ermite près du rocher.

— Que faites-vous ici? demanda Caroline.

Sans un mot, Nadia pointa du menton le groupe en discussion.

— Oh! fit la jeune fille sans vraiment paraître étonnée. Ils sont là depuis longtemps?

— Environ une heure, répondit Steven qui n'ajouta aucun commentaire.

Au premier coup d'œil, Swilly ne remarqua rien de spécial, mais en détaillant attentivement le groupe, il découvrit rapidement le caractère insolite de la réunion.

— C'est curieux... Ils parlent sans parler. Et leur corps semble...

— Transparent, compléta Steven.

— En effet! Des êtres transparents! Qui sont ces gens?

De son perchoir, Steven répondit sur un ton anodin:

— Ce sont des Maîtres de Shangrila.

— Oh! fit Swilly, faussement impressionné.

Sur un ton pince-sans-rire, il ajouta:

— Shangrila... C'est un club de karaté?

D'un geste sec, Caroline tira la manche du garçon.

— Ce que tu peux être bête quand tu veux!

Comme si on venait de lui faire un éloge, Swilly, enjoué, embrassa Caroline sur la joue. La jeune fille ne put conserver son ton boudeur plus longtemps. Prenant la main du garçon, c'est avec un sourire qu'elle expliqua:

— Shangrila est un lieu secret caché dans les montagnes, quelque part entre le Tibet et le Népal. Certains l'appellent Shamballa, mais c'est du pareil au même. On ne peut avoir accès à ce lieu que par le voyage astral, car ce monde est invisible pour nos yeux physiques. Les Maîtres de Shangrila y habitent. Ce sont des êtres très puissants. Ils ont grandement aidé Guidor lorsque

Steven et moi sommes demeurés prisonniers dans une caverne à la suite d'un éboulis.

Sur un ton de confidence, Caroline ajouta :

— Il doit se préparer un événement très important. Les Maîtres de Shangrila ne se montrent que dans des circonstances très particulières.

Affichant un sourire de satisfaction, Steven dévoila sa pensée.

— Si les Maîtres de Shangrila prennent la situation en main, les *trogs* vont passer un mauvais quart d'heure.

***

Loin de la pyramide, au cœur du continent creux, Krash-Ka arpentait la vaste caverne du Globulus. Il y avait de l'électricité dans l'air. Un peu à l'écart, dame Haziella observait la scène en silence. Au centre de la pièce, sous l'épaisse coupole de verre, flottait calmement le plus puissant cerveau de la planète.

— C'est intolérable ! Ce super-agent, ce...

— Sygrill, votre grandeur, précisa la conseillère.

— Ce Sygrill... et peu importe son nom ! s'exclama l'empereur, irrité. Il a raté sa mission et notre commando a failli à sa tâche. Je suis entouré par une bande d'incapables !

Krash-Ka se laissa choir dans un fauteuil. La conseillère Haziella ne bougea pas, mais tenta de rassurer le premier citoyen de la planète.

— Sygrill n'a pas donné de réponse depuis quarante-huit heures, mais cela ne veut pas dire...

— Et le commando ? coupa l'empereur. Le capitaine Varlak devait terminer sa mission il y a plus de quarante-huit heures. Et nous n'avons reçu aucun message de sa part. C'est intolérable ! Des incapables, tous des incapables !

— Si vous acceptiez, votre grandeur, d'enlever cet objet collé à mon dôme, je pourrais agir plus librement et vous apporter mon aide, suggéra doucement le cerveau.

— Et faire trembler la moitié de la planète? Pas question! rétorqua Krash-Ka en se levant. N'oubliez pas que je contrôle indirectement près de la moitié de l'économie mondiale. Je ne vous permettrai pas de mettre en péril un tel potentiel financier.

— Il ne reste donc plus beaucoup de solutions, émit la conseillère.

— À quoi pensez-vous? s'enquit l'empereur en se tournant vers Haziella.

Une griffe sur les lèvres, cette dernière fit quelques pas vers son souverain.

— La ruse s'est soldée par un échec. Il ne reste plus que la puissance de frappe.

Le Globulus montra sa désapprobation par un bouillonnement excessif sous sa cloche de verre.

— Cette approche n'est pas à considérer, conseillère.

— Et pourquoi pas? demanda l'empereur. Dame Haziella a raison. Je peux lever une nouvelle armée et aller détruire ce dernier centre énergétique.

— C'est inconcevable! annonça le puissant cerveau.

— Inconcevable? Pourquoi donc?

— Pour deux bonnes raisons. La première: nous avons toujours manœuvré sans nous faire remarquer. Le secret de notre réussite, c'est la discrétion. Les Terriens ne connaissent rien de notre présence sur la planète. Une armée ne passe pas inaperçue. En moins de douze heures, tous les habitants de la planète connaîtraient notre existence.

— Et alors? Il est peut-être temps que ces Terriens sachent enfin qui est le véritable dirigeant de cette planète. Ils connaîtront enfin le nom de leur maître...

S'adressant au Globulus, Haziella rappela:

— Vous avez mentionné qu'il y avait deux bonnes raisons.

— En effet. La deuxième raison: il est absolument impossible de détruire ce centre énergétique.

— Comment, impossible? s'exclama l'empereur, offusqué. Il y a huit mille ans, mes prédécesseurs ont réussi à détruire, sauf un, les centres énergétiques en activité à cette époque. Si cela était possible il y a huit mille ans, c'est encore possible aujourd'hui et je le ferai.

— Vous courez à un échec certain, précisa le Globulus.

— Insolent que vous êtes! Me croyez-vous incapable d'un tel acte d'éclat? Ne suis-je pas un aussi grand monarque que mes ancêtres? Notre empire n'a jamais été aussi puissant et prospère. Je suis le plus grand empereur trogolien de tous les temps!

— Tous vos sujets en conviennent, votre altesse, mais cette centrale est unique et intouchable. Elle surpasse largement en puissance toutes les autres de jadis réunies.

— Votre grandeur, intervint la conseillère, certains arguments du Globulus sont peut-être à prendre en considération.

— C'est ce qu'on va voir!

Furieux, Krash-Ka quitta la caverne du Globulus d'un pas décidé.

Les portes de la caverne se refermèrent derrière la conseillère. Enfin seul, une unique pensée hantait maintenant l'esprit du puissant cerveau:

— Guidor, montre-toi, que l'on en finisse une fois pour toutes!

∗∗∗

Sur son rocher, Steven demeurait seul à observer Guidor et ses invités. Seul avec son ami Zéro, dont il grattait gentiment le cou. Étendu sur le ventre, il ressentit un léger frisson lorsque la brise fraîche de cette fin d'après-midi s'engouffra sous son chandail. Le garçon jeta un coup d'œil vers les montagnes de l'ouest. Rapidement, le soleil, si entreprenant à son zénith, semblait maintenant se cacher timidement derrière la grande cordillère.

Steven reporta son attention sur le conciliabule. Guidor était toujours en discussion avec les Maîtres de Shangrila. Bien qu'aucun mot ne fût prononcé, un observateur attentif aurait deviné sans peine un certain malaise au sein du groupe. Guidor secoua la tête tristement.

— Je répugne à la violence, même lorsqu'il s'agit d'abattre un être aussi vil que ce Globulus, mon ennemi de toujours.

— Nous comprenons et partageons votre répugnance envers toute forme de violence, mais vous devez vous rappeler que ce Globulus est une terrible menace pour l'humanité.

Celui qui venait de s'exprimer était Shina. Filiforme et lent dans ses mouvements, Shina représentait la grâce et l'harmonie du cœur. Une grande et vieille amitié le liait à Guidor. Il était donc le premier à comprendre la douleur ressentie par celui-ci pour une telle mission. Près de Shina, une deuxième voix mentale s'imprima dans les consciences. C'était Gaïa, celle qui transfigurait les formes pensées de la terre mère nourricière. Avec douceur, elle compléta l'évocation de Shina.

— Remarquez, nous ne vous demandons pas de détruire l'individu, mais bien les pouvoirs malsains qu'il détient.

— Je crains que ses pouvoirs soient reliés directement à sa personne, souligna Guidor. Je ne pourrai toucher à ses pouvoirs sans provoquer l'individu.

Dans un geste quelque peu fataliste, Shina haussa légèrement les épaules et avoua avec tristesse :

— Nous avons envisagé toutes les solutions. C'est malheureusement la seule avenue pouvant affaiblir les Trogoliens.

Cette déclaration n'apporta aucune consolation dans le cœur de Guidor.

— Jadis, dans plusieurs de mes vies antérieures, j'ai connu trop de violence et j'ai tué trop de gens. Maintenant, j'ai un tel respect de la vie... Je ne crois pas avoir la capacité de détruire le Globulus.

Shina se fit pressant.

— Si tu ne réussis pas, personne d'autre ne réussira.

— Tous les Maîtres de lumière se sont harmonisés sur ta vibration, ajouta Gaïa. Écoute ton cœur et fais confiance à ta destinée.

Durant quelques secondes, un manteau de lumière d'une blancheur éblouissante enveloppa les cinq participants. Progressivement, la lueur se dissipa. Guidor se retrouva seul face à son destin. Au lieu de revenir vers la pyramide, il marcha résolument vers le dôme de protection. À son passage, l'écran d'énergie s'illumina légèrement. Le guide de lumière poursuivit son chemin sur une centaine de mètres. Il s'arrêta, se concentra sur son être intérieur et se mit à émettre de puissantes vibrations. Un éclair déchira le ciel. Un grondement sourd roula à travers les montagnes.

***

Au cœur de la puissante caverne du continent creux, c'était l'euphorie. Le Globulus n'en croyait pas ses senseurs. À deux reprises, il vérifia et contre-vérifia ses données. À n'en pas douter, de l'avis du Globulus, Guidor venait de signer son arrêt de mort.

Dans son état d'excitation, le puissant cerveau ne s'arrêta pas, même un instant, sur les raisons d'une telle manifestation. Il ne savait qu'une chose : il avait repéré et identifié les vibrations de Guidor. Il connaissait enfin sa position. Savourant déjà sa victoire, il prit le temps de se remémorer en détails de vieux souvenirs, de très vieux souvenirs. Sur tous les écrans, une même image témoignait de son désir de vengeance, une vengeance mûrie depuis plus de six cents ans. Sur tous les écrans, Guidor apparaissait, dans son prestigieux costume des Templiers.

De nouvelles images défilèrent, celles d'une France du début du XIVe siècle où les anciennes et opulentes commanderies des Templiers symbolisaient la puissance et la richesse. En 1307, dans la forêt d'Orient, près de Troyes en Champagne, les soldats de Philippe le Bel venaient d'investir l'imposant bâtiment, refuge des moines guerriers, les Templiers.

Au centre de la grande salle du conseil, deux groupes armés s'affrontaient. Devant le grand crucifix de chêne fixé au mur de pierres grises se tenait, fier et droit, Jacques de Molay, officier suprême des Templiers. Sous les rides de ce vieux militaire transparaissaient les traits estompés de Guidor. Les poings appuyés sur son ceinturon de cuir, Guidor-de Molay impressionnait dans son magnifique costume de croisé.

Devant lui, un officier du roi soutenait son regard avec arrogance. Il portait avec fierté les armoiries royales, celles de l'impitoyable mais pauvre roi de France, Philippe le Bel. Il portait également, mais avec un peu plus de discrétion, un petit pendentif accroché à son cou, un médaillon que l'on découvrait également chez plusieurs soldats l'accompagnant. Le motif était simple et sans équivoque : triangle rouge sur carré noir.

Sous les traits de Jacques de Molay, Guidor fixait les yeux de l'intrus. Ces derniers étaient noirs, ternes et semblaient n'avoir jamais exprimé de douceur. Sa voix, également, n'avait rien d'agréable. Dans sa bouche, tous les mots sonnaient faux. C'était une voix à vous donner des frissons dans le dos. Dans quelques siècles, cette voix demeurerait toujours un symbole de crainte. Il serait toujours dangereux et téméraire de contester une parole du Globulus.

Guidor brisa le silence.

— Cette commanderie est sous la protection du roi et jouit de la bénédiction du Saint Siège. Comment osez-vous y pénétrer sans y être invités, les armes à la main ?

L'officier éluda la question et déclara d'un seul souffle :

— Au nom de notre grand roi de France Philippe le Bel, nous vous sommons de nous remettre sur-le-champ les titres, redevances présentes et à venir ainsi que le fruit en espèces de tous les biens accumulés par l'Ordre des Templiers. Cette sommation comprend les richesses ramenées des différentes campagnes effectuées lors des deux dernières croisades au Moyen-Orient.

Toujours sous les traits de Jacques de Molay, Guidor refusa catégoriquement.

— Il ne saurait être question de nous soumettre à un tel ordre. Un édit signé par le roi lui-même nous autorise à demeurer les seuls dépositaires et gardiens de ces richesses. Je n'ai de compte à rendre qu'à mes pairs, les hautes instances de l'Ordre des Templiers.

L'officier serra de plus près son épée.

— Vous refusez donc de remettre à votre roi ce qui revient aux coffres de la couronne royale ?

Le moine guerrier s'autorisa un sourire.

— Même si nous vous cédions ces trésors, je doute fort que ces richesses finissent leurs jours dans les coffres de notre souverain Philippe le Bel, roi de France.

— Qu'osez-vous sous-entendre ? s'exclama l'officier.

Le regardant droit dans les yeux, Guidor précisa :

— Votre blason est aux couleurs du roi, mais le médaillon que vous portez au cou est le signe d'une allégeance à un tout autre monarque: un souverain gris régnant dans les profondeurs de la planète, le maître d'un empire voisinant l'enfer.

L'officier, se voyant démasqué, pointa son épée vers Guidor.

— Voilà des paroles bien imprudentes. Si mon maître voisine l'enfer, c'est là que ma lame vous conduira à l'instant même.

Joignant la menace aux actes, l'officier attaqua sauvagement Guidor. Ce dernier n'eut que le temps de saisir son épée pour parer un coup mortel. Contre-attaquant adroitement, Guidor mit toute la science acquise lors des croisades au service des intérêts de la commanderie. Le combat fut violent et rapide. L'officier savait se battre, mais il ne put esquiver une attaque innovatrice de Guidor, apprise par Jacques de Molay lors des combats contre les infidèles. Profitant d'un déséquilibre momentané de l'officier,

Guidor empoigna son épée à deux mains. Dans un large mouvement de moulinet, Guidor visa le cou de l'officier. L'épée, forte de son élan, trancha net le cou du soldat.

Sa tête bascula sur le côté, roula sur l'épaule de l'officier toujours debout et retomba dans les mains d'un combattant également porteur du pendentif gris. Il y eut un léger flottement chez les assaillants, maintenant privés d'officier supérieur. Les moines guerriers, entourant leur chef, firent un pas en avant en brandissant leurs armes. Les soldats du roi cédèrent à la panique et battirent en retraite. Conservant la tête de l'officier décapité dans ses mains, le militaire au pendentif quitta promptement l'endroit.

***

Utilisant des techniques toujours inconnues des Terriens, les spécialistes de Trogol récupérèrent le cerveau de l'officier déchu et le plongèrent dans une solution nutritive. En peu de temps, le cerveau libéré de sa prison osseuse se mit à se développer rapidement.

Des années s'écoulèrent, des siècles s'accumulèrent. La masse cérébrale, subissant les effets de ses val-thoriks successifs, devenait de plus en plus imposante. Tous avaient depuis longtemps oublié l'existence de l'officier *trog,* mais personne ne pouvait ignorer maintenant la puissance de ce cerveau, conservé sous verre et protégé des intrus dans le plus inviolable des repères : la grotte du Globulus.

Avec les années, le Globulus avait développé son cerveau et augmenté sa puissance. Avec acharnement, il avait étendu ses tentacules aux quatre coins de la Terre. Plus tard, il avait asservi les tout-puissants courants telluriques de la planète, le tout dans un seul but : retrouver Guidor et se venger.

***

À moins d'un kilomètre du puissant dôme protégeant la rutilante pyramide se découpa, dans l'ombre des montagnes, l'imposante stature du Globulus. Revêtu de son costume d'époque, il portait avec arrogance les couleurs de Philippe le Bel, roi de France. Le rouge flamboyant de sa tunique contrastait avec le vert de la végétation environnante. À son cou pendait avec fierté le médaillon aux armoiries de Trogol. Seul signe distinctif de sa véritable personnalité, il avait troqué le casque militaire pour son globe de verre. Sous celui-ci, un immense cerveau luminescent flottait librement.

Combinant les effets physiologiques de son val-thorik aux énergies telluriques recueillies par les pompes, le Globulus avait enfin réussi à matérialiser les nuées luminescentes flottant aux alentours de son globe. Il avait réussi à se créer un corps physique à hautes vibrations et à le projeter en direction de Guidor.

Malgré la végétation luxuriante, son regard surplombait facilement la cime des arbres. De ses dix mètres, le Globulus en imposait à tout l'environnement. Lorsqu'il avait contourné les dernières collines entourant la pyramide, son corps, encore peu dense et translucide, avait traversé aisément la végétation. Au fur et à mesure qu'il approchait de son objectif, le Globulus densifiait ses vibrations. Son corps était maintenant solide et parfaitement opaque. À chaque pas, les arbres se brisaient sous ses pieds massifs.

— Vous avez vu ? Vous avez vu ? s'écria le garçon en pointant le géant du doigt.

D'un signe de la main, Steven invita l'Ermite, Nadia, Caroline et Swilly à le rejoindre sur son rocher d'observation. Sans demander l'avis des intéressés, il prit l'initiative. Déjà les pieds de ses trois compagnons d'aventure ne touchaient plus le sol et montaient vers le sommet du rocher. L'Ermite, quant à lui, demeura bien ancré au sol.

— C'est pas possible ! Vous avez vu ?

— Oui, nous avons vu, déclara Nadia, nerveuse, toujours suspendue entre ciel et terre. Calme-toi un peu, tu vas finir par nous échapper!

Délicatement, Steven amena le trio en lévitation jusqu'au rocher. Maintenant rassurée, la jeune femme porta de nouveau son attention sur l'étranger. Comment l'aurait-elle raté avec sa taille impressionnante de géant? Le Globulus cessa sa progression à cent mètres de Guidor. La confrontation s'annonçait bien inégale. Devant ce soldat du roi haut de quatre étages, Guidor ne semblait vraiment pas faire le poids.

— Tu es Guidor? Celui que j'attends depuis si longtemps? demanda le nouveau venu.

— Je le suis, serviteur du mal.

— Serviteur? Moi? Sache que je suis le véritable maître de cette planète.

Affichant un sourire narquois, Guidor répliqua:

— Le fait de perdre ta tête n'a pas réduit tes idées de grandeur.

— Au contraire, rétorqua le géant, grâce à toi, je suis devenu immortel et je possède le plus puissant cerveau jamais connu.

— Il est dommage que tu aies utilisé un tel potentiel dans le seul but de détruire les Terriens.

— Détruire les Terriens! Oh! Mais il n'en est pas question! s'esclaffa le Globulus. Je les garde bien vivants. Quand j'en aurai terminé avec toi, ils deviendront tous mes laquais. Sur l'ensemble de la planète, plus de six milliards d'esclaves seront à mon service. Et un jour, je me répandrai dans tout l'univers.

— Mais tu n'en as pas terminé avec moi...

— Avec un vermisseau de ton espèce, ce n'est qu'une question de minutes. Dommage! J'ai attendu ce moment durant six cents ans. J'avais espéré une rencontre plus excitante.

— Tu seras servi à souhait.

Sur ces paroles, le corps de Guidor redevint une sphère de lumière éblouissante qui prit rapidement du volume. L'amas de lumière perdit son éclat et prit forme humaine. Guidor était de retour, revêtu de son resplendissant costume des Templiers. Cette fois-ci, ils étaient de même taille.

— Vous avez vu ça? Vous avez vu ça? s'écria le garçon en trépignant sur son rocher.

— Oui, Steven, nous avons tous vu. Et cesse de bouger, rappela Nadia.

Les spectateurs ne se limitaient pas aux Terriens séjournant près de la pyramide. De l'autre côté de la planète, au cœur des montagnes du Tibet, les Maîtres de Shangrila ne perdaient rien de la confrontation.

***

Le Globulus attaqua le premier. Levant le bras, il pointa les cinq doigts de sa main droite vers Guidor. Au même instant, cinq faisceaux de haute énergie s'échappèrent de l'extrémité de ses doigts. Guidor eut tout juste le temps de réagir. Levant l'avant-bras gauche, il créa un bouclier énergétique qui le protégea de la foudroyante attaque.

Le Globulus se déplaça de quelques pas sur sa gauche et leva de nouveau la main. L'énergie crépita au bout de ses doigts. Cette fois-ci, il réunit ses cinq doigts en exécutant une torsade du poignet. Les cinq faisceaux s'entremêlèrent, créant ainsi un unique et puissant jet de lumière. Une telle concentration d'énergie dépassait largement les capacités de protection de Guidor. Levant les deux avant-bras, Guidor doubla la puissance de son bouclier. Malgré sa détermination, il dut reculer de quelques pas.

Dans un grand rire sonore à ébranler les montagnes, le Globulus fêtait déjà sa victoire. Pressé d'en finir, il leva sa deuxième main et répéta son geste. Sous le feu des deux faisceaux, le bouclier tenait toujours, mais Guidor, noyé dans le flot d'énergie, était à peine visible.

Sous la protection de la coupole, Nadia et les trois jeunes observaient, impuissants, le net recul de leur ami. Tout ne semblait plus être qu'une question de secondes lorsqu'un incident imprévu se produisit. L'attaque cessa comme par enchantement.

Au cœur du continent creux, près du grand globe protégeant le cerveau, les indicateurs de puissance avaient dégringolé à vue d'œil et atteint le zéro. En utilisant toute la puissance disponible dans un faisceau continu, le Globulus n'avait pas permis à ses accumulateurs de se régénérer de façon naturelle. Rageant contre ce coup du destin, enivré par sa victoire prochaine, le Globulus oublia tous les avertissements de prudence. À distance, il enclencha les puissantes mais dangereuses pompes telluriques.

Rapidement, le Globulus sentit ses forces revenir. Puisant à même les réserves intarissables de la planète, il pouvait maintenant se permettre toutes les fantaisies. Dans la caverne, les pompes telluriques tournaient à plein régime. Tel un immense ballon, l'officier royal à la tunique rouge aspirait goulûment toutes les énergies disponibles. Il devint encore plus grand, il tripla sa taille. Il était devenu une montagne parmi les montagnes. D'un regard dédaigneux, il fixa Guidor, devenu si petit à ses yeux.

***

Au cœur des montagnes du Tibet, les Maîtres de Shangrila ne demeurèrent pas inactifs. Les maîtres Shina, Fila ainsi que leurs deux compagnons présents à la rencontre au pic des Dents du chien accentuèrent leur harmonisation sur la vibration du guide de lumière. Ils transmirent ainsi à Guidor un regain d'énergie provenant directement du monde cosmique. Ils ne furent toutefois pas les seuls à participer à l'effort collectif. Dans la grande salle du conseil, huit autres Maîtres de Shangrila se joignirent à eux. Ces derniers, communiquant avec tous les guides de lumière disséminés tout autour de la planète, relayèrent vers Guidor les forces provenant d'Asie, d'Amérique, d'Europe ainsi que du continent africain. Guidor n'était plus seul. Au grand étonnement du Globulus, Guidor devint grand, très grand, et le surpassa même d'une dizaine de mètres.

***

L'activation des pompes telluriques ne se fit pas sans conséquences fâcheuses. Au palais impérial, Krash-Ka, tout comme Haziella, avait ressenti la légère secousse. L'empereur fixa sa conseillère avec un regard plein de sous-entendus. Haziella hasarda une question :

— Vous pensez à une action du Globulus ?

Un deuxième tremblement de terre, beaucoup plus puissant cette fois-ci, fit vibrer les murs. Un léger cliquetis attira l'attention de l'empereur. Sur un bureau, la précieuse télécommande sautilla durant de longues secondes.

— Je l'avais prévenu ! aboya l'empereur en colère.

D'un geste rageur, il ramassa l'instrument de mort.

La conseillère retint son geste.

— C'est peut-être un tremblement de terre naturel. Après tout, c'est possible. Avant de poser un geste irréparable, il vaudrait mieux se renseigner.

L'empereur demeurait indécis. Haziella insista :

— Permettez-moi de vérifier sur place. Dans un face à face, il ne pourra pas me mentir.

— Je serai le premier informé. Je vous accompagne, annonça Krash-Ka en déposant la télécommande sur sa table de travail.

***

La nouvelle dimension des opposants généra de nouvelles armes terrifiantes. Du tranchant de la main, le Globulus fendit l'air devant lui. De l'extrémité de ses doigts jaillit un disque lumineux qu'il lança rageusement en direction de Guidor.

Utilisant ses jambes comme ressort, Guidor s'élança au-dessus des arbres. Le disque frôla ses pieds et termina sa course dans la vallée. L'arme terrifiante déchira le sol en créant un énorme sillon sur une distance de près de deux kilomètres. Guidor contre-attaqua. Une masse d'énergie s'écrasa sur le bouclier du Globulus, l'obligeant à son tour à reculer de quelques pas. Ce dernier revint à la charge, mais son tir rata la cible et s'abattit sur le flanc d'une montagne voisine. La cime rocheuse fut tranchée net, laissant place à un profond cratère.

***

Dès qu'ils mirent les pieds dans la caverne, l'empereur et sa conseillère ne purent cacher leur étonnement.

— Qu'est-ce qui se passe ici? demanda l'empereur.

Une luminosité spectrale inondait la caverne. Des lambeaux fluorescents léchaient les murs et les divers instruments éparpillés dans l'antre du Globulus. Certains, se faufilant sur le sol, atteignirent les bottes des visiteurs. Ces derniers les esquivèrent d'un pas de côté. S'approchant prudemment de la coupole, ils remarquèrent immédiatement la nuée enveloppant le cerveau: un nuage luminescent se répandant à plus d'un mètre à l'extérieur du dôme. Dans le tumulte et le sifflement des pompes telluriques, le vacarme devenait étourdissant. Haziella éleva la voix et tenta de couvrir le bruit des machines.

— Globulus, votre empereur vous a posé une question. Répondez! ordonna la conseillère.

Devant l'empereur et son bras droit, Globulus demeura muet.

— Aucune réponse. C'est à croire qu'il est dans le coma, déclara Haziella.

— Dans le coma ou ailleurs, souligna l'empereur.

— Ailleurs! Mais ce n'est qu'un cerveau prisonnier d'une bulle de verre. Où pourrait-il aller?

— Peut-être au Pérou, proposa Krash-Ka.

Pointant du doigt un écran, il ajouta :

— Regardez.

Sur le grand écran panoramique, deux formes diffuses dépassant le sommet des montagnes semblaient s'affronter dans un face à face titanesque.

— Vous croyez que c'est...

— Le Globulus ? J'en mettrais ma main au feu. Malgré mes ordres, les pompes telluriques fonctionnent à plein régime. Elles risquent, à tout moment, de détruire la planète tout entière.

Sur un ton méditatif, la première conseillère ajouta :

— Si le Globulus possède le pouvoir de se créer un corps physique d'une telle puissance, il devient une véritable menace pour l'empire et votre altesse.

— Vous avez raison. Où est la télécommande ?

— Elle est demeurée au palais, votre grandeur.

— Alors nous n'avons plus une minute à perdre.

***

Près de la pyramide étincelante, la bataille des titans se poursuivait sans relâche. Les deux protagonistes s'affrontaient dans un corps à corps colossal. Noyés dans une gerbe lumineuse éblouissante, opposant leurs boucliers d'énergie, ils tentaient mutuellement de se déséquilibrer. Le Globulus prit le dessus durant quelques instants, mais Guidor réussit lentement à se redresser. Dans un ultime effort, il cala son pied derrière la jambe du puissant cerveau et tira de toutes ses forces. Surpris par la manœuvre, le Globulus perdit pied et recula de quelques pas, ce qui représentait près d'un kilomètre.

Sa course se termina lorsque sa jambe bloqua sur le dôme d'énergie enveloppant la pyramide. Il en perdit l'équilibre et se retrouva assis dans un crépitement assourdissant. Afin de se relever, le combattant aux couleurs de Philippe le Bel se cabra vers l'arrière. Son dos toucha alors la puissante colonne de lumière jaillissant de la pointe de la pyramide. Comme si on venait de le marquer au fer rouge, le Globulus poussa un cri de douleur qui ébranla les montagnes. Dans le trait de lumière montèrent vers le firmament les lambeaux d'énergie densifiée du Globulus.

***

La navette impériale tanguait dangereusement sur son rail magnétique. Ce n'est qu'à la sortie du tunnel de transport que l'empereur et sa conseillère purent constater l'ampleur du désastre. La navette traversa une agglomération qui, il y a quelques heures à peine, représentait avec fierté la puissance et la richesse de l'empire trogolien. La vision maintenant offerte aux deux voyageurs était tout autre. Près de la moitié des édifices des niveaux supérieurs n'étaient plus que des amas de débris. D'autres étaient en partie éventrés ou réduits à l'état de simples torches d'où s'échappait une épaisse fumée noire.

Une nouvelle secousse ébranla la navette, projetant au sol l'empereur et sa conseillère. Krash-Ka eut juste le temps de se relever pour assister à l'explosion d'un nouvel édifice. Déjà, la navette plongeait dans un tunnel de transport. Haziella retrouva son équilibre. Avec horreur, elle assista à l'effondrement du rail magnétique à quelques mètres derrière le véhicule.

***

Rendu fou de rage par sa blessure au dos, le Globulus jeta son dévolu sur le dôme protecteur. Il se pencha vers ce dernier et tenta de le soulever. De l'intérieur, la vision offerte aux Terriens devint hallucinante. Tel un verre grossissant, le dôme d'énergie déformait l'image du Globulus et le rendait encore plus monstrueux. Le géant essaya à plusieurs reprises de glisser ses puissantes mains sous le dôme, mais ce dernier résista aux multiples assauts.

Devant ses échecs répétés, le Globulus, rugissant de colère, se tourna de nouveau vers Guidor. Sans prendre le temps de se relever, il lança à l'aveuglette un nouveau disque d'énergie. Le guide de lumière avait, semble-t-il, prévu ce geste désespéré. Utilisant habilement son bouclier, il para le coup sans trop de difficulté.

✳✳✳

Dans la caverne, l'explosion fut des plus retentissantes. Le globe de verre se volatilisa en mille éclats, entraînant avec eux des tonnes de chair grise aux quatre coins de la pièce. Sous le choc, plusieurs pompes telluriques vacillèrent sur leur socle avant de s'écrouler dans un grand bruit de ferraille. La déflagration fut ressentie jusqu'au cœur du palais impérial, où les structures commencèrent à danser dangereusement. Krash-Ka, la télécommande à la main, demanda, atterré :

— Combien de charges explosives aviez-vous placées ?

— Une seule charge, mon seigneur, une seule, répéta-t-elle. Mais je n'avais pas prévu le tremblement de terre. L'effet combiné des deux puissances...

Dame Haziella n'eut pas le temps de donner de plus amples explications. La voûte du palais s'effondra avec fracas.

✳✳✳

Tout n'était plus que décombres. Le dernier sifflement des pompes telluriques s'éteignit dans un long soupir. Les accumulateurs étaient maintenant tous à zéro. À zéro, à jamais.

Au cœur du territoire péruvien, le tout-puissant Globulus en ressentit mortellement les premiers contrecoups. Devant son bras gauche, son imposant bouclier d'énergie se dissipa rapidement. Consterné, le Globulus lança un cri de désespoir :

— Non !... Trahison !...

Sans hésiter, Guidor profita de cette brèche inespérée. Son bras droit fendit l'air. De ses doigts s'élança un nouveau disque d'énergie qui frappa au cou le colossal ennemi. Pour une deuxième fois, la tête du Globulus se détacha.

***

Le trio, Swilly et les trois Péruviens avaient rejoint Guidor à l'extérieur du dôme de protection. Devant leurs yeux flottaient quelques nuages ionisés où l'on pouvait encore distinguer certains traits estompés du Globulus. Peu à peu, les lambeaux de nuage furent attirés, aspirés par la colonne de lumière jaillissant toujours de la pointe de la pyramide. Le trait de lumière projeta les derniers vestiges psychiques du Globulus haut dans le ciel. S'adressant au guide de lumière, Steven demanda :

— Qu'est-ce que tu fais ?

— Je fractionne les vibrations du Globulus et je les éparpille à travers le système solaire, déclara Guidor. Il en aura au moins pour mille ans avant de réussir à se recomposer.

— Erreur, Guidor.

Surpris, tous se retournèrent. Maître Shina et ses trois compagnons étaient de nouveau parmi eux.

— Le vœu du Globulus sera exaucé. Ces vibrations psychiques, reprit Shina, nous les répandrons dans tout l'univers. Le Globulus en aura pour un million d'années avant de parvenir à se reconstituer.

Chez Nadia, Caroline et Steven, c'était le délire.

— D'ici là, il aura peut-être eu le temps d'acquérir un peu de sagesse, commenta Guidor.

Maître Shina se tourna alors vers les trois nouveaux initiés.

— Grâce à vous, la grande fenêtre cosmique qui apparaîtra en ce début du nouveau millénaire est maintenant protégée et à l'abri de la convoitise des Trogoliens. Merci à vous, au nom de la Grande Confrérie blanche de Shangrila.

— Mais pourquoi…, commença Steven qui fut brusquement interrompu.

— C'est à nous de vous remercier pour la confiance que vous nous avez témoignée, déclara Nadia.

— Moi, je veux juste savoir…, insista le garçon.

— Ce fut une expérience très enrichissante où nous avons beaucoup reçu, ajouta Caroline en serrant tendrement la main de Swilly.

— Je peux-tu savoir…, lança le garçon qui n'en dit pas plus, convaincu qu'on lui couperait de nouveau la parole.

Ce fut le silence et tous regardèrent Steven avec étonnement. Le garçon en perdit presque ses moyens et la raison de son intervention.

— Poursuis, mon garçon. Nous t'écoutons, encouragea maître Shina.

Calmement, Steven formula sa question :

— Pourquoi nous ? Je veux dire… Avec tous vos pouvoirs, vous auriez pu faire ça comme ça, résuma Steven en claquant des doigts.

— Bien sûr, cela aurait été beaucoup plus simple, n'est-ce pas ?

— Pas mal, tu dis, ne put s'empêcher de répliquer le garçon sur un ton familier.

Une légère pression de la main de Nadia sur l'épaule de Steven rappela à ce dernier le respect dû au Maître de lumière.

— Pardon… Je veux dire…

Maître Shina ne put réprimer un sourire et répondit :

— La destinée de ce monde appartient uniquement aux humains de passage sur cette magnifique planète. Il est vrai que nous aurions pu soustraire la dague de cristal aux Trogoliens et activer par la même occasion le centre énergétique de la pyramide… comme nous pourrions également éliminer les guerres, la famine, la pollution qui sévit sur ce monde, mais les lois cosmiques sont immuables. C'est à chacun d'entre vous,

vous les humains, qu'incombe la tâche de construire sur cette planète un monde meilleur. Cela fait partie de votre apprentissage.

Steven s'agita nerveusement, exprimant clairement son insatisfaction.

— Mais pourquoi nous? Nous autres, précisa-t-il en pointant du doigt ses deux amies.

— Vos vies antérieures vous liaient directement aux sévices infligés par ces envahisseurs et votre développement spirituel vous permettait de les affronter aujourd'hui.

— Nous étions les meilleurs?

Maître Shina tempéra l'ego du garçon.

— Plusieurs autres âmes possédaient cette même capacité, mais vous aviez l'avantage de vivre tous les trois une nouvelle incarnation dans un même lieu, à la même époque. Vous étiez le trio idéal et nous sommes très heureux de notre choix pour cette importante mission, et peut-être plus encore…

TABLE DES MATIÈRES

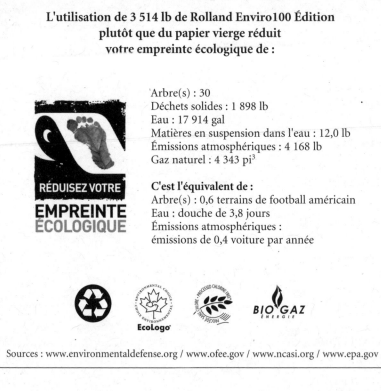

**L'utilisation de 3 514 lb de Rolland Enviro100 Édition
plutôt que du papier vierge réduit
votre empreinte écologique de :**

Arbre(s) : 30
Déchets solides : 1 898 lb
Eau : 17 914 gal
Matières en suspension dans l'eau : 12,0 lb
Émissions atmosphériques : 4 168 lb
Gaz naturel : 4 343 pi^3

C'est l'équivalent de :
Arbre(s) : 0,6 terrains de football américain
Eau : douche de 3,8 jours
Émissions atmosphériques :
émissions de 0,4 voiture par année

Sources : www.environmentaldefense.org / www.ofee.gov / www.ncasi.org / www.epa.gov

Le présent ouvrage édité par
Les publications L'Avantage
a été achevé d'imprimer en janvier 2010.

 Papier recyclé post-consommation

LA CONFRÉRIE DU GRAND RÉTABLISSEMENT

Communiqué n° 714 – Sujet : Le Grand Monarque

Trois individus, ayant été formés par un de nos ex-agents maintenant à la retraite, se prépareraient à partir à la recherche du Grand Monarque.

Il s'agirait d'une certaine Nadia, médium dans ses temps libres, accompagnée d'une adolescente répondant au prénom de Caroline et d'un garçon de douze ans, déjà fiché par les policiers et connu par ces derniers sous le nom de Steven.

Selon nos informations, ce Grand Monarque, un mystérieux personnage encore non identifié, aurait la possibilité de démanteler l'empire trogolien.

Ce dossier est à suivre.

Ceci termine notre communiqué n° 714. Bonne chance à tous.

Note : **La confrérie du grand rétablissement** est le réseau auquel a participé l'Ermite durant plus de 30 ans, afin qu'un jour toutes les entreprises contrôlées par les Trogs puissent retourner entre les mains des humains.